JEAN LORRAH

DIE UMUK-SEUCHE

STAR TREK
Raumschiff ›Enterprise‹

Deutsche Erstausgabe

WILHELM HEYNE VERLAG
MÜNCHEN

HEYNE SCIENCE FICTION & FANTASY
Band 06/4949

Titel der amerikanischen Originalausgabe
THE IDIC EPIDEMIC
Deutsche Übersetzung von Andreas Brandhorst

Redaktion: Rainer Michael Rahn

Printed in Germany 1992
Umschlagbild: Pocket Books / Simon & Schuster,
Paramount, New York
Umschlaggestaltung: Atelier Ingrid Schütz, München
Technische Betreuung: Manfred Spinola
Satz: Schaber Satz- und Datentechnik, Wels
Druck und Bindung: Ebner Ulm

ISBN 3-453-06194-2

KAPITEL 1

Allein die Mitglieder des Rates von Nisus befanden sich im Refektorium, und es standen nur synthetische Speisen zur Verfügung. Der Küchenkomplex war für die Dauer der Epidemie geschlossen.

Gedankenmeister Korsal bestellte Kaffee — schwarz, so wie ihn Cathy mochte — und ging zu einem Tisch, an dem zwei Vulkanier und ein Andorianer saßen.

»Korsal!« Jemand zischte seinen Namen, und er erkannte die Stimme: Borth, der orionische Repräsentant im Rat. »Leisten Sie mir Gesellschaft.« Er zog Korsal zu einem kleinen Tisch und aktivierte den Gesprächsschild.

Der Klingone streckte die Hand aus, um das Schirmfeld zu desaktivieren. »Wir haben vor dem Rest des Rates nichts zu verbergen. Warum den Argwohn unserer Kollegen wecken?«

Borth schob Korsals Hand beiseite. »Es macht keinen Unterschied — sie mißtrauen uns ohnehin. Nun, ich möchte wissen, was Sie in Hinsicht auf die Seuche planen.«

»Ich bin Techniker, Borth«, erwiderte Korsal. »Ich kann nichts gegen die Krankheit unternehmen und muß mich darauf beschränken, für strengere Quarantänemaßnahmen zu stimmen. Wenn Sie wissen wollen, ob ich den Vorschlag unterstütze, die Föderation um medizinische Hilfe zu bitten, so lautet die Antwort: Ja, natürlich.«

Der Orioner preßte verärgert die Lippen zusammen.

Er trug einen flachen Kopfschmuck, der seine gelben Augen in Schatten hüllte. Die grüne Haut erweckte einen reptilienartigen Eindruck. »Nein, Sie Narr. Was melden Sie dem klingonischen Imperium? Aus den Kommunikationsaufzeichnungen geht hervor, daß Sie seit sechzehn Tagen keinen Bericht übermittelt haben.«

»Unter Quarantänebedingungen werden keine wissenschaftlichen Fortschritte erzielt. Es gibt also nichts zu berichten.« Korsal trank einen großen Schluck Kaffee und schenkte dem Umstand, daß die Flüssigkeit zu heiß war, keine Beachtung. Nicht zum erstenmal überlegte er, warum sich dieses bittere Gebräu so großer Beliebtheit erfreute. Schon seit langer Zeit wußte er, daß Menschen und Klingonen eins gemeinsam hatten: Sie schöpften Kraft, indem sie sich dem Unangenehmen stellten.

»Tatsächlich nicht?« Borth lächelte dünn. »Stellen Sie sich das Virus einmal als Waffe vor...«

»Hören Sie auf!« Korsal erhob sich abrupt. Andere Räte drehten sich erstaunt um. Der Klingone stützte die Hände auf den Tisch und beugte sich vor, damit seine Worte im Innern des Gesprächsschildes blieben. Er blickte in kalte gelbe Augen. »Eine Waffe, die den Feind ebenso bedroht wie den Anwender, hat überhaupt keinen Sinn. Wenn Sie versuchen, den Krankheitserreger meinem Volk zu verkaufen, Borth... Dann fordern Sie die Feindschaft des ganzen Imperiums heraus!«

Korsal richtete sich auf, zerdrückte den Kaffeebecher und merkte gar nicht, daß er sich dabei die Hand verbrannte. Er warf die zerknüllten Reste in einen Abfallbehälter und verließ das Refektorium.

Der Klingone lenkte seine Schritte in Richtung Ratskammer. Alle anderen Büros des Verwaltungszentrums waren ebenso geschlossen wie die übrigen öffentlichen Gebäude.

Das administrative Zentrum der wissenschaftlichen Kolonie Nisus befand sich in der Nähe eines riesigen

Damms, der das Tal mit Wasser versorgte und dessen Kraftwerk Elektrizität lieferte. Menschen hatten den Damm mit Hilfe einer Technologie geschaffen, die man auf ihrer Heimatwelt, dem Wasserplaneten Erde, schon seit Jahrhunderten einsetzte. Doch auf drei klingonischen Welten war jene Technik erst eine Generation alt, und Korsal wußte aus eigener Erfahrung, daß sie dort das Problem des Hungers löste.

Der klingonische Techniker trat zum großen Fenster, das einen Ausblick ins Tal gewährte. Die gewaltige Masse des Damms ragte vor den Bergen auf. Einige behaupteten, der graue Beton sei häßlich, doch Korsal erkannte darin die Schönheit der Macht. Er beobachtete, wie der gezähmte Fluß durch die Schleusen strömte und dabei einen Teil seiner Energie den Turbinen überließ. Unten speiste er ein ausgedehntes Bewässerungssystem, das hemanitische Bauern konstruiert hatten, um der Erosion vorzubeugen. Darüber hinaus versorgte er die kleine Stadt mit Trinkwasser. Dort lebten Wissenschaftler aus allen Bereichen der Föderation — und auch einige Spezialisten aus Zivilisationen, die nicht zum Völkerbund gehörten.

Korsal fühlte sich als Mitglied des Rates von Nisus nicht sehr wohl, denn er war Techniker, kein Politiker. Von den Sozialwissenschaften verstand er kaum etwas. In seinem Volk nahm er keine leitende Stellung ein: Wer im Imperium regierte, brauchte ausgeprägte strategische Eigenschaften, die sowohl dem Kampf als auch der Politik galten.

Er verdankte seine Mitgliedschaft im Rat nicht etwa einer Wahl. Normalerweise bestimmte jede Kultur einen Repräsentanten für dieses Gremium, doch außer Korsal wohnten keine anderen Klingonen auf Nisus. Seine Kollegen waren vor sieben Jahren ins Imperium zurückgekehrt.

Niemand hielt sich in der Beratungskammer auf. Korsal gab seinem Ärger nach, schlug mit den Fäusten ans

Fenster. Es bestand nicht aus Glas, sondern aus transparentem Aluminium — eine weitere Erfindung der Menschen. Er konnte es nicht zerbrechen, es fühlte sich wie festes Metall an.

Der dumpfe Zorn brodelte nicht nur in Korsal. Der Rat hatte seine Diskussionen erst nach vier Stunden unterbrochen, und nun kehrten die anderen langsam zurück. Viele von ihnen waren Terraner. Seit drei Jahrhunderten durchstreiften sie die Galaxis und gründeten überall Kolonien. Ihre Regierungsformen und Kulturen unterschieden sich so sehr voneinander, daß sie gewissen Dingen mit ähnlicher Uneinigkeit begegneten wie Vulkanier und Klingonen.

Vulkanier stellten die zweitgrößte Gruppe dar: Ihr Heimatplanet war im Rat ebenso repräsentiert wie die einzelnen Kolonien. Zwar wurden auch die Kolonialwelten von einer zentralen Regierung verwaltet, aber die Zusammensetzung des Rates spiegelte nicht die wahren ethnischen Verhältnisse auf Nisus wider. Die Wissenschaft spielte eine so wichtige Rolle in der vulkanischen Kultur, daß auf Nisus zweiundvierzig von hundert Forschern Vulkanier waren. Die übrigen Anteile betrugen: zweiunddreißig Prozent Menschen sowie achtundzwanzig Prozent Tellariten, Hemaniten, Andorianer, Rigelianer, Lemnorianer, Orioner, Trakesianer, Jovanianer — und ein Klingone.

Korsal ging zum Tisch und ließ sich in einen Sessel sinken, der zunächst wie ein ziemlich unbequemer Block aussah — bis ihn jemand benutzte. Ein integriertes elektronisches Modul registrierte Größe, Gewicht, Körpertemperatur und Muskelspannung. Daraufhin paßten sich die Konturen dem Sitzenden an, um Erschöpfung zu verhindern. Doch da es sich um einen Arbeitsplatz handelte, war die entspannende Wirkung nicht groß genug, um das Einschlafen zu ermöglichen.

Selbst Keski, der Lemnorianer im Rat, setzte sich auf einen solchen Block, der sofort die Form veränderte. Er wuchs um die große Gestalt herum, dehnte den rückwärtigen Teil, um den langen Torso zu stützen — der Lemnorianer überragte selbst dann alle anderen, wenn er saß. Diese Möbel stammten aus den Entwicklungslabors der komfortliebenden Tellariten. Vulkanier hatten die auf dem Tisch liegenden Tricorder konstruiert.

Bei solchen Gelegenheiten gewannen selbst gewöhnliche Gegenstände eine neue Bedeutung. Die direkte Verbindung verschiedener Technologien verbesserte das alltägliche Leben überall in der Galaxis. Seit hundert Jahren ermöglichte die multikulturelle Kooperation auf Nisus beispiellosen technischen Fortschritt.

Doch nun kam eine neue Konsequenz hinzu: die Seuche.

Korsal verspürte nicht den Wunsch, mit jemandem zu reden — er wollte vermeiden, daß man ihn nach der verbalen Auseinandersetzung mit Borth fragte —, und deshalb griff er nach dem Tricorder. Er empfand Schmerz, als er die Finger darum schloß, entdeckte an der Hand eine große Brandblase, die auf den heißen Kaffee zurückging. Der Klingone ignorierte sie.

Er schaltete den Tricorder ein und betrachtete seine Notizen auf dem kleinen Bildschirm. Die Biochemikerin T'Saen verkündete das Unheil mit der für Vulkanier typischen ruhigen Gelassenheit.

»Vermutlich haben wir es mit einem rasch mutierenden Virus zu tun. Aufgrund der Schnelligkeit jener Veränderungen sind wir bisher nicht imstande gewesen, es zu isolieren. Es reagiert auf keine uns bekannten Antimutagene.«

Der andorianische Epidemiologe Therian nannte statistische Daten über die Krankheit — sie breitete sich zu rasch aus.

Korsal schüttelte den Kopf. Die Biochemie verstand er nicht, wohl aber die Botschaft der Zahlen: Innerhalb von sechzig Tagen mußten alle Bewohner von Nisus mit Ansteckung rechnen. Der Krankheitserreger zeigte keinen Respekt vor bestimmten Völkern und befiel alle Personen, ganz gleich, ob ihr Blut auf Eisen, Kupfer oder Silicium basierte.

Seit zwölf Tagen waren die Schulen geschlossen. Es fanden keine Theatervorstellungen oder andere Veranstaltungen statt. Trotzdem griff die Epidemie weiter um sich. Die nicht dringend benötigten öffentlichen Gebäude standen inzwischen leer. Auf den Straßen trug man nun Atemmasken und Handschuhe. Aber das Virus verlangte immer neue Opfer.

Es tötete.

In ihrer ursprünglichen Form stellte die Krankheit nur ein Ärgernis dar. Sie verursachte Fieber, Kopfschmerzen und Magenkrämpfe — unangenehme Symptome, die jedoch nicht zum Tod führten. Nach fünf Tagen begann die Erholungsphase, ohne daß permanente Folgen zurückblieben. Die Biochemiker arbeiteten an einem Impfstoff, und kaum jemand machte sich Sorgen.

Dann mutierte das Virus. Drei Tage lang verlief die Krankheit in den gleichen Bahnen, doch am vierten kam es zu Nierenversagen. Das Hospital füllte sich, aber glücklicherweise standen genug moderne Behandlungsgeräte zur Verfügung, um die Betroffenen am Leben zu erhalten.

Bis der Patient an Konvulsionen litt, worauf Leber- und Herzversagen folgten. Ein zehnjähriges terranisches Mädchen war dadurch so geschwächt, daß es nicht gerettet werden konnte.

Kurze Zeit später gab es weitere Tote zu beklagen. Die Sterblichkeitsrate stieg rapide an, und man fügte der Symptomatologie totalorganisches Versagen hinzu. Um welche Spezies es sich auch handelte: Das Virus zerfraß immer die lebenswichtigen Organe.

Einige der frühen Todesopfer waren Ärzte und Krankenschwestern, denn die neue Art — die neuen *Arten?* — ließ sich nicht mit den antiseptischen Maßnahmen aufhalten, die im Hospital bisher für Sicherheit gesorgt hatten.

Außerdem: Den ersten Symptomen fehlte ein deutlicher Hinweis auf den zu erwartenden Krankheitsverlauf. Im Hospital fanden sich Hunderte von Bürgern ein, die nicht wußten, ob der vierte Tag ihres Leidens den Tod bringen mochte.

Bis vor zwei Tagen überlebten siebenundachtzig Prozent der Patienten, die sich mit dem gefährlicheren Virus infiziert hatten. Die Epidemie ließ sich nicht eindämmen, aber das Überleben der Kolonie schien gewährleistet zu sein.

Dann erfolgte eine neuerliche Mutation. Die Krankheit begann nun nicht mehr mit Fieber und Kopfschmerzen. Statt dessen bestanden die ersten Symptome aus einem unerträglichen Stechen hinter der Stirn und der paranoiden Überzeugung des Angesteckten, von allen anderen Personen in der Nähe bedroht zu werden.

Jedes neue Opfer verwandelte sich in eine Waffe, die sich selbst gegen jene Leute richtete, die ihm zu helfen versuchten. In nur zwei Tagen brachte eine Mutter ihre beiden Kinder um; zwei Ehemänner töteten ihre Frauen; ein Krankenpfleger im Hospital schickte einen Arzt und zwei Schwestern ins Jenseits. Vierzehn Bürger von Nisus wurden verletzt, als Familienmitglieder, Freunde und Kollegen plötzlich Amok liefen. Vielleicht wurden sich die Erkrankten später ihres Handelns bewußt und verloren dadurch den Lebenswillen: Fast die Hälfte der neuen Opfer starb wenige Stunden nach der Gewaltphase, und bei den anderen blieb der Zustand kritisch.

Borths Idee, das Virus als Waffe zu verwenden, weckte Abscheu in Korsal. Klingonen zögerten nie, in den Kampf zu ziehen. Aber sie legten dabei Wert auf Fairneß, traten dem Feind ganz offen gegenüber, auch wenn man mit Schläue kämpfte. Diese schreckliche Seuche wäre nicht nur eine ehrlose Taktik gewesen — sie forderte den davon heimgesuchten Feind auf, mit den gleichen Mitteln Vergeltung zu suchen. Wer auch immer das Virus als erster aufs Schlachtfeld trug: Es würde die Bevölkerung der ganzen Galaxis dezimieren.

Korsal beruhigte sich und bedauerte nun, das Gespräch im Refektorium nicht fortgesetzt zu haben. Borth war alles andere als dumm. Er hatte selbst an der Krankheit gelitten und wußte daher, daß Orioner keine natürliche Immunität aufwiesen. Er wäre bestimmt bereit gewesen, auf die Stimme der Vernunft zu hören.

Als alle Räte von Nisus am Tisch saßen, stimmte man darüber ab, ob die Föderation um medizinische Hilfe gebeten werden sollte. Niemand sprach sich dagegen aus.

Dann erhob sich ein Terraner namens Dr. John Treadwell. Der hagere, hochgewachsene Forscher ergriff nur selten das Wort. »Ich glaube, wir sollten andere Maßnahmen einleiten, während wir auf Hilfe warten«, begann er. »Vielleicht ist es falsch, mit den traditionellen Methoden gegen die Epidemie vorzugehen — indem wir versuchen, jene Bürger zu schützen, die sich noch nicht angesteckt haben.«

»Was schlagen Sie vor, Dr. Treadwell?« fragte T'Saen.

»Wir bemühen uns noch immer, das Virus zu isolieren, um ein Heilmittel und einen Impfstoff zu finden. Das übliche Verfahren. Doch bisher haben wir keinen Erfolg erzielt. Das Virus wird immer gefährlicher und reagiert nicht auf unsere Versuche, seine Ausbreitung einzuschränken. Achtundzwanzig Prozent der Bevölkerung von Nisus sind erkrankt und haben sich erholt. Für die übrigen zweiundsiebzig Prozent ist die Prognose aufgrund der Mutationen viel schlimmer.«

Der Mensch schluckte, und sein Gesicht lief rot an. Dennoch fuhr er fort: »Vor vielen hundert Jahren gab es auf der Erde eine Krankheit, die man Pocken nannte und noch weitaus mehr gefürchtet wurde als die Seuche hier bei uns. Damals wußte man nichts von Schutzimpfungen.

Eine andere Krankheit, Kuhpocken genannt, betraf

vor allem Melker. Ihre Symptomatologie wies große Ähnlichkeiten mit der von Pocken auf, aber sie tötete nicht, hinterließ auch keine Narben. Damals stellte man folgendes fest: Wer die Kuhpocken überstanden hatte, erkrankte nicht an den Pocken. Viele Leute nahmen diese Erkenntnis zum Anlaß, sich ganz bewußt dem Kuhpockenerreger auszusetzen.«

T'Saen nickte. »Sie regen also an, daß wir die Gesunden mit den weniger virulenten Virusarten infizieren, um ihnen Immunität zu verleihen?«

Erneut schluckte Treadwell. Der Adamsapfel in seinem dünnen Hals hüpfte nach oben und unten. »Wir … wir sollten darüber reden.«

»Eine gute Idee«, lobte der tellaritische Rat Ginge. »Vorausgesetzt, wir können eine Infektion mit der ersten Virusart garantieren.«

»Ja«, sagte der Hemanit Stolos schrill. Er neigte den Kopf von einer Seite zur anderen, und die Troddel an seiner flachen, runden Mütze baumelte hin und her. »Alle Mitglieder dieses Rates litten entweder an der ersten oder zweiten Krankheitsform, und jeder von uns hat sich erholt. In absehbarer Zeit wird uns kein Impfstoff zur Verfügung stehen, und die von der ersten Virusart verursachten Unannehmlichkeiten können in Kauf genommen werden, um Immunität zu erringen und damit vor der tödlichen Mutation geschützt zu sein.«

Korsal hob die Hand. »Sie irren sich, Stolos. Es gibt ein Ratsmitglied, das noch nicht erkrankt ist.« Er deutete auf sich selbst. »Die letzte Variante entsetzt mich ebenso wie Sie — vielleicht sogar noch mehr, da in meinem Blut Antikörper fehlen. Klingonen fürchten keine erkennbaren Feinde. Doch eine unsichtbare Mikrobe, die das Opfer in den Wahnsinn treibt …« Er wandte sich an den nervösen Menschen. »Dr. Treadwell, ich melde mich freiwillig für ein Experiment.«

Es fühlte sich gut an, aktiv zu werden — auch wenn

es nur darum ging, eine passive Rolle zu spielen. In seinem Ärger darüber, nichts unternehmen zu können, war Korsal durch und durch Klingone.

Warner Jurgens, Vorsitzender des Rates, erteilte die Anweisung, der Föderation eine Bitte um Hilfe zu übermitteln. Anschließend erörterte man die Logistik der neuen Strategie. »Wir nehmen Blutproben von allen Patienten im Krankenhaus und warten den Krankheitsverlauf ab, um festzustellen, wer sich mit der weniger gefährlichen Virusart infiziert hat«, sagte Rita Esposito. »Dann setzen wir Freiwillige der Ansteckung aus. Wenn die Betreffenden ebenfalls an der harmloseren Version erkranken, nutzen wir ihr Blut, um weitere Gesunde zu infizieren. Ihnen stehen zwar einige unangenehme Tage bevor, aber ...«

»Nein! In Zarths unterste Hölle mit Ihnen, Mensch! Sie wollen uns alle umbringen!«

Der Lemnorianer Keski stürmte Esposito entgegen, packte die überraschte Frau mit einer Hand an der Kehle und griff mit der anderen nach ihrem Tricorder.

In der Beratungskammer gab es keine Waffen, aber der Tricorder war ein stumpfer Gegenstand, und Keski hatte genug Kraft, um ihn auf Espositos Schädel zu zerschmettern.

Alle sprangen auf, doch Korsal erreichte den Lemnorianer als erster und blockierte seinen Arm.

Keski stieß den Klingonen beiseite und holte erneut aus.

Zwei Menschen trachteten danach, die Finger des Lemnorianers vom Hals der keuchenden Frau zu lösen, als T'Saen hinter Korsal trat und die Hand zum vulkanischen Nervengriff ausstreckte. Doch Keski war zu groß. Sie stieg auf seinen Stuhl, der sich nun wieder als quadratischer Block präsentierte.

Der Lemnorianer wand sich hin und her, und die Vulkanierin versuchte vergeblich, die empfindliche Stelle an seiner Schulter zu berühren.

Keski brüllte, ließ Esposito fallen und hieb mit der Faust nach Korsal. Dadurch gerieten sie beide aus T'Saens Reichweite.

Der Klingone duckte sich und sah, wie die Pranke mit dem Tricorder herumschwang. Rasch wich er zur Seite.

Keski rammte das Gerät auf den Tisch. Es zerbrach, und ein scharfkantiges Bruchstück bohrte sich ihm in den Arm. Er schrie, drehte sich um und versetzte T'Saen einen Rückhandschlag. Sie fiel vom Stuhl, doch es gelang ihr, auf den Füßen zu landen.

Stolos hielt Keski an den Beinen fest, doch der Lemnorianer trat ihn wie einen lästigen Hund fort.

Dann hob der Übergeschnappte beide Hände, um der Vulkanierin den Kopf zu zertrümmern.

Korsal trat von hinten nach den Knien des Berserkers, und Keski stürzte auf den Klingonen, rückte ihn in den Fokus seiner Wut.

Der Techniker sprang auf, wehrte den Schlag des Gegners mit dem rechten Arm ab und spürte dumpfen Schmerz darin. Für seine Größe bewegte sich Keski verblüffend schnell, als er mit der linken Faust ausholte.

Korsal stand mit dem Rücken am Tisch und konnte sich nicht ducken. Instinktiv rollte er sich auf den Tisch, um nach Keski zu treten, aber der Lemnorianer kam ihm zuvor: Er fiel gegen die Beine des Klingonen, öffnete die Faust und versuchte, Korsal zu erwürgen.

Der Finger des Technikers schlossen sich um Keskis Handgelenke und hielten ihn lange genug fest, um es T'Saen zu ermöglichen, endlich den vulkanischen Nervengriff anzuwenden. Der Lemnorianer verlor sofort das Bewußtsein und sank auf den Klingonen.

Die anderen zogen ihn beiseite. Treadwell, der einzige Arzt im Rat, nahm einen Medoscanner und untersuchte Esposito. »Keine ernsten Verletzungen. Aber sie sollte trotzdem ins Krankenhaus gebracht werden — ebenso wie Keski, bevor er wieder zu sich kommt.« Er bat jemanden, eine Ambulanz anzufordern. »Nun zu

Ihnen, Korsal ...« Der Terraner rejustierte den Scanner und richtete ihn auf den Körper des Klingonen.

»Keine Wunden, abgesehen von der Hand«, sagte er. »Aber ...«

Das *Aber* hallte laut in der Beratungskammer wider, als alle Anwesenden die Luft anhielten. Jeder kannte die möglichen Folgen.

Korsal starrte auf seine Hand. Während des Kampfes war die vom heißen Kaffee stammende Brandblase geplatzt, und er blutete. Hinzu kam das orangefarbene Blut des Lemnorianers. Es hatte keinen Sinn, sich zu waschen und das Beste zu hoffen: Er war dem gleichen Virus ausgesetzt gewesen, das den ruhigen, sanftmütigen Keski in einen Tobsüchtigen verwandelt hatte.

Doch das Entsetzen der Räte bezog sich nicht auf Korsal.

»Keski ist schon einmal infiz:ert worden!« brachte Stolos hervor. »Das bedeutet ...«

»Die mutierte Form unterscheidet sich so sehr von der ursprünglichen Art, daß in Hinsicht auf die erste Krankheit erworbene Immunität nichts nützt«, sagte der blasse Dr. Treadwell. »Wir müssen unverzüglich zum Hospital, dort die Quarantänestation aufsuchen und warten, bis die Inkubationszeit vorbei ist.«

»Ich rufe weitere Ambulanzen«, bot sich Therian an.

Korsal stand auf, dachte an seine Familie und wußte, daß allen seinen Kollegen ähnliche Gedanken durch den Kopf gingen.

Fast allen.

Stumm traten sie auseinander. Der Klingone schritt erneut zum Fenster.

Borth folgte ihm.

»Gehen Sie fort«, sagte Korsal. »Auch Sie haben Frau und Kinder. Ist Ihnen ihr Schicksal völlig gleich?«

»Nein«, erwiderte der Orioner. »Ganz im Gegenteil. Wenn meine Vermutungen stimmen, brauche ich mir nie wieder Sorgen um meine Familie zu machen. Alle

Mitglieder des Rates sind erkrankt: Wir müssen gemeinsam wichtige Entscheidungen treffen und können uns nicht zu Hause verkriechen, um eine Infektion zu vermeiden. Nur Sie waren die ganze Zeit über gesund. Ihre Frau litt an der ersten Krankheit, aber Sie haben sich nicht angesteckt, ebensowenig Ihre Söhne.« Borth berührte Korsals verletzte Hand. »Jetzt wird sich herausstellen, ob Klingonen tatsächlich immun sind.«

»Woraus sich jedoch kaum Vorteile für *Sie* ergäben, denn Orioner weisen keine natürliche Immunität auf.«

»Oh, ich bin Überlebenskünstler. Aber was sind Sie, Korsal? Vielleicht ein Verräter?«

»Was soll das heißen?« Korsal maß den Orioner mit einem durchdringenden Blick und zog die Lippen zurück, so daß die Spitzen seiner Zähne sichtbar wurden.

Borth ließ sich davon nicht beeindrucken. »Wenn Klingonen immun sind, verzichten Sie vermutlich darauf, das Imperium über die Seuche zu informieren.«

»Klingonen erobern nicht, indem sie die Bevölkerung eines Planeten mit Viren töten. Wir kämpfen und geben unseren Feinden Gelegenheit, sich zu verteidigen.«

»Sie ziehen in den Kampf, wenn Sie Ihrer zahlenmäßigen und waffentechnischen Überlegenheit sicher sind«, sagte Borth mit einem öligen Lächeln. »Und davon halten Sie nichts, Korsal — ich sehe es in Ihren Augen. Sie sind kein Klingone, sondern schwach wie die Menschen. Aber ich bin Orioner, und daher denke ich daran, daß gewisse Gruppen im Imperium einen hohen Preis für derartige Viren bezahlen würden. Wenn Klingonen wirklich immun sind.«

»Nehmen wir einmal an, daß uns keine Ansteckungsgefahr droht«, brummte Korsal. »Was geschieht, wenn die Mutationen des Krankheitserregers zu einer neuen Art führen, die auch mein Volk infiziert?«

Borth zuckte mit den Schultern. »Wenn ich gut bezahlt werde, bin ich bereit, ein solches Risiko einzugehen. Ich verlasse mich darauf, daß es eine Weile dauert, bis das Virus herausfindet, wie man Klingonen umbringt. Und bis dahin bin ich weit genug vom Imperium entfernt.«

Korsal knurrte. »Sie widern mich an, Borth. Ihre Theorie basiert auf einem einzigen Fall, was beweist, daß Sie kein Wissenschaftler sind. Wenn ich erkranke, so werde ich nicht sterben. Jemand muß am Leben bleiben, um Sie als gewissenlosen Geschäftemacher zu entlarven!«

KAPITEL 2

Captain James T. Kirk saß auf der Brücke des Raumschiffs *Enterprise* im Kommandosessel und genoß die Erdnorm-Schwerkraft. Im Verlauf des vergangenen Monats auf Vulkan hatte er sich an ständige Erschöpfung gewöhnt, und während der letzten Tage spürte er die hohe Gravitation kaum mehr. Jetzt schien eine schwere Last von ihm genommen zu sein.

Nach der sommerlichen Hitze auf Vulkan empfand er die Temperatur an Bord seines Schiffes fast als zu niedrig. Vielleicht sollte er Spocks Beispiel folgen und ebenfalls ein Unterhemd tragen, wenigstens einige Tage lang.

Er fröstelte und beschloß, den Kontrollraum zu verlassen, durch jene Korridore zu wandern, die er so sehr vermißt hatte. Wenn ihm durch die Bewegung nicht wärmer wurde …

»Captain!« klang die Stimme einer Frau aus dem Interkom-Lautsprecher.

»Hier Kirk.«

»Walenski, Sir. Unsere vulkanischen ›Gäste‹ stiften Unruhe. Zwei von ihnen bereiten sich auf einen Kampf vor, und sie verwenden tödliche Waffen!« Jim vernahm deutlich Anspannung in diesen Worten und erinnerte sich: Walenski gehörte zum Verwaltungspersonal an Bord und war unter anderem für die Sportanlagen zuständig.

»Wo sind sie?«

»Deck fünf, Sporthalle A.«

»Ich bin unterwegs«, sagte Kirk. »Mr. Spock, Sie haben das Kommando. Verständigen Sie die Sicherheitsabteilung.«

Zum Teufel mit Sendet und seinen Gefährten! Sie waren keine Gäste an Bord der *Enterprise,* sondern politische Gefangene, die zu einem unbewohnten vulkanischen Kolonialplaneten gebracht werden sollten — um dort nach ihrer eigenen Fasson selig zu werden.

Allerdings: Mit Ausnahme von Sendet hatten die Anhänger von T'Vet, wie sie sich nannten, keine Verbrechen begangen. Man verhaftete sie, bevor sie eine Möglichkeit bekamen, ihre Pläne zu verwirklichen und die Regierung von Vulkan zu stürzen. Der Hohe Rat stellte sie vor die Wahl: entweder geistige Neuprogrammierung oder Verbannung nach Außenwelt. Unter solchen Umständen wäre es Kirk nicht schwer gefallen, sich zu entscheiden!

Als Starfleet die *Enterprise* mit dem Transport der Rebellen beauftragte, beschloß der Captain, sie in komfortablen Gästequartieren unterzubringen. Auf diese Weise gab es weniger Arbeit für die Crew.

Einerseits traten die Anhänger von T'Vet für Rassenreinheit ein — Kirk dachte in diesem Zusammenhang an gewisse Epochen in der irdischen Geschichte, und dabei regte sich Zorn in ihm —, doch andererseits bestand ihre Philosophie aus durchaus vernünftigen Überlebensprinzipien, an denen es kaum etwa auszusetzen gab. Jim hatte keine Schwierigkeiten erwartet. Außerdem waren erst knapp zwei Tage seit dem Beginn der Reise vergangen.

In der großen Sporthalle A gab es Zuschauertribünen, und oft versammelte sich dort ein großes Publikum, das die athletischen Wettkämpfe beobachtete. Niemand hatte geplant, dort Duelle stattfinden zu lassen, bei denen es um Leben und Tod ging.

Als Kirk eintraf, standen sich auf der Matte zwei junge, muskulöse Vulkanier gegenüber. Wenn sie unbewaffnet gewesen wären, hätte sich der Captain den Zuschauern hinzugesellt, aber die beiden Männer hielten *Lirpas* in den Händen. Dabei handelte es sich um sehr gefährliche vulkanische Waffen: Das eine Ende bestand aus einem schweren Stein, um Knochen zu zertrümmern, das andere aus einer rasiermesserscharfen Klinge, um Kehlen zu zerfetzen.

»Captain!«

Das mußte Walenski sein, eine kleine Frau in der roten Uniform der Verwaltungssektion. Sie saß auf der Tribüne, umgeben von Vulkanierinnen. »Schweigen Sie, Terranerin!« fauchte eine von ihnen. »Der Kampf darf nicht unterbrochen worden.«

»Da irren Sie sich gewaltig«, sagte Kirk laut und trat mit langen Schritten zwischen die beiden Duellanten. *»Kroykah!«* rief er und hoffte, daß selbst die Anhänger von T'Vet jenes Wort bei Ritualen benutzten, die bis zur sogenannten ›Zeit des Anfangs‹ zurückreichten. Der Ausdruck bedeutete schlicht und einfach *halt.*

Die beiden Vulkanier reagierten sofort darauf, wichen voneinander fort und senkten ihre Waffen, stützten sie mit dem Stein-Ende auf den Boden.

»Wie können Sie es wagen, den vulkanischen Brauch zu entweihen!«

Ein Mann stand auf, so groß und eindrucksvoll wie Spocks Vater Sarek. Er schien ebenso alt und daran gewöhnt zu sein, daß man ihm gehorchte. Von seinem Aufenthalt auf Vulkan wußte Kirk, wie die Alltagskleidung von Vulkaniern beschaffen war, doch dieser Mann trug einen braunen Umhang, an dem vorn grüne Streifen mit goldenen Mustern und kleinen Edelsteinen glänzten.

Als die Gestalt näher kam, sah Kirk Sendet bei den jüngeren Männern und bemerkte sein hochmütiges Lächeln. Doch die Aufmerksamkeit des Captains galt in erster Linie dem großen Mann.

Er überragte Kirk um fast zwanzig Zentimeter und zwang den Menschen, zu ihm aufzublicken. Jim hatte schon vor vielen Jahren gelernt, sich nicht von physischen Merkmalen einschüchtern zu lassen. Er blieb ruhig stehen. »Sie sind hier nicht auf Vulkan«, sagte er. »Sie befinden sich an Bord meines Schiffes, und hier befehle ich. Ich lasse keine Duelle mit tödlichen Waffen zu. Sie können unsere Sportanlagen für unbewaffneten Kampf nutzen, und Ihnen steht auch der Schießstand zur Verfügung, wenn Sie ...«

»Genug!« Der Vulkanier winkte gebieterisch. »Das Duell wird fortgesetzt.« Er drehte sich um und marschierte zur Tribüne zurück.

Zwar verharrte Kirk noch immer mitten auf der Matte, aber die beiden Kämpfer hoben nun wieder ihre Waffen. Ihr Verhalten ließ vermuten, daß sie nicht geneigt waren, Rücksicht zu nehmen. Wenn einer von ihnen mit seiner *Lirpa* nach Jim schlug ...

Kirk lehnte es ab, jetzt schmählich beiseite zu treten.

Er stand zwischen den Kämpfern und musterte sie. Diese Vulkanier glaubten nicht an Suraks Philosophie. Sie wollten so leben wie die alten vulkanischen Krieger vor dem Siegeszug des Friedens und der Gefühlskontrolle. Zorn blitzte in ihren Augen — und auch Unsicherheit. Zwei junge Männer. Es war nicht einfach, das Alter eines Vulkaniers zu schätzen, doch in den weichen Zügen zeigten sich Hinweise auf eine Jugend, die an Reife grenzte. Das typische Erscheinungsbild von Akademie-Kadetten, die nur physisch erwachsen waren, aber noch nicht geistig und emotional.

Kirk schob sich etwas näher an den kleineren Mann heran, der einen blauen Lendenschurz und ein Amulett aus grünen Steinen trug. Der Vulkanier sprang plötzlich vor, und an seiner Absicht bestand kein Zweifel: Er wollte Kirk mit der *Lirpa*-Stange beiseite stoßen und dann seinen Gegner angreifen.

Jim packte die Waffe, duckte sich und fiel mit dem

Rücken auf die Matte. Er nutzte sein eigenes Bewegungsmoment, um den Mann über sich hinwegzuschleudern, versetzte ihm dabei einen Tritt in die Magengrube.

Der Vulkanier landete hart auf dem Boden und schnappte nach Luft.

Kirk war mit einem Satz auf den Beinen und wandte sich dem zweiten Kämpfer zu, der einen schwarzen Lendenschurz und ein Stirnband mit silbernen Stickereien trug. Er wiederholte den Fehler des anderen Vulkaniers nicht, schwang die *Lirpa* so, daß ihr Klingen-Ende auf den Captain zielte ...

»Aufhören!«

Als der Mann den Angriff fortsetzte, zischte ein Phaserstrahl durch die Kammer und erfaßte den Kämpfer. Bewußtlos sank er auf die Matte.

Lieutenant Nelson und sechs Sicherheitswächter betraten die Sporthalle mit schußbereiten Strahlern.

»Sie haben sich viel Zeit gelassen«, sagte Kirk.

»Sie schienen alles unter Kontrolle zu haben, Captain«, erwiderte Nelson lakonisch. »Was sollen wir mit unseren ungezogenen Gästen anfangen?«

»Das liegt ganz bei ihnen«, meinte Jim. »Kommen Sie hierher, Walenski.«

»Ja, Sir.« Die junge Frau verbarg ihre Erleichterung nicht, als sie die Tribüne verließ und zur Matte ging.

»Nun ...« Kirk stemmte die Hände an die Hüften und wandte sich ans vulkanische Publikum. »Wer von Ihnen kann für Sie alle sprechen?«

Der ältere Mann mit dem braungrünen Umhang erhob sich. »Ich. Mein Name lautet Satat, und bin Kriegsherr des Clans T'Vin. Alle anderen Clane haben dem meinem Treue geschworen.«

»Na schön, Satat«, brummte Kirk. »Ich gebe Ihnen noch eine Chance, und wenn Sie erneut Ihr Wort brechen, bringe ich Sie alle in Arrestzellen unter.«

»Wir haben unser Wort nicht gebrochen«, entgegnete

Satat mit unerschütterlicher Würde. »Niemand von uns hat versucht, die Routine an Bord des Schiffes zu stören. *Ihre* Leute haben sich in *unsere* Angelegenheiten eingemischt.«

Verdammt, Satat hatte recht. So lautete die Übereinkunft, und ihre Grundlage bildeten die Anweisungen von Starfleet: Es stand dem Captain frei, die Anhänger von T'Vet wie Gäste zu behandeln, solange Konflikte zwischen ihnen und der Besatzung ausblieben. Die Vereinbarung ging auf Commodore Bright zurück, der immer nur in Büros gearbeitet und nie ein Raumschiff kommandiert hatte. Andernfalls wäre er sicher vernünftig genug gewesen, folgende Bemerkung hinzuzufügen:

»Wenn Sie Starfleet-Vorschriften oder die Regeln an Bord dieses Schiffes verletzen, so kommt das ebenfalls einer Störung der Routine gleich«, sagte Kirk.

»Zum vorgesehenen Zeitpunkt des Duells gab es keine anderen in die Reservierungslisten eingetragenen Benutzer der Sportanlage«, erwiderte Satat. Er nickte Walenski zu. »Ihr Besatzungsmitglied hätte sich von diesem Ort fernhalten sollen.«

»Sie bemerkte Ihre Waffen«, erklärte Kirk. »Und solche Gegenstände sind hier nicht zugelassen. Miss Walenski verbot den Kampf, aber Sie schenkten ihr keine Beachtung und hinderten sie dadurch an der Ausübung ihrer Pflicht. Nun, wenn Sie mir Ihr Wort geben, die Starfleet-Vorschriften sowie alle an Bord der *Enterprise* geltenden Regeln zu beachten, dürfen Sie die Reise als Gäste fortsetzen.«

Satat blieb auch weiterhin würdevoll, als er antwortete: »Wir sind einverstanden.«

Das Interkom summte.

Jim ging zum Wandanschluß. »Hier Kirk.«

»Spock, Captain. Starfleet Command hat neue Anweisungen für uns. Möchten Sie die Order auf der Brücke entgegennehmen, oder soll ich sie aufzeichnen?«

»Ich bin gleich bei Ihnen.« Kirk beauftragte Nelson, für Ordnung zu sorgen, machte sich dann auf den Weg zum Kontrollraum. Wenn die neuen Befehle von Commodore Bright stammten, so wollte er mit ihm reden.

KAPITEL 3

Commander Spock drehte sich zu Lieutenant Uhura um und übermittelte ihr die Nachricht für den Captain. Sie sprach leise ins Mikrofon, und die übrigen Brückenoffiziere warteten neugierig.

Die bisherigen Order Starfleets lauteten folgendermaßen: Captain Kirk sollte die Anhänger von T'Vet zur vulkanischen Kolonie Neun bringen; es waren zwei Zwischenstationen geplant. Im Orbit von Coriolanus würden Spocks Eltern Sarek und Amanda das Schiff verlassen, um an einer Diplomatenkonferenz teilzunehmen. Dafür kamen die serbanianische Botschafterin und ihr Gefolge für die Heimreise an Bord. Auf Serbania wartete Schwester Christine Chapel. Während die *Enterprise* repariert worden war, hatte sie an einem Kurs über die jüngsten Fortschritte bei medizinischen Notfällen teilgenommen. Von Serbania aus ließ sich die vulkanische Kolonie Neun mit normaler Warpgeschwindigkeit in sechs Tagen erreichen.

Es geschah nicht häufig, daß Starfleet dem Captain eines Raumschiffs alle Details der Reiseroute im voraus mitteilte. Weitaus weniger ungewöhnlich waren plötzliche Veränderungen des Plans.

Kirk trat aus dem Turbolift und übernahm den Sessel des Befehlsstands von Spock. »Öffnen Sie einen Kom-Kanal zu Starfleet Command, Lieutenant Uhura.«

Captain Henson, Kommandantin der rein militärischen Starbase MI-17, erschien auf dem Bildschirm. Sie war etwa fünfzig und hatte kurzes, ergrauendes Haar.

»Captain Kirk, ich habe neue Befehle für Sie. Von Commodore Bright. Auf der wissenschaftlichen Kolonie Nisus ist eine Epidemie ausgebrochen. Die *Enterprise* kehrt mit Notfall-Priorität nach Vulkan zurück, und dort nehmen Sie folgende Personen an Bord: Heiler Sorel, Dr. Daniel Corrigan, Dr. Geoffrey M'Benga, die Xenobiologin T'Mir, einige Assistenten sowie zwei Bürger von Nisus.

Von Vulkan aus bringen Sie die Experten für Interspezies-Medizin auf direktem Wege nach Nisus. Sie lassen die Spezialisten zusammen mit Ihrem Bordarzt Dr. Leonard McCoy auf der wissenschaftlichen Kolonie zurück und setzen dann die ursprünglich geplante Reise fort. Ich betone noch einmal, daß es sich um einen Notfall handelt. Die Einzelheiten der Mission sind bereits Ihrem Ersten Medo-Offizier mitgeteilt worden.«

Henson versuchte zu lächeln, aber Spock erkannte Sorge und Erschöpfung hinter dieser mimischen Fassade. »Meine Zeit ist knapp, Captain; ich muß noch mit einigen anderen Raumschiff-Kommandanten sprechen. Keine andere Starfleet-Einheit kann Nisus schneller erreichen als die *Enterprise,* und glücklicherweise sind Sie auch nicht weit von Vulkan entfernt, wo es so viele medizinische Fachleute gibt. Ihr Bordarzt kann Sie über die Details der Situation informieren. Der Zeitfaktor spielt eine wesentliche Rolle — viele Leben sind bedroht. Henson Ende.«

Die Kommandantin verschwand vom Schirm, bevor Kirk Gelegenheit bekam, ein Wort zu sagen. Der Hinweis auf einen medizinischen Notfall genügte ihm. »Fähnrich Chekov, nehmen Sie Kurs auf Vulkan.«

»Aye, Captain.«

Kirk betätigte eine Taste des Interkoms. »Pille, hast du ...«

Leonard McCoy antwortete ihm sofort. »Ja, Jim. Ich habe nicht nur den neuen Einsatzbefehl erhalten, sondern auch einen Bericht über die Epidemie auf Nisus.

Ich vermute, das Virus hat's in sich — bisher waren selbst die besten Wissenschaftler der Galaxis nicht imstande, es zu isolieren und an der Ausbreitung zu hindern. Nun, ich brauche eine Weile, um mich mit den Daten zu befassen.«

»Eine Stunde«, erwiderte Kirk. »Anschließend treffen wir uns im Konferenzzimmer.« Er schwang den Kommandosessel herum und blickte zur Station des Ersten Offiziers. »Wissen Sie etwas darüber, Spock?«

»Meine Informationen beschränken sich auf das, was wir eben gehört haben.«

»Nun, bitte weisen Sie Ihre Eltern darauf hin, daß wir Coriolanus nicht zum vorgesehenen Zeitpunkt erreichen. Vielleicht möchten sie sich nach einem anderen Transportmittel umsehen.«

»Es stehen keine anderen Schiffe zur Verfügung«, entgegnete Spock. Noch im Orbit von Vulkan hatte er die Reiserouten verschiedener Warp-Liner geprüft. »Allerdings wünscht mein Vater bestimmt, den zuständigen Stellen auf Coriolanus mitzuteilen, daß er später eintrifft.«

Als Spock den Turbolift betrat, wandte sich Kirk an Chekov und forderte ihn auf, die wissenschaftliche Station zu übernehmen. Der junge Russe erhob sich, zwinkerte Lieutenant Sulu zu und flüsterte: »Beim letztenmal fiel es uns schwer, Vulkan zu *erreichen.* Jetzt können wir nicht *weg.*«

Diese Bemerkung war natürlich nicht für Spocks Ohren bestimmt, aber Menschen vergaßen immer wieder das gute Hörvermögen von Vulkaniern.

Spocks Eltern befanden sich weder in ihrer Kabine noch in der Bordbibliothek oder auf dem Beobachtungsdeck. Er fragte in verschiedenen Abteilungen nach und beschloß, es im Freizeitbereich zu versuchen, bevor er Sarek und Amanda ausrufen ließ.

Unteroffizier Kasita antwortete am Interkom des Freizeitraums. »Sie waren hier«, sagte er. »Aber dann schlug Botschafter Sarek Miss Chong vor, ihr Privatunterricht in Astrophysik zu erteilen. Lady Amanda ging nach unten zur Sporthalle.«

»Danke«, erwiderte Spock geistesabwesend. Er dachte an den Zwischenfall mit T'Vets Anhängern — Kirk hatte nicht erwähnt, daß Amanda zugegen gewesen war.

Er verzichtete darauf, noch einmal das Interkom zu benutzen, begab sich statt dessen in die Freizeitsektion und fragte Fähnrich Walenski nach seiner Mutter.

»Ja, sie ist in Raum sechs. Seien Sie unbesorgt, Mr. Spock: Von der Aufregung in Sporthalle A hat sie nichts mitbekommen.«

Raum sechs — eine private Kammer. Der Erste Offizier betätigte den Türmelder. »Mutter? Ich bin's, Spock. Darf ich eintreten?«

»Ja, natürlich.« Ihre Stimme klang erstaunlich dumpf, und es lag nicht nur an der Tür. Das Schott öffnete sich erst, als Spock die Sensorfläche daneben berührte.

Er sah Amanda in der Mitte des Zimmers. Ihre Beine ragten nach oben.

Eine Sekunde später begriff Spock: ein Kopfstand. Doch der Grund dafür blieb ihm verborgen. Sie hatte gerade eine sehr gefährliche Krankheit überstanden — ein deutlicher Hinweis auf ihre kurzlebige menschliche Natur. Warum belastete sie nun den noch immer geschwächten Körper?

Nach einer Weile rollte sich Amanda ab und blieb flach auf dem Rücken liegen. In ihren Augen funkelte es amüsiert, als das rötliche Glühen aus den Wangen verschwand. »Nein, Spock, deine Mutter ist nicht übergeschnappt. Ich halte mich nur an die Anweisungen des Arztes, der mir zu einigen einfachen täglichen Übungen riet — um meinen Körper nach der langen Stasis wieder in Form zu bringen.«

»Ich ... ich habe dich nie dabei beobachtet«, sagte Spock. Vermutlich hatte seine Mutter zu Hause damit begonnen, während er sie besuchte.

»Nein, auf Vulkan fanden meine Übungen in der Akademie-Sporthalle statt.« Amanda lächelte, setzte sich auf und neigte sich von einer Seite zur anderen. »Ich wollte dir gegenüber nicht wie eine Närrin wirken.«

»Du siehst keineswegs ... närrisch aus«, gab Spock zurück. Ihr Erscheinungsbild deutete auf Fitneß hin. Der dunkelblaue Gymnastikanzug offenbarte einen schlanken, gesunden Körper. Spock hatte nie an die Figur seiner Mutter gedacht, denn sie trug immer weite, bunte Umhänge, die zwar nicht unbedingt der vulkanischen Tradition entsprachen, jedoch ihren Körper ebenso verhüllten.

»Ich habe eine Nachricht für dich und Vater«, sagte er. »Starfleet hat die *Enterprise* beauftragt, einige auf Vulkan wartende medizinische Spezialisten abzuholen und dann nach Nisus zu fliegen. Erst im Anschluß daran können wir die Reise nach Coriolanus fortsetzen.«

Amanda musterte ihren Sohn. »Wann treffen wir dort ein?«

»Sechs Tage später als geplant.«

»Nicht sechs Komma eins drei sieben Tage?«

»Sechs Komma zwei fünf zwei. Mutter, ist es nicht unlogisch, verärgert zu sein, wenn Vater oder ich präzise Antworten geben — und präzise Antworten zu verlangen, wenn wir es an Genauigkeit mangeln lassen?«

»Nein.« Amanda zuckte mit den Achseln. »Es ist nicht unlogisch, sondern menschlich.« Sie stand auf, zog die Schuhe an, nahm ihren üblichen Umhang von einer nahen Sitzbank und streifte ihn über.

Daraufhin sah Spocks Mutter wieder so aus, wie er sie kannte. Das silbergraue Haar bildete einen Turm auf ihrem Haupt, und die Schuhe mit den hohen Absätzen ließen sie größer erscheinen; hinzu kam die Robe mit den langen, vertikalen Falten. Amanda strahlte nun erhabene Würde aus.

»Sarek ist im Computer-Laboratorium«, sagte sie. »Er hilft einem Besatzungsmitglied, sich auf die astrophysikalische Prüfung vorzubereiten.«

»Ich weiß«, erwiderte Spock. Wenigstens das hatten seine Eltern gemein: Beide waren Lehrer. Wenn sie einen lernwilligen Schüler fanden, zögerten Amanda oder Sarek nicht, viele Stunden mit ihm zu verbringen.

Als sie den Raum verließen, fragte Spocks Mutter: »Du hast wahrscheinlich schon festgestellt, ob es eine Möglichkeit für uns gibt, Coriolanus rechtzeitig zu erreichen.«

»Es existiert keine.«

Amanda sah ihren Sohn an und lächelte. »Dann sollten wir uns darüber freuen, mehr Zeit mit dir verbringen zu können. Aus welchem Grund hat die *Enterprise* einen neuen Auftrag erhalten?«

Das Schmunzeln wich von ihren Lippen, als Spock die medizinische Krise schilderte. »Experten für Interspezies-Medizin? Wieso?«

»Der Grund ist eine Epidemie. Dr. McCoy wird den Kommando-Offizieren in einundvierzig Komma sieben Minuten Bericht erstatten.«

»Na schön«, seufzte Amanda. »Ich teile Coriolanus mit, daß wir später kommen. Ich halte es für sinnlos, deinen Vater zu stören, solange wir nicht mehr wissen.«

Spocks Mutter war keine Telepathin, aber auf Vulkan hatte sie gelernt, ihr Bewußtsein abzuschirmen — um zu vermeiden, ihre Gefühle in den mentalen Äther zu senden.

Spock spürte zwar, daß ihre psychischen Schilde ihn aussperrten, aber er wußte auch, was Amanda jetzt dachte.

Die direkten Kontakte zwischen Angehörigen vieler verschiedener Völker — ob sie auf einem Planeten lebten oder in der künstlichen Umwelt von Raumschiffen oder Basen im All — stellten in der galaktischen Geschichte noch immer etwas Neues dar. Niemand konnte die langfristigen Auswirkungen vorhersagen. Einige Konsequenzen zeichneten sich gerade erst ab.

Spocks Mutter war jetzt völlig gesund, doch vor einigen Monaten hatte sie an degenerativer Xenosis gelitten. Ihre Krankheit stand in einem direkten Zusammenhang mit der Tatsache, daß sie als Terranerin seit vielen Jahren auf Vulkan lebte. Die genauen Ursachen blieben nach wie vor ein Rätsel, aber wenigstens gab es eine wirkungsvolle Behandlungsmethode. Der Vulkanier Sorel und der Mensch Corrigan — ein ausgezeichnetes Medo-Team, das an der wissenschaftlichen Akademie arbeitete — hatten Amanda geheilt. Für immer, wie sie hofften.

Spock kannte die beiden Männer von seiner Geburt an, denn als erster vulkanisch-menschlicher Hybride verdankte er ihnen seine Existenz. Wie Spock und seine Eltern, wie die Föderation und Starfleet, waren sie ein Beispiel dafür, was erreicht werden konnte, wenn intelligente Spezies zusammenarbeiteten und sich über ihre Unterschiede freuten.

Doch manchmal schien die Natur gegen so etwas zu protestieren. Wie oft hatte die *Enterprise* leere Forschungsstationen wie Psi 2000 gefunden, wo alle Wissenschaftler dem Wahnsinn anheimgefallen waren, der sie zwang, sich gegenseitig umzubringen? Das dafür verantwortliche Virus geriet an Bord des Schiffes, und die Botschaft schien ziemlich klar zu sein: Niemand war dazu bestimmt, sich so weit von seiner Heimatwelt zu entfernen.

Die Genialität der *Enterprise*-Crew fand damals ebenso einen Ausweg wie bei anderen Gelegenheiten. Eine Besatzung, die aus Angehörigen vieler Föderationsvölker bestand.

Das Schweigen zwischen Mutter und Sohn dauerte an, als sie durch den Korridor schritten. Am Turbolift verharrte Amanda. »Du bist beunruhigt, Spock.«

»Es ist unlogisch, beunruhigt zu sein«, antwortete er automatisch.

Seine Mutter sah ihn an, versperrte ihm den Weg und blieb außerhalb des Erfassungsbereichs der Liftsensoren. »Na schön. Dann bist du eben besorgt. Aber wenn sich die besten medizinischen Fachleute der Föderation um diese Sache kümmern ... Sicher ist die Seuche bald kein Problem mehr.«

»Mutter, auf Nisus *befinden* sich bereits viele medizinische Experten aus der Föderation«, sagte Spock. »Und auch einige aus anderen Völkern. Sogar klingonische und orionische Wissenschaftler arbeiten dort und leisten einen Beitrag für die Forschungen.«

»Ich weiß«, entgegnete Amanda. »Nisus existiert seit drei Generationen. Ich habe schon in der Schule davon gehört, als kleines Mädchen. ›Das beste Bespiel in der Galaxis für die Kooperation intelligenter Lebensformen.‹ Eine Zeitlang habe ich mit dem Gedanken gespielt, auf Nisus mit linguistischen Untersuchungen zu beginnen und die Interaktionen der vielen verschiedenen Sprachen zu analysieren. Aber dann lernte ich deinen Vater kennen und entschied mich für eine andere Form von Kooperation zwischen intelligenten Lebensformen.«

Spock ahnte, daß seine Mutter versuchte, ihm ein Lächeln zu entlocken — Sarek hätte auf diese Bemerkung bestimmt mit einem Schmunzeln reagiert. Doch er dachte an einige Situationsaspekte, denen Amanda offenbar keine Beachtung schenkte: Die Wissenschaftler auf Nisus standen der Epidemie mehr oder weniger hilflos gegenüber, weil sie selbst die Ursache waren; die Interspezies-Zusammenarbeit ermöglichte es der Seuche, sich weiter auszubreiten.

Alle Völker, die ein gewisses kulturelles Niveau erreicht hatten, entwickelten das Konzept der Toleranz. Einige praktizierten es mit größerem Eifer als andere. Spock war auf Vulkan aufgewachsen und kannte das

Ideal als UMUK: Unendliche Mannigfaltigkeit in Unendlicher Kombination.

Das UMUK-Konzept hatte sakrale Bedeutung für Vulkanier, doch Logik verlangte Anerkennung von Tatsachen. Die Natur hatte Amanda bedroht, weil sie es wagte, als Mensch auf Vulkan zu leben. Und jetzt mußten die Wissenschaftler von Nisus leiden, weil sie das UMUK-Ideal konkret verwirklichten.

Die Daten reichen nicht für eine Hypothese aus, dachte Spock. Seine Mutter bot ein gutes Beispiel. Die vereinte medizinische Weisheit vieler Welten würde Nisus vor einer verheerenden Katastrophe bewahren.

KAPITEL 4

In der vulkanischen Akademie der Wissenschaften kehrte Sorel von einer Operation in sein Büro zurück. An diesem Tag erwarteten ihn noch zwei andere Patienten: T'Kar und ihre Tochter T'Pina. Eine Routineuntersuchung, bevor sie Vulkan verließen und nach Nisus zurückkehrten.

Als er zur Tür des Empfangsbereichs schritt, summte sein Signalgeber. Er betrat das Zimmer und fragte T'Sel: »Eine Nachricht für mich?«

»Die Raumkontrolle möchte Sie sprechen.«

Die Raumkontrolle? »Ich nehme den Anruf in meinem Büro entgegen.«

Alle Vulkanier beherrschten die emotionale Kontrolle, doch Sorel erinnerte sich nun an einen Ausspruch seines Lehrers Svan; die eigene jahrelange Erfahrung bestätigte den Wahrheitsgehalt jener Bemerkung: »Ein Heiler steckt voller Widersprüche. Er muß die strengste emotionale Kontrolle aller Vulkanier wahren, zum Wohl der Patienten und zum Schutz seiner geistigen Stabilität. Gleichzeitig hat er einen Beruf gewählt, der die allgemeine vulkanische Schwäche herausfordert: Neugier.«

Als sich Sorel der Konsole in seinem Büro näherte, konnte er der Neugier kaum mehr widerstehen. Seine Tochter war zu Hause; es befanden sich keine Familienmitglieder in Außenwelt. Deshalb vermischte sich sein Interesse nicht mit Besorgnis, als er über das Anliegen der Raumkontrolle nachdachte.

Er drückte eine Taste, und sofort erhellte sich der

Bildschirm, zeigte einen Terraner in der Uniform eines Starfleet-Commodore. »Ich grüße Sie, Heiler. Ich bin Vincent Bright und leite die Starfleet-Aktivitäten in diesem Sektor. Die vulkanische Raumkontrolle hat mir einen Kom-Kanal für diese Mitteilung geöffnet. Starfleet Command bittet Sie und Ihren Mitarbeiter Dr. Daniel Corrigan um Hilfe.«

Sorel befürchtete sofort einen medizinischen Notfall an Bord der *Enterprise,* die den vulkanischen Orbit vor zwei Tagen verlassen hatte. Er kannte Dr. Leonard McCoy und wußte auch seine Kompetenz als Arzt zu schätzen: Wenn er Hilfe anfordern mußte, so handelte es sich zweifellos um eine sehr ernste Krise. Der Heiler atmete tief durch, besann sich auf seine Ausbildung und blieb ruhig.

»Ich bin Ihnen gern zu Diensten, Commodore«, erwiderte er gefaßt. »Was benötigt Starfleet?«

»Auf der wissenschaftlichen Kolonie Nisus ist eine Epidemie ausgebrochen, und die dortigen Bewohner brauchen Fachleute für Interspezies-Medizin. In der Anfrage nennt man sowohl Ihren Namen als auch den von Dr. Corrigan und Ihrer Tochter T'Mir. Die USS *Enterprise* schwenkt in zwei Komma sieben Tagen erneut in die vulkanische Umlaufbahn, um Sie abzuholen. Ich habe einen Kontakt mit allen angeforderten Personen herstellen können, abgesehen von Lady T'Mir und Dr. Corrigan. Kennen Sie ihren Aufenthaltsort?«

»Ja.«

»Gut. Bitte geben Sie mir die betreffenden Kommunikationscodes.«

»Das ist nicht möglich«, erwiderte Sorel.

»Wie bitte? Bestimmt irren Sie sich! Corrigan ist Arzt und muß in Notfällen erreichbar sein. Und sicher können Sie sich mit Ihrer Tochter in Verbindung setzen.«

»Meine Tochter und Dr. Corrigan haben vor kurzer Zeit geheiratet«, antwortete Sorel. »Sie sind in der Eheisolation.«

»In den Flitterwochen, meinen Sie?«

Eine Hand streckte sich Brights Arm entgegen und zog sanft daran. Er schüttelte sie verärgert ab. »Dieser Notfall hat Vorrang gegenüber allen privaten ...«

Erneut griff die Hand nach Brights Arm, gefolgt von einem Körper in blauer Starfleet-Uniform: eine menschliche Frau in mittleren Jahren, mit den Streifen eines Commanders. Ein Protokolloffizier, vermutete Sorel, als er sie beobachtete. Er mußte sich auf die Mentaldisziplinen besinnen, um seine Erheiterung nicht zu zeigen.

»Commodore!« zischte die Terranerin und versuchte, die Aufmerksamkeit des Commodore auf sich zu lenken. »Nichts hat Vorrang, wenn verheiratete Vulkanier in der Eheisolation sind!«

Sorel war seit vielen Jahren daran gewöhnt, Corrigan als Maßstab für menschliche Fähigkeiten zu nehmen. Daher wußte er, daß kein Mensch die Stimme der Frau überhören konnte.

Bright runzelte die Stirn. »Verdammt, Miss Frazer! Die kulturellen Besonderheiten sind mir völlig gleich. Urlaub ist nicht so wichtig wie eine Epidemie!«

»Von Urlaub kann keine Rede sein.« Die Terranerin warf einen kurzen Blick auf den Schirm und erinnerte sich vermutlich an das gute vulkanische Gehör, denn sie zerrte Bright beiseite.

Die nächsten Worte der Frau vernahm Sorel nicht, aber kurz darauf ertönte der laute Protest des Commodore. »Himmel, Corrigan ist kein Vulkanier, sondern ein *Mensch!*«

Die Begriffsstutzigkeit des Mannes weckte soviel Zorn in Miss Frazer, daß sie die Stimme hob. »Wir wissen nicht, wie vulkanische *Frauen* auf so etwas reagieren, Sir. Wenn's bei Vulkaniern um biologische Dinge geht, so bleibt ihnen keine *Wahl!*«

Die beiden Starfleet-Offizier setzten ihr Gespräch so leise fort, daß Sorel nur noch unverständliches Raunen hörte.

Schließlich erschien Commodore Bright wieder auf dem Schirm. Seine Wangen waren gerötet, und Schweiß glänzte auf der Stirn. Er räusperte sich. »Gibt es irgendeine Möglichkeit, Dr. Corrigan und Lady T'Mir eine Nachricht zu schicken?«

Auf Nisus arbeiteten die besten Wissenschaftler der Galaxis, und wenn sie Hilfe anforderten, so mußte die dortige Situation wirklich sehr ernst sein. Aus diesem Grund antwortete Sorel: »Ja. Das läßt sich bewerkstelligen.« Er zögerte kurz und fügte hinzu: »Daniel und T'Mir können in zwei Tagen aufbrechen, wenn es nötig ist.«

»Danke«, sagte Bright mit offensichtlicher Erleichterung. »Bitte aktivieren Sie den Aufzeichnungsmodus Ihrer Konsole. Ich übermittle Ihnen alle uns vorliegenden Informationen über die Seuche.«

Die Daten huschten so schnell über den Monitor, daß selbst ein Vulkanier nicht imstande war, ihnen zu folgen. Ein Detail verharrte etwas länger auf dem Schirm und grub tiefe Wurzeln in Sorels Gedächtnis.

Die Sterblichkeitsziffern.

Der Heiler rief eine Zusammenfassung ab, die ihm einen Überblick in Hinsicht auf die Krankheit und ihre Ausbreitung gewährte. Wenige Sekunden später wußte er, warum Daniel und er gebraucht wurden.

Als ihm der Bildschirm wieder Bright präsentierte, sagte Sorel: »Wir kommen, Commodore. Angesichts der besonderen Umstände kann ich auch für meinen Mitarbeiter sprechen. Meine Tochter muß selbst entscheiden, aber ich bin sicher, daß sie sich uns anschließt. Ich frage Daniel und T'Mir. Innerhalb der nächsten Stunde gebe ich Ihnen Bescheid.«

»Danke«, erwiderte Bright und nannte Sorel seinen Kom-Code.

Natürlich gab es keine biologischen Gründe, die Corrigan und T'Mir zur Eheisolation zwangen, doch Sorel beabsichtigte nicht, dem übereifrigen Menschen die Hintergründe zu erläutern. Wahrscheinlich hätte er die Gebote der Tradition ohnehin nicht verstanden. Als der Commodore vom Schirm verschwand, gab Sorel Daniels Code ein und fügte die allein ihm bekannte Dringlichkeitssequenz hinzu.

KAPITEL 5

In der Quarantänestation des Hospitals von Nisus teilte Korsal ein Zimmer mit dem andorianischen Epidemiologen Therian. Für gewöhnlich stand in diesem Bereich jedem Patienten ein Raum zur Verfügung, aber es mußten so viele Kranke behandelt werden, daß nur die kritischen Fälle allein untergebracht wurden.

Beide Männer hatten Computerterminals angefordert. Seit zwei Tagen untersuchten sie die Ausbreitung der Epidemie und verdrängten dadurch alle Gedanken an die ihnen drohende Gefahr. Korsal dachte nicht mehr an Borths Drohung und konzentrierte sich darauf, Therian zu helfen, der nach den Gründen für die Mutationen des Virus suchte.

Der blauhäutige Andorianer wirkte sehr blaß, denn er konnte ebensowenig schlafen wie Korsal. Die Inkubationszeit war fast vorüber — vorausgesetzt natürlich, daß sich die neue Art des Krankheitserregers zumindest in dieser Hinsicht ebenso verhielt wie die alte. Bei Dr. Treadwell hatten sich die ersten Symptome am vergangenen Tag eingestellt, doch das bedeutete nicht viel: Als Arzt war er vor der Ratssitzung mit anderen Opfern in Kontakt geraten — ohne die nötige Vorsicht walten zu lassen, da er sich für immun hielt. Von den Schwestern erfuhren Korsal und Therian nur, daß der terranische Doktor niemand verletzt hatte. Sie bezeichneten seinen Zustand als ebenso kritisch wie den von Keski.

Der Andorianer gab Daten über jeden neuen Patienten ein, und seine Kopffühler neigten sich kummervoll nach vorn, als es zu immer mehr Tobsuchtsanfällen kam, während die übrigen Symptome — Fieber und Kopfschmerzen — zurückgingen. Er verarbeitete diese Informationen zu grafischen Darstellungen, die für Korsal bedeutungslos blieben.

»Bisher haben sie auch für mich keine Bedeutung«, sagte Therian niedergeschlagen. »Abstammung, Alter, Wohnort, Tätigkeitsbereich, frühere Erkrankungen — ich halte vergeblich nach einem gemeinsamen Faktor Ausschau. Hier.« Er zog ein Datenmodul aus dem Computer und reichte es Korsal. »Bitte überprüfen Sie die darin gespeicherten Gleichungen, während ich es mit etwas anderem versuche.«

Korsal schob das Modul in sein eigenes Terminal und begann damit, die Gleichungen in Grafiken umzuwandeln. Er wußte, daß dem Andorianer bei seinen Berechnungen kein Fehler unterlaufen war.

Unterdessen stellte Therian eine Verbindung zum Zentralcomputer des Hospitals her und forderte die Familiendaten aller Opfer der jüngsten Virusart an. Einige Sekunden später verlangte er familienbezogene Statistiken in bezug auf alle Patienten, ganz gleich, an welcher Form der Krankheit sie gelitten hatten oder noch litten. Kurz darauf setzte er seine Analysen fort.

Das Interkom summte. Der Klingone wandte sich vom Terminal ab — Therians Grafiken waren so exakt, wie er es erwartet hatte — und betätigte einen Schalter. »Hier Korsal.«

Rita Espositos Gesicht erschien auf dem Schirm. »Ich fürchte, ich habe schlechte Neuigkeiten für Sie.«

Therian unterbrach seine Arbeit und trat neben Korsal. »Weitere Opfer?«

»Ja, und zwar ziemlich viele«, bestätigte die Frau. »Außerdem: John Treadwell ist gerade gestorben, und bei Keski wurde totalorganisches Versagen diagnostiziert. Lebenserhaltungsgeräte bewahren ihn vor dem Tod.«

»Hat sich noch niemand von der neuen Krankheitsvariante erholt?« fragte Therian.

Esposito blickte zur Seite. Sie war Pflegerin hier im Krankenhaus, und sicher wußte sie, was in den einzelnen Abteilungen geschah. Schließlich sah sie wieder zum KomSchirm. »Bei einigen Patienten hat sich der Zustand stabilisiert, aber ihre Namen stehen noch immer auf der Liste für kritische Fälle.«

»Danke für die Auskunft«, sagte Korsal. »Sind andere Ratsmitglieder erkrankt?«

Rita schüttelte den Kopf. »Wir müssen die nächsten Stunden abwarten. Gott steh uns allen bei.«

Esposito berührte eine Taste, und leeres Grau überzog den kleinen Bildschirm. Therian drehte sich um, und seine Kopffühler erschlafften, sanken fast in den weißen Haarflaum.

»Mit Ihren Gleichungen ist alles in bester Ordnung«, sagte Korsal in einem aufmunternden Tonfall.

»Aber sie geben uns nicht die gewünschte Antwort!« entgegnete der Andorianer. »Warum bin ich nicht in der Lage, ein Muster zu finden?«

»Bestimmt existiert eins«, brummte Korsal. Als Techniker weigerte er sich, an Zufälle zu glauben. »Wir müssen den Schlüsselfaktor lokalisieren.«

Therian zischte leise — das andorianische Äquivalent eines Seufzers. »Mal sehen, was geschieht, wenn ich die Familiendaten hinzufüge.«

Korsal beobachtete, wie Therian das Elaborationsprogramm um neue Anweisungen erweiterte und es dann startete. Heute arbeitete der Computer langsamer als sonst: Er überwachte Dutzende von Personen, die an Lebenserhaltungssysteme angeschlossen waren; darüber hinaus mußte er die elektronischen Akten von zahlreichen Patienten immer wieder auf den neuesten Stand bringen. Korsal bemerkte eine deutliche Verzögerung zwischen den Eingaben und der Darstellung der abgerufenen Daten auf dem Monitor.

Schließlich zeigte das Projektionsfeld erste Resultate. Die Größe der Familien spielte ebensowenig eine Rolle wie das Alter ihrer Mitglieder. Abgesehen vom Hospitalkomplex waren die Virusopfer gleichmäßig in der Stadt verteilt.

»Berechnungsgrundlage: Beruf«, sagte Therian.

Korsal betrachtete die veränderten Werte, und sie überraschten ihn nicht. Die meisten Infektionen betrafen Ärzte und Krankenschwestern, die sich trotz der antiseptischen Maßnahmen durch Kontakte mit den Patienten ansteckten. Dann kamen Schüler, Studenten und Lehrer — typisch für jede Epidemie.

»Berechnungsgrundlage: nur Opfer der Virusarten B und C«, wies Therian den Computer an.

Die Zahlen verrieten Korsal nicht viel. Es gab weniger infizierte Schüler, Studenten und Lehrer, weil die Schulen und Fakultäten geschlossen hatten. Ansonsten erkannte er kaum Unterschiede.

Der Andorianer zupfte an einem Kopffühler, was ihm sicher Schmerzen bereitete — deutlicher Hinweis auf seine Frustration. »Berücksichtige alle individuellen Aspekte in den Opfer-Dateien«, sagte er. »Berechne sie getrennt voneinander.«

»Nicht genug Speicherplatz«, antwortete eine Sprachprozessorstimme. »Kapazitätsüberlastung. Unter den gegenwärtigen Bedingungen sind für die Neuberechnung drei Stunden und vierzehn Komma sieben drei Minuten erforderlich.«

Korsal schätzte die normalerweise notwendige Zeit auf höchstens einige Minuten. Der Zentralcomputer mußte zu viele verschiedene Aufgaben wahrnehmen.

»Ich verbinde mein Terminal mit dem Rechner im technischen Laboratorium«, schlug der Klingone vor.

»Meinetwegen«, sagte Therian. »Aber ich starte das Programm trotzdem. Es könnte durchaus drei Stunden dauern, um Ihren Laborcomputer vorzubereiten.«

Das stimmte. Dennoch aktivierte Korsal das Interkom

und beauftragte jemanden, eine Verbindung zwischen seinem Terminal und dem Laboratoriumsrechner zu schalten. Anschließend sah er wieder Therian zu.

Der Hospitalcomputer arbeitete das Programm so langsam ab, daß jede einzelne Anweisungszeile über den Bildschirm wanderte. Der Andorianer beobachtete sie, und Korsal störte ihn nicht in seiner Konzentration.

Kurze Zeit später war der Datenkontakt mit dem Rechner im technischen Labor hergestellt, und Korsal modifizierte die Terminalparameter.

»Große Mutter Andor!«

Therians Ausruf ließ den Klingonen zusammenzukken.

Ruckartig drehte er sich um. Der Andorianer starrte auf den Bildschirm, betrachtete noch immer die Anweisungszeilen. Seine Kopffühler ragten jetzt steif nach oben und vibrierten. »Die Kinder!« keuchte er und schluchzte fast. »O Große Mutter — es sind die *Kinder!*«

»Welche Kinder?« fragte Korsal und trat näher, um einen Blick auf den Monitor zu werfen.

Therian wandte sich ihm zu und fletschte die Zähne. »Nein!« heulte er. »Verräter! Die Große Mutter hat uns so geschaffen, wie wir sind, und Sie haben die Speziesreinheit gleich *zweimal* entweiht! Das darf nicht noch einmal geschehen. *Nicht noch einmal!*«

»Therian, es ist die Krankheit«, sagte Korsal sanft und wich von dem zornigen Andorianer fort. Er hob die leeren Hände und hoffte, daß Therian die Geste des Friedens verstand. »Sie haben sich angesteckt. Ich gebe den Ärzten Bescheid.«

»Laskodor!« kreischte der Infizierte. »Verführer der Tochter! Zerstörer der Kinder!«

Das akustische Niveau im Zimmer wurde überwacht — Korsal brauchte nicht um Hilfe zu rufen. Therians Schreie hatten bereits einen Alarm ausgelöst. Der Klingone hörte eilige Schritte im Korridor, doch plötzlich streckten sich zwei Hände seinem Hals entgegen!

Therian war nicht annähernd so stark wie Korsal, aber der Wahnsinn verlieh seinem hageren Leib zusätzliche Kraft. Der klingonische Techniker versuchte, ihn nicht zu verletzen, als er den Andorianer beiseite schob. Sofort kehrten die dünnen Arme zurück, und Therians Hände schlossen sich um seine Kehle.

Korsal knickte die Finger behutsam — und dann fiel ihm ein, daß sich andorianische Gelenke durch eine besondere Flexibilität auszeichneten. Die Schwärze der Bewußtlosigkeit wogte ihm entgegen, und es konnte nur noch einige Sekunden dauern, bis er ihr erlag. Wo blieben die Pfleger?

Er preßte die Arme unter Therians Ellbogen, befreite sich aus dem Griff und stieß den Andorianer fort, als zwei Männer in Schutzkleidung hereinkamen.

Therian prallte gegen sie, taumelte und griff erneut den Klingonen an.

Korsal hielt ihn an den Armen fest und trat den beiden Krankenpflegern entgegen, als der Andorianer plötzlich erschlaffte. »Er ist ohnmächtig geworden«, sagte er, hob den fragilen Leib und legte ihn aufs Bett. »Sie sollten besser eine Bahre holen.«

Einer der beiden Männer ging, und der andere schaltete das Bio-Display über der Kopfseite des Bettes ein. Nur der Indikator für Körpertemperatur stieg langsam nach oben, sank dann wieder.

»Er ist tot«, stellte der Pfleger fest. Die Atemmaske vor seinem Gesicht dämpfte die Stimme.

»Unmöglich!« entfuhr es Korsal. »Wir brauchen Behandlungsgeräte. Nein, warten Sie. Darum kümmere ich mich. Leiten Sie erste Wiederbelebungsmaßnahmen ein.«

»Sir…« Der Pfleger gestikulierte nervös. »Andorianer können nicht wiederbelebt werden.«

Korsal fragte sich, ob dieser Umstand auf die andorianische Biologie oder religiöse Prinzipien zurückging. Was auch immer der Fall sein mochte: An Therians Tod ließ sich nichts ändern.

Traurig nahm er auf seinem eigenen Bett Platz, als die Pfleger den Leichnam fortbrachten.

Der Andorianer war gestorben, sein Wissen verloren.

Oder lag es am Wahn? überlegte Korsal.

Er starrte auf den Computermonitor: Noch immer krochen Anweisungszeilen von unten nach oben über den Schirm. Ganz gleich, was der Epidemiologe dort gesehen hatte: Die Daten befanden sich jetzt nicht mehr im Projektionsfeld, und es fehlte jeder Anhaltspunkt dafür, zu welchem Teil des Programms sie gehörten.

Ist es nur plötzlicher Wahnsinn gewesen, der Therian davon überzeugte, die Antwort gefunden zu haben? dachte Korsal. Oder hatte ihm der Bildschirm tatsächlich einen Hinweis auf den Mutationsfaktor gezeigt — einen Hinweis, der die Kinder von Nisus betraf?

KAPITEL 6

Sorels Patienten trafen pünktlich ein. Wie sich herausstellte, waren T'Kar und T'Pina in physischer Hinsicht völlig gesund.

»Halten Sie es für klug, jetzt nach Nisus zurückzukehren?« fragte Sorel die beiden Frauen. »Sie haben dort keine Familienangehörigen ...«

»Jener Planet ist unser Zuhause«, erwiderte T'Kar ruhig. Sorel erlaubte sich keine Emotionen; andernfalls hätte er T'Kar vielleicht um ihre Gelassenheit beneidet. Vor zwei Monaten war sie nach Vulkan gekommen, um das *Katra* ihres Mannes seinen Ahnen zu bringen — so verlangte es die vulkanische Tradition.

»Für mich gibt es keine andere Heimat als Nisus«, fügte T'Pina hinzu. »Ich habe nun die Ausbildung beendet und möchte mit der Arbeit beginnen.«

»Sie riskieren dabei, sich mit einem sehr gefährlichen Krankheitserreger zu infizieren«, erinnerte Sorel die beiden Frauen. »Sie sollten warten, bis man die Epidemie unter Kontrolle gebracht hat.«

»Ich bin Krankenschwester«, hielt ihm T'Kar entgegen. »Auf Nisus wird Pflege- und Behandlungspersonal dringend gebraucht. Sie selbst haben nicht beschlossen, den Hilferuf der wissenschaftlichen Kolonie zu ignorieren.«

»Es ist also schon allgemein bekannt«, kommentierte Sorel.

»Sorn hat mir davon erzählt«, sagte T'Pina. »Und er wollte mich dazu überreden, nicht nach Hause zurückzukehren.«

»Sorn möchte, daß T'Pina für immer hierbleibt«, erklärte ihre Mutter. »Doch seine Familie hat sich nicht mit mir in Verbindung gesetzt.«

Sorel hörte eine subtile Warnung, die der jüngeren Frau galt. Er kannte Sorn nicht, aber vermutlich stammte der junge Mann aus einem jener Clane, die Ehen nur dann zuließen, wenn dadurch wünschenswerte interfamiliäre Beziehungen entstanden.

T'Kar und ihr Bindungspartner kamen aus einer der Alten Familien, deren Stammbaum bis zu den ersten Anhängern des Philosophen Surak zurückreichte.

Ihre Tochter hingegen war adoptiert.

T'Pina war eins von vierundzwanzig Kindern, die den Angriff auf Kolonie Fünf überlebt hatten. Kurz nach dem Überfall gab Vulkan die Kolonie auf — die geringe Entfernung zur romulanischen Neutralen Zone stellte eine zu große Gefahr dar.

Man ging davon aus, daß Romulaner Kolonie Fünf zerstört hatten — damals war sie erst einige Jahre alt und umfaßte etwa siebenhundert Personen —, aber es gab keine Beweise. Die nächste Starbase empfing den Notruf einen Tag später, und als ein Raumschiff den Planeten erreichte, fand man dort nur Trümmer. Und vierundzwanzig Kinder, alle jünger als drei Jahre.

Alle übrigen Kinder und Erwachsenen waren tot, die Gebäude Ruinen, die Aufzeichnungen vernichtet. Dreiundzwanzig Überlebende konnten mit Hilfe von Netzhautscans identifiziert werden, doch bei einem kleinen Mädchen versagte diese Methode. Es fehlten ID-Unterlagen über seine wenige Tage zurückliegende Geburt, und die anderen Kinder wußten nichts von den Eltern oder Verwandten auf Vulkan.

T'Kar und Sevel legten keinen Wert auf solche Informationen. Sie hatten sich immer ein Kind gewünscht, adoptierten das Mädchen und nahmen es mit nach Nisus. Dort wuchs T'Pina zu einer gesunden, sehr intelligenten Frau heran und verdiente sich ihren Platz in der wissenschaftlichen Kolonie, indem sie das Studium an der vulkanischen Akademie mit Auszeichnung abschloß.

All das ging aus ihren Medo-Akten hervor, aber darin fanden sich keine Angaben über ihre Ausgeglichenheit, die so sehr dem inneren Frieden der Adoptivmutter ähnelte. Sie mochten nicht miteinander verwandt sein, doch T'Kar und T'Pina standen sich näher als viele »natürliche« Eltern und ihre Kinder.

Für Sorel war es unbegreiflich, warum manche Leute aufgrund von Blutsverwandtschaft urteilten, ohne dabei persönliche Leistungen zu berücksichtigen. Nur wenige Vulkanier lehnten es ab, Unterschiede zu schätzen, wie es Surak gelehrt hatte. Unglücklicherweise konnten jene wenigen viel Schaden anrichten. Er erinnerte sich daran, daß Sendet versucht hatte, das mentale Band zwischen Daniel und T'Mir zu zerreißen, und er entsann sich auch an den ersten Aufenthalt des jungen Mannes in der *Enterprise.*

Hoffentlich hat Captain Kirk Sendet und seine Gesinnungsgenossen in Arrestzellen untergebracht, dachte der Heiler.

Er unterdrückte diesen unwürdigen Gedanken und besann sich wieder auf das Thema Nisus. »Man hat Daniel und mich um Hilfe gebeten. Wir wissen nicht nur, worauf es bei der Behandlung von Vulkaniern und Menschen ankommt — hier an der Akademie haben wir auch medizinische Erfahrungen mit vielen anderen intelligenten Spezies gesammelt.«

»Unsere Freunde sind auf Nisus«, sagte T'Kar. »Wir können nicht hierbleiben, während dort Personen gebraucht werden, die sich um Infizierte kümmern. Oder um das Kraftwerk und die Felder.«

T'Pina nickte. »Heiler, Nisus' ökonomische Unabhängigkeit ist bedroht. Und die Bewohner der Kolonie könnten sterben — nur weil zwei hilfsbereite Hände fehlen.«

»Das Hufeisen ging verloren, weil es an einem Nagel mangelte«, sagte Sorel, ohne vorher nachzudenken.

T'Kar musterte ihn überrascht, doch T'Pina nickte erneut. »Und weil es an einem Hufeisen mangelte, ging das Pferd verloren. Eine terranische Redensart, Mutter. Ich habe sie von den Menschen an der Akademie gehört.«

»Und ich von Daniel Corrigan«, meinte Sorel. »Sie weist auf die Konsequenzen von anscheinend banalen Ereignissen hin. Schließlich geht das Königreich verloren, weil ein Nagel fehlte — ein kleiner, praktisch wertloser Gegenstand. Aber intelligente Personen sind nicht wertlos, T'Pina.«

»Deshalb müssen wir uns bemühen, sie am Leben zu erhalten.«

»Der Meinung bin ich auch«, pflichtete T'Kar ihrer Tochter bei. »Logik spielt in diesem Zusammenhang eine nur untergeordnete Rolle, Heiler. Wir wissen nicht, ob unsere Rückkehr nach Nisus genug Hilfe bringt, um das Problem der Epidemie zu lösen — oder ob wir dadurch den Tod riskieren. Nach den letzten Informationen handelt es sich um eine hochgradig ansteckende Krankheit, aber man läßt nichts unversucht, um ihre Ausbreitung einzudämmen. Um unsere Heimat und unsere Freunde zu retten, sind wir bereit, uns der Infektionsgefahr auszusetzen.«

»Dann bleibt mir nichts anderes übrig, als mich mit Ihrer Entscheidung abzufinden«, erwiderte Sorel und bewunderte den Mut der beiden Frauen. »T'Par wartet auf Sie, um die letzte physiologische Untersuchung in bezug auf Ihre Rekonvaleszenz durchzuführen.«

T'Kar wölbte die Brauen. »Sie überlassen den Test jemand anders?«

Also wußte sie nicht Bescheid. Vielleicht im Gegensatz zu T'Pina: Wer von der Funktionsweise einer Stasiskammer Kenntnis hatte, konnte daraus schließen, daß nur Zeit Sorels mentale Wunden heilte.

»Auch bei mir ist ein Partnerschaftsband zerrissen«, verkündete er ruhig. »Allerdings: Ich verlor meine Frau ganz plötzlich und war nicht imstande, ihr *Katra* den Vorfahren zu bringen.«

T'Kar erblaßte, als sie verstand. Für sie war die Trauerphase vorbei, und Sorel zweifelte nicht daran, daß T'Par eine vollständige Genesung feststellen würde. Doch sie begriff im vollen Ausmaß, was es bedeutete, einen Bindungspartner zu verlieren. Für ihre Tochter hingegen blieben die Folgen rein theoretischer Natur.

Einige Vulkanier wurden nie mit einem Erlebnis fertig, wie es Sorel hinter sich hatte. Manchmal mußte er sich zwingen, die Bedürfnisse seines Körpers zu erfüllen, die physische Komponente des Seins nichts zu vernachlässigen. Er konzentrierte sich auf die Arbeit, um der eigenen Existenz einen Sinn zu verleihen. Ab und zu dachte er: *T'Zan hätte sicher gewollt, daß ich mein Leben wie vorher fortsetze.* Doch es fiel ihm mit jedem Tag schwerer. Er investierte seine ganze Energie in die Krankenhausroutine und vermied es, in das jetzt leere Haus zurückzukehren.

Die Mission auf Nisus stellte für Sorel eine willkommene Abwechslung in Aussicht. Nach T'Zans Tod hatte Leonard McCoy vorgeschlagen, er sollte Vulkan für eine Weile verlassen, aber zu jenem Zeitpunkt gab es dafür keinen Grund. Er hoffte, in der wissenschaftlichen Kolonie zu spüren, daß sein Leben noch etwas wert war — selbst wenn er diese Erkenntnis mit dem Tod bezahlen mußte.

Es kam einem Schock für ihn gleich, als er in T'Kars Augen Verständnis sah: Ganz offensichtlich erahnte sie seine Motive. Sie hatte blaue Pupillen, was sehr außergewöhnlich für Vulkanier war, und solche Augen verrieten Emotionen wesentlich leichter als die schwarzen Sorels. Der Heiler wußte, daß er sich äußerlich nichts anmerken ließ, aber T'Kar erkannte seine Empfindungen mit der gleichen Mühelosigkeit wie Daniel. Es gab jedoch einen wichtigen Unterschied: Sein menschlicher Kollege kannte ihn schon seit vierzig Jahren, und als Terraner war er daran gewöhnt, emotionale Signale zu interpretieren.

Sorel bemerkte nun Mitgefühl in T'Kars Augen. Schließlich senkte sie den Kopf und unterbrach den Blickkontakt. »Wir verstehen Sie, Heiler«, sagte sie förmlich. »Und wir nehmen Anteil an Ihrem Leid. Komm, T'Pina. Lassen wir T'Par nicht länger warten.«

KAPITEL 7

Kurz bevor die *Enterprise* in den vulkanischen Orbit schwenkte, bestellte Captain James T. Kirk Sendet und Satat ins Konferenzzimmer. »Meine Herren …«, begann er. »In vielen Dingen vertreten wir verschiedene Ansichten, aber vermutlich gibt es auch Gemeinsamkeiten. Zum Beispiel: Wenn ich jemandem mein Wort gebe, so kann er sich darauf verlassen. Gilt das auch für Sie?«

»Ja«, erwiderte Satat wachsam.

»Na schön. Ich erkläre Ihnen jetzt die Situation und bitte Sie um Ihr Wort, daß Sie keine Schwierigkeiten verursachen, während wir medizinisches Personal nach Nisus transferieren.«

»Nisus?« wiederholte Satat. »Dort habe ich entfernte Verwandte: Sern, T'Pren und ihre Kinder.«

»Tut mir leid.« Kirk holte tief Luft und erklärte: »In der wissenschaftlichen Kolonie brach eine Epidemie aus, die auf ein rasch mutierendes Virus zurückgeht. Kein Volk scheint immun zu sein, und einige Arten des Krankheitserregers sind tödlich. Die *Enterprise* hat den Auftrag erhalten, medizinische Hilfe zu bringen.«

»Selbstverständlich behindern wir Sie nicht dabei, Captain«, sagte Satat.

»Und Sie, Sendet?« fragte Kirk. »Sie sollten wissen, daß Sorel, Corrigan und T'Mir an Bord kommen.«

Der junge Vulkanier straffte die Schultern, und seine aristokratischen Züge zeigten verletzten Stolz. Offenbar fühlte er sich beleidigt. »Ich halte nichts davon, daß T'Mir einen terranischen Bindungspartner wählte«, entgegnete er. »Aber ich würde niemals etwas gegen eine medizinische Mission unternehmen.«

»Gut. Bitte informieren Sie Ihre Gefährten, Satat.«

»Natürlich. In diesem Fall kann ich für alle Anhänger von T'Vet sprechen. Wir möchten die alte Stärke Vulkans bewahren, doch wir sind keine Barbaren, Captain. Bitte zögern Sie nicht, sich an uns zu wenden, falls wir irgendwie helfen können.«

Nun, das war leichter als erwartet, dachte Kirk, als er den Konferenzraum verließ und zur Krankenstation ging.

Die Begegnung mit McCoy war nicht so zufriedenstellend. Die dunklen Ringe unter den blauen Augen des Arztes wiesen darauf hin, daß er eine schlaflose Nacht hinter sich hatte. Spock leistete ihm Gesellschaft, saß an einem Computerterminal und analysierte Daten.

Sie störten den Vulkanier nicht und traten ins Nebenzimmer. »Wir haben gerade neue Informationen bekommen, Jim«, sagte McCoy. »Die Sache sieht schlimm aus.«

»Eine weitere Mutation?«

»Nein, wahrscheinlich nicht. Es hat sich nur herausgestellt, daß Antikörper in Hinsicht auf die erste Virusart nicht vor der dritten schützen. In einigen Tagen wissen die Nisus-Wissenschaftler, ob Immunität gegenüber der zweiten Krankheit einer Infektion mit Virus C vorbeugt. Derzeit befinden sich alle Kolonie-Räte in der Quarantänestation.«

»Was ist geschehen?«

»Jedes Mitglied des Rates litt entweder an der ersten oder an der zweiten Krankheit. Deshalb hielten sie es für ungefährlich, sich zu versammeln. Ein Fehler: Sie hätten Kommunikatoren benutzen sollen.«

»Und?« drängte Kirk.

»Nach dem Beschluß, Starfleet um Hilfe zu bitten, fand eine zweite Sitzung statt, und der lemnorianische Repräsentant schnappte über — das erste Symptom der dritten und gefährlichsten Krankheitsvariante. Er hatte sich zuvor mit der ersten angesteckt, woraus eindeutig folgt: Die erworbene Immunität gewährt keinen Schutz vor dem mutierten Virus. Es besteht nun die Gefahr, daß auch alle anderen Ratsmitglieder erkranken. Spock nimmt mit den neuen Daten Berechnungen vor. Nisus hat uns Analysen der von Opfern stammenden Blutproben übermittelt, aber ...«

»... aber vermutlich ist es notwendig, daß wir eigene Untersuchungen durchführen, sobald wir die wissenschaftliche Kolonie erreichen«, erklang Spocks Stimme hinter Kirk. Der Vulkanier kam näher. »Bisher habe ich in den neuen Daten keine wichtigen Hinweise gefunden. Wir können nur hoffen, daß wir im Lauf der Zeit zusätzliche Informationen erhalten.«

»Ich nehme an, ihr wollt euch auf den Planeten beamen und selbst Daten sammeln«, sagte Kirk. Er wußte, daß beide Männer enttäuscht waren — obgleich nur McCoy es zugegeben hätte —, und deshalb fügte er hinzu: »Pille, Spock ... In einer derartigen Situation seid ihr vom gleichen Schlag.«

Die Hoffnungen des Captains erfüllten sich: Seine Freunde konnten dem Köder nicht widerstehen. Spock und McCoy wechselten einen langen Blick, bevor der Bordarzt erwiderte: »Ich bitte dich, Jim. Warum beleidigst du mich?«

Spock hob in gespielter Empörung die Brauen.

Kirk lächelte — es war ihm gelungen, zumindest einen Teil der Anspannung zu vertreiben. Doch er konnte die Zufriedenheit darüber nicht lange genießen. »Moment mal! Spock, die Starfleet-Anweisungen beziehen sich nicht auch auf Sie: Medizin gehört wohl kaum zu Ihren Fachgebieten.«

»Aber die Forschung«, entgegnete der Vulkanier. »Wer soll dafür sorgen, daß Dr. McCoy logisch vorgeht, wenn ich ihn nicht begleite?«

»Ich bezweifle, ob Logik ein geeignetes Instrument

ist, Spock«, warf McCoy ein. »Auf Nisus wimmelt es von Vulkaniern, aber bisher hat niemand von ihnen ein Heilmittel gefunden. Dazu sind offenbar Erfahrungen und menschliche Intuition einiger alter Landärzte notwendig.«

»Wie Sie meinen«, antwortete Spock gelassen. »In dem Fall überlasse ich es *Ihnen*, die Daten zu analysieren.« Er drehte sich um und verließ die Krankenstation.

McCoy sah ihm stumm nach. »Das bedeutet: Seiner Ansicht nach enthalten die Informationen keine Anhaltspunkte, die uns weiterhelfen. Verdammt!« Er ging zum Synthetisierer, holte Kaffee für sich und Kirk. Nachdenklich trank er einen Schluck und gestand dann ein: »Auf Nisus könnte ich Spocks Hilfe gebrauchen, Jim.«

»Tut mir leid, Pille. Vielleicht dauert es Monate, bevor die Epidemie unter Kontrolle gebracht wird und wir zurückkehren, um dich abzuholen.« Besorgnis erfaßte den Captain. Es war durchaus möglich, daß McCoy jenem Mikroorganismus zum Opfer fiel, der sich bisher nicht von Quarantänemaßnahmen aufhalten ließ. Kirk behielt diesen Gedanken für sich. »Ich muß bereits auf den Bordarzt verzichten und kann nicht auch meinen Ersten Offizier zurücklassen.«

»Ja«, murmelte McCoy niedergeschlagen. »Ich weiß.«

»Du hast auf Nisus die Möglichkeit, mit vielen anderen Vulkaniern zusammenzuarbeiten. Was ist mit Sorel und Corrigan? Du bist gut mit ihnen zurechtgekommen, nicht wahr?«

»Ja«, bestätigte McCoy. »Wir finden die Ursache der Krankheit, Jim — und dann entwickeln wir ein Heilmittel.« Er zögerte kurz und fügte mit einem schiefen Lächeln hinzu: »Ich *muß* so schnell wie möglich einen Erfolg erzielen und zurückkehren — bevor Chapel in der Krankenstation alles so umräumt, daß ich nichts wiederfinde.«

KAPITEL 8

Als Korsal das Hospital verließ, fühlte er sich einsamer als jemals zuvor während seines Lebens auf Nisus. Im Gegensatz zu den anderen klingonischen Forschern, die am hiesigen Experiment der wissenschaftlichen Zusammenarbeit teilgenommen hatten, empfand er die Kolonie als neues Zuhause.

Auf seiner Heimatwelt war er ein Außenseiter gewesen. Kurzsichtigkeit und Astigmatismus versperrten ihm den Weg zu einer militärischen Karriere. Dicke Linsen vor den Augen ermöglichten ihm eine einwandfreie visuelle Wahrnehmung, doch er mußte damit rechnen, daß ein Feind die Sehhilfe als solche erkannte und daraus schloß, daß er ohne sie praktisch blind war. Aus diesem Grund leistete er nur den minimalen Kriegsdienst und kam dabei nicht über den untersten Rang hinaus.

Was Korsal keineswegs bedauerte. Sein Interesse galt Forschung und Technik, insbesondere den Spezialbereichen Maschinenbau und Ingenieurwesen, die es ihm erlaubten, faszinierende neue Ideen zu verwirklichen. Durch die Zeit beim Militär erwarb er sich das Recht, weiterführende Bildungsinstitute zu besuchen, und dort trat er als ausgezeichneter Schüler und Student hervor. Als Klassenbester bekam er einen Studienplatz an der technischen Akademie, und auch dort bewies er eine hohe Intelligenz.

Mit der begeisterten Unterstützung des Vaters begannen seine Brüder ihre Karriere beim Militär. Unterdessen nahm Korsal das von der Akademie angebotene

Wissen auf, und schließlich wählte man ihn aus, um das Studium auf Klinzhai fortzusetzen, an der besten Universität des Imperiums. Sein Vater willigte nur widerstrebend ein. »Wenn du es beim Militär zu nichts bringen kannst, solltest du dich wenigstens irgendwie nützlich machen.«

Genau das hatte Korsal im Sinn: Er wollte sich nützlich machen. Und auf Klinzhai bekam er Gelegenheit dazu. Er studierte und konstruierte. Er erfand eine Antenne, die Subraum-Signale aus doppelt so großer Entfernung wie bisher empfing und alle von Ionenstürmen verursachten Störungen herausfilterte. Der Student verwandelte sich in einen Lehrer. Politische Intrigen — besser gesagt: Korsals Weigerung, an ihnen teilzunehmen — führten zu Verzögerungen, aber schließlich wurde er zum jüngsten Gedankenmeister der Universitätsgeschichte.

Doch die Arbeit als Wissenschaftler brachte ihm keinen Ruhm ein, denn er interessierte sich nicht für die Entwicklung neuer Waffen. Seine Kollegen fanden derartige Einstellungen völlig unverständlich.

Er hatte es satt, immer wieder gefragt zu werden: »Glauben Sie nicht an das Ewige Spiel?«

Korsal antwortete: »Um herauszufinden, ob es ein Ewiges Spiel gibt, müßte ich das Universum verlassen, um einen allgemeinen Überblick zu gewinnen. Nur eins steht fest: In *dieser* Welt hat allein das Reflektierende Spiel Bedeutung.«

Die reflektierende Form des *Klin zha* spielte man nur mit einem Figurensatz — ein Mann, der gleichzeitig seinen Gegner verkörperte. Es war das Spiel der größten klingonischen Strategen, doch nur wenige von ihnen gaben zu, daß es die Sinnlosigkeit des Krieges verdeutlichte. Ein Spiel der Entropie, in dem beide Seiten verloren: Zum Schluß triumphierte der Gewinner über ein leeres Brett.

In einer auf dem Krieg basierenden Gesellschaft fiel

es Korsal schwer, Freunde zu gewinnen. Als die Föderation klingonische Forscher zur wissenschaftlichen Kooperation auf Nisus einlud, gehörte er zu den ersten, die dieses Angebot nutzten. Niemand erhob Einwände: Er mochte sich weigern, Beiträge für die Innovation militärischer Technik zu leisten, aber er war gewiß kein Verräter.

Die meisten Klingonen sahen einen Niemand in ihm. Korsals Familie konnte ihre Abstammung nicht auf das imperiale Volk zurückführen, und kein Verwandter hatte besonderes Prestige erworben. Als er mit der Reise nach Nisus begann, waren zwei seiner Brüder einen ehrenvollen Tod in der Raumflotte gestorben, und den dritten hatte man zum Staffelführer befördert. Die Soldaten-Söhne erfüllten den Vater mit Stolz; er verstand nie, warum sich auch ein Wissenschaftler unter seinen Sprößlingen befand.

Unmittelbar nach seiner Ankunft auf Nisus stellte Korsal fest, daß es in der Föderation ein einfaches, schmerzloses Mittel gab, um seine Augenprobleme zu lösen. Als man ihm eine Behandlung vorschlug, erklärte er sich fast sofort dazu bereit: Die Föderation lud sicher keinen Klingonen zu einer gemeinsamen wissenschaftlichen Mission ein, nur um ihm das Augenlicht zu nehmen.

Nach endlosen Allergietests behandelten die Föderationsärzte ein Auge — und nur drei Tage später konnte er damit perfekt sehen! Sicherheitshalber mußte Korsal dreißig Tage warten, bis das andere Auge an die Reihe kam. Als er am dritten Morgen erwachte, sah er zum erstenmal in seinem Leben eine Welt, die sich ihm nicht in verschwommenen Konturen präsentierte und erst dann eine klare Form gewann, wenn er die Brille aufsetzte.

Damals war Korsal eine Art Versuchskaninchen für die Ärzte von Nisus gewesen, und jetzt stellte er sich erneut für ein Experiment zur Verfügung — in der Hoffnung, daß sich ebenso positive Resultate ergaben. Inzwischen wandte man die Behandlungsmethode für Kurzsichtigkeit und Astigmatismus im Imperium ebenso häufig an wie in der Föderation.

Klingonen schienen gegen das Virus immun zu sein — es sei denn, die Inkubationszeit dauerte bei ihnen wesentlich länger. Bevor die Ärzte Korsal aus der Quarantänestation entließen, zapften sie ihm eine Menge Blut ab. Anschließend erlaubten sie ihm, nach Hause zurückzukehren: Offenbar war er nicht infiziert.

Aber wenn sich die Mediziner irrten? Korsal hatte sich dem gleichen Dekontaminierungsverfahren unterzogen, das auch die Ärzte benutzten, um sich vor einer Ansteckung zu schützen. Und wenn das Virus trotzdem in ihm lauerte? Er schauderte, als er sich vorstellte, die Krankheit nach Hause zu tragen, zu seiner Familie.

Sind meine Söhne immun? dachte er. Sie waren Hybriden, keine reinrassigen Klingonen, doch bisher hatte sich keiner von ihnen infiziert. Obgleich sie jeden Tag die Schule besucht hatten, bis sie geschlossen wurde. Korsal wünschte sich Immunität und Sicherheit für sie.

Falls ihnen tatsächlich keine Gefahr drohte ... Der Techniker erinnerte sich an Borths Plan, das Virus dem Imperium zu verkaufen.

Korsal hätte nicht gezögert, die klingonische Ehre bis zum letzten Atemzug zu verteidigen, aber er wußte auch: Selbst wenn kein offizieller Vertreter der imperialen Regierung oder des Militärs bereit war, eine so unwürdige Waffe zu erwerben — ein schlauer orionischer Händler brauchte sicher nicht lange, um in inoffiziellen Kreisen einen Interessanten zu finden.

Korsal hatte das Gefühl, an einer ganz besonderen Version des Spiels *Klin zha* teilzunehmen, der sogenannten Letzten Form: Wenn man dabei eine gegnerische Figur schlug, nahm man sie nicht nur vom Brett, sondern zerstörte sie. Hölzerne Figuren wurden verbrannt, steinerne zerbrochene, metallene eingeschmolzen. Es gab keinen Sieger. Wenn nur noch ein Figurensatz übrigblieb, wurde aus der Letzten Form das Reflektierende Spiel. Dann führten die Fehler des schwächeren Spielers dazu, daß sich der Widersacher selbst schlug.

Nur Klingonen können ein solches Spiel ersinnen, überlegte Korsal. *Und nur Orioner können Klingonen dazu zwingen, es zu spielen.*

Andererseits: Wenn es den Biochemikern von Nisus gelang, den Immunitätsfaktor im klingonischen Blut zu isolieren und zu duplizieren ...

Er hoffte es. Seine biologischen Kenntnisse unterlagen starken Beschränkungen. Er mußte sich auf die Menschen und Vulkanier verlassen, die nun seine Blutproben untersuchen. Vielleicht erzielten sie bald einen Durchbruch.

Korsal wohnte in einem Außenbezirk der Stadt. Das öffentliche Transportsystem funktionierte nach wie vor, doch er sah keine anderen Passanten auf den Gleitflächen, als er von den langsameren Bändern am Rand zu den schnelleren weiter innen wechselte. Mit geübtem Geschick erreichte er die C-Sektion und ließ sich zur Peripherie der Stadt tragen.

Dort hatte Korsal ein eigenes Haus. Land, einen Garten. Für einen Wissenschaftler im Imperium mußte so etwas ein unerfüllter Traum bleiben. Es nützte nichts, Gedankenmeister zu sein, wenn man es ablehnte, fürs Militär zu arbeiten.

An diesem Morgen hatte es geregnet. Die Luft war frisch und feucht, als Korsal die Gleitfläche unweit des Ziels verließ. Unterwegs bemerkte er nur drei andere Bürger auf Bändern, die früher Tausende befördert hatten. Leer erstreckten sich nun die Straßen vor ihm; einige Kinder spielten in umzäunten Vorgärten.

Auf den ersten Blick mochten jene Gärten einen ganz normalen Eindruck erwecken, doch wenn man genauer hinsah, fielen bestimmte Eigentümlichkeiten auf. Hier standen zwei kleine Vulkanierinnen neben einem wachsamen Sehlat. Dort rollten sich fünf hemanitische Kinder durchs Gras neben einem Teich. Einige Häuser weiter übte ein vulkanischer Junge mit einem *Ahn-woon*, und auf der anderen Straßenseite benutzten kleine Caitianer einen Movidel-Baum als Klettergerüst.

Ungewöhnlich war nur, daß die Kinder jener Familien nicht das Grundstück des jeweiligen Hauses verließen. Normalerweise liefen sie durch die Straßen oder bildeten große Gruppen. Gespenstische Stille herrschte und trug nicht dazu bei, Korsals Stimmung zu verbessern.

Er erreichte sein Haus, trat ein und fand die Söhne im großen Hauptraum. Der jetzt vierzehnjährige Kevin saß auf der Couch, betrachtete den Bildschirm des Tricorders und runzelte die Stirn. Er hatte das Augenleiden seines Vaters geerbt, und die Behandlung konnte erst nach seinem sechzehnten Geburtstag stattfinden. Kevin wußte, daß er dann keine Brille mehr brauchte, und deshalb verabscheute er sie nicht. Sie rutschte ihm jetzt den Nasenrücken hinunter, und er rückte sie mit einer Geste zurecht, die Korsal sehr vertraut war und ihm ein Lächeln entlockte. Er bemerkte den dünnen Flaum an Kevins Oberlippe — noch reichte es nicht für einen Bart. Das menschliche Erbe des Jungen ließ sich sofort erkennen: hellbraunes Haar, die Haut nicht so dunkel wie die des Vaters.

Korsals zweiter Sohn Karl war neun Jahre alt, hockte an der Kommunikationskonsole und spielte *Klin zha* gegen einen vulkanischen Schulkameraden namens Sonan. Als Korsal hereinkam, legte Kevin den Tricorder beiseite und stand auf. »Vater«, sagte er.

Karl erhob sich ebenfalls. »Willkommen daheim, Vater. Es freut mich, daß es dir gutgeht. Mrs. Torrence hat eine Nachricht hinterlassen: Du sollst sie so bald wie möglich anzurufen. Sie hat vergeblich versucht, dich im Hospital zu erreichen.«

»Danke, Karl«, erwiderte Korsal, als sich sein jüngerer Sohn umdrehte, den aktuellen Spielstand speicherte und die Verbindung mit Sonan unterbrach, damit der Vater die Konsole benutzen konnte.

Die Förmlichkeit der beiden Jungen mochte in einer hochrangigen klingonischen Familie angemessen sein, aber hier gab es andere Gründe dafür. Vor einigen Jahren hätten sie Korsal freudig umarmt, wenn er nach mehreren Tagen heimkehrte. Kevin hatte nun ein Alter erreichte, in dem er darauf achtete, seine Gefühle unter Kontrolle zu halten — eine natürliche Entwicklungsphase sowohl für klingonische als auch für menschliche Heranwachsende. Kevins Verhalten war also völlig normal.

Korsal verstand ihn, doch Karl, in dessen Adern ebenfalls eine Mischung aus klingonischem und terranischem Blut floß, erschien ihm rätselhaft. Manchmal gewann er den Eindruck, daß der Neunjährige versuchte, zu einem Vulkanier zu werden.

Nur mit Mühe widerstand Korsal der Versuchung, seine beiden Söhne trotz der zu erwartenden Proteste an sich zu drücken. Er dachte an die Krankheit und beschloß, Angehörige seiner Familie erst zu berühren, wenn er geduscht und die Kleidung gewechselt hatte. Es bestand kaum Gefahr, auf dem Heimweg infiziert worden zu sein, aber er hielt es für besser, jedes Risiko zu meiden.

»Wo ist Seela?« fragte er und ging zur Kom-Konsole.

»Sie wollte auf dem Markt einkaufen«, antwortete Kevin.

»Und du hast ihr nicht angeboten, das für sie zu erledigen?« Korsal wäre ebenso besorgt gewesen, wenn es einer seiner Söhne riskiert hätte, sich anzustecken, aber jeder verstreichende Tag bestätigte ihre Immunität.

»Das habe ich«, erwiderte Kevin. »Seela meinte: Kein Ratsmitglied, das an der zweiten Krankheitsform litt, infizierte sich mit der dritten.«

Korsal nickte nachdenklich. Er hatte Seela darauf hingewiesen, als er sie anrief, um ihr mitzuteilen, daß er aus dem Hospital nach Hause zurückkehrte. Seine Frau hatte an der zweiten Krankheitsvariante gelitten und sich erholt.

»Sie sagte auch noch, ich sei nicht imstande, das richtige Fleisch oder Gemüse auszuwählen«, fuhr Kevin fort.

»Ein Punkt, den wir bei eurer Erziehung übersehen haben«, kommentierte Korsal. »Seela muß euch beiden beibringen, wie man einkauft — und ihr solltet auch das Kochen von ihr lernen. Ich möchte nicht, daß meine Söhne zu früh oder nur deshalb heiraten, weil sie hungrig sind.«

Kevin lächelte. »Oder daß sie ihre eigenen Söhne dem Hungertod preisgeben?«

»Du solltest deinem Vater gegenüber mehr Respekt zeigen, Kevin«, sagte Karl ruhig. »Er hat uns immer zufriedenstellend ernährt.«

Korsal sah seinen jüngeren Sohn an. »Was dich betrifft ... Hör endlich auf, dauernd so ernst zu sein! Kevin hat recht: Ich habe Seela wegen ihrer Kochkünste geheiratet.«

Karl war zu jung, um den Humor in dieser Bemerkung zu erkennen, doch Kevin lachte leise und freute sich darüber, einen Erwachsenenwitz mit seinem Vater zu teilen.

»Bring deinen Bruder nach draußen an die frische Luft, Kevin«, sagte Korsal. »Es regnet nicht mehr. Wir spielen zusammen, sobald ich festgestellt habe, was Mrs. Torrence auf dem Herzen hat. Ich bin tagelang im Hospital eingesperrt gewesen und brauche Bewegung!«

Kurz darauf erfuhr Korsal, daß er die fröhliche Balgerei mit seinen Kindern auf einen späteren Zeitpunkt verschieben mußte.

Er gab Torrences Kom-Code ein, aber der Bildschirm blieb leer. Statt dessen hörte er eine hohl klingende Stimme — die Frau sprach in einen kleinen, mobilen

Kommunikator. Im Hintergrund rauschte Wasser. »Korsal! Dem Himmel sei Dank — wenigstens ein Techniker, der nicht im Krankenhaus behandelt wird! Kommen Sie so schnell wie möglich hierher. Wir sind in Schwierigkeiten!«

KAPITEL 9

Die USS *Enterprise* faszinierte T'Pina — sie befand sich nun zum erstenmal an Bord eines so großen Raumschiffs. Zumindest soweit sie sich erinnerte. Sie entsann sich nicht daran, damals als Säugling nach Vulkan gebracht worden zu sein, und sie verband nur vage Reminiszenzen mit ihrer späteren Reise nach Nisus.

Während ihrer sekundären Ausbildung waren T'Pina und vier andere hervorragende Schüler drei Tage lang mit einem Erkundungsschiff unterwegs gewesen, das die unbewohnten Planeten im Nisus-System erforschte. Später kehrte sie als Passagier eines vulkanischen Handelsschiffes nach Vulkan zurück, um dort die Akademie zu besuchen. Ein Föderationskreuzer erwies sich als weitaus interessanter.

Legenden umgaben die junge Frau.

Die gegenwärtige Situation war natürlich alles andere als normal. Bei einer gewöhnlichen Reise wären Sarek, der berühmte vulkanische Botschafter und Wissenschaftler, sowie seine Frau Amanda — eine der besten Linguistinnen der Föderation — nicht an Bord gewesen. Außerdem: Nie zuvor hatten Sorel und Corrigan Vulkan gemeinsam verlassen — und jetzt befanden sie sich im gleichen Zimmer wie Sarek und Amanda!

Hinzu kamen Captain Kirk, legendärer Kommandant der *Enterprise*, und sein Erster Offizier, Commander Spock, der auf dem besten Wege war, den Ruhm seiner Eltern als Wissenschaftler und Forscher zu übertreffen.

T'Pina hatte den größten Teil ihres Lebens in Gesellschaft von vielen verschiedenen intelligenten Lebensformen verbracht, und deshalb nahm sie nicht bewußt zur Kenntnis, daß die einzelnen Paare jeweils aus einem Vulkanier und einem Menschen bestanden. Sie beobachtete, wie Dr. Leonard McCoy, Bordarzt der *Enterprise,* an Sorel und Corrigan herantrat, die mit einem dunkelhäutigen Terraner sprachen. Er trug die blaue Uniform der wissenschaftlichen Sektion, doch es fehlten Insignien, die auf seinen gegenwärtigen Einsatz hinwiesen.

Die Vulkanierin näherte sich der Gruppe neugierig und überlegte, ob diese Personen bereits eine Strategie planten, um die in ihrer Heimat grassierende Epidemie zu besiegen. Der *Enterprise*-Arzt McCoy sagte gerade: »Es ist mir ein Vergnügen, erneut mit Ihnen zusammenzuarbeiten. Obwohl mir andere Umstände lieber wären.«

»Hoffen wir, daß es uns gelingt, die Umstände rasch zu ändern«, erwiderte Dr. Corrigan, ein kleiner, korpulenter Mann mit schütterem Haar.

»Hat Starfleet neue Informationen übermittelt, Leonard?« fragte Sorel.

»Ja. Aber sie nützen uns kaum etwas. Und ich möchte hier nicht darüber reden. Eine heikle Angelegenheit.«

»Heikel?« wiederholte der vulkanische Heiler.

»Sie könnte zu Kontroversen führen«, erklärte sein menschlicher Kollege. »Und wir sollten unsere Zeit nicht mit Streitgesprächen vergeuden.«

»Können wir uns nachher in Ihrem Büro treffen?«

»Selbstverständlich«, sagte McCoy.

»Wenn Heiler miteinander flüstern, müssen Patienten aufpassen«, erklang die Stimme eines Mannes hinter T'Pina.

Die Vulkanierin drehte sich verlegen um: Man hatte sie beim Belauschen eines privaten Gesprächs ertappt. *Erst vor zwei Tagen habe ich Vulkan verlassen, und schon vergesse ich meine guten Manieren.*

Offenbar ließ auch ihre emotionale Kontrolle zu wünschen übrig. Als sie den Mann sah, schnürte ihr irgend etwas den Hals zu, und sie brachte keinen Ton hervor.

Vulkanier neigten nicht dazu, auf das physische Erscheinungsbild zu reagieren, und T'Pina konnte sich nicht daran erinnern, jemals so empfunden zu haben wie jetzt. Der Mann stammte von Vulkan, war groß, nur einige Jahre älter als sie — und bot einen prächtigen Anblick.

Die Bezeichnung ›attraktiv‹ genügte nicht, um sein sehr männliches Gesicht zu beschreiben. Ein begnadeter Künstler schien bestrebt gewesen zu sein, das Ideal der maskulinen vulkanischen Schönheit darzustellen: dichtes, glattes und glänzendes schwarzes Haar, das eine perfekte Kappe auf einem perfekt geformten Kopf bildete; ein ovales Gesicht mit gerader Nase, ausgeprägten Wangenknochen und kantigem Kinn. Und die Augen … Ein funkelndes Braun, hier und dort ein Hauch von Bernstein; lange Wimpern, darüber elegant gewölbte Brauen.

Nur der Mund entzog sich klassischer Perfektion — weil die geschwungenen Lippen ein mißbilligendes Lächeln andeuteten.

T'Pina unterdrückte ihre Gefühle, um dem Mann keinen weiteren Grund zu geben, sie zu tadeln.

Eine Sekunde später begriff sie, daß er überhaupt kein Recht hatte, ihr Verhalten zu beurteilen.

Dazu war er nicht alt genug, und ihm fehlte die Autorität eines Lehrers, Heilers oder Vorgesetzten. Er gehörte auch nicht zu ihrer Familie. Und selbst dann hätte er kein Recht gehabt, sie zu kritisieren; immerhin stammten sie aus der gleichen Generation.

Diese Erkenntnis erleichterte es der jungen Vulkanierin, sich wieder zu fassen. »Mein Name lautet T'Pina«, sagte sie. »Ich bin Biotechnikerin.«

Der Mann musterte sie kühl, doch die stumme Mißbilligung verschwand aus seinen Zügen. Die Lippen bildeten noch immer keinen geraden Strich, zeigten nun ein subtiles Schmunzeln. T'Pina sah es, und ihr Herz klopfte schneller. »Ich heiße Sendet und komme aus dem Clan T'Deata. Ich bin Neurologe.«

»Neurologe?« T'Pina konzentrierte sich ganz bewußt auf das Gespräch, um ihre physischen Reaktionen vor Sendet zu verbergen.

Schon bei der ersten Begegnung nannte er ihr seinen Clannamen! Warum? Sie waren beide ungebunden — auf einen gebundenen Mann hätte T'Pina anders reagiert.

»Ich weiß nur wenig über die Epidemie auf Nisus«, fuhr sie fort. »Bisher nahm ich an, daß sie von einem Virus verursacht wird. Beeinflußt es das Nervensystem?«

Sendet blinzelte, sah zu den Heilern und Ärzten, die sich noch immer unterhielten, blickte dann wieder zu T'Pina. »Sie reisen nach Nisus? Dort gibt es bestimmt genug Biotechniker. Entschuldigen Sie bitte, aber für eine Expertin scheinen Sie nicht alt genug zu sein.«

»Das stimmt. Nisus ist meine Heimat. Ich habe gerade die Ausbildung an der vulkanischen Akademie beendet.«

»Oh, ich bin dort ebenfalls Student gewesen. Anschließend hatte ich einige Jahre lang Gelegenheit, in der Akademieklinik praktische Erfahrungen zu sammeln. Wie ich hörte, haben Sie Ihr Examen mit Auszeichnung absolviert.«

»Was eine große Ehre für mich bedeutete«, antwortete T'Pina und spürte irrationale Zufriedenheit darüber, daß Sendet davon wußte.

»Tochter ...«

Sie hatte nicht gehört, daß T'Kar an sie herangetreten war, drehte sich zu ihr um und versuchte auch weiterhin, ihre Gefühle zu kontrollieren. »Mutter, das ist Sendet, ein Neurologe von der Akademie. Sendet, daß ist meine Mutter T'Kar.«

»Ich bin geehrt«, sagte Sendet mit tadelloser Höflichkeit. T'Pina sah, wie er T'Kars goldenes und silbernes Clanzeichen betrachtete, das sie bei diesem förmlichen Empfang trug. »Sie können stolz auf Ihre Tochter sein.«

»Sie hat mich nie enttäuscht«, erwiderte T'Kar. T'Pina musterte ihre Mutter und fragte sich, ob die letzten Worte einer Warnung gleichkamen: *Bitte enttäusche mich auch jetzt nicht.* T'Kars Blick galt Sendets Clanzeichen; es bestand aus Gold sowie roten und grünen Edelsteinen. T'Pina wußte nur wenig von den Wappen der einzelnen Clane und hätte Sendets Symbole ohne den Hinweis auf seine Abstammung sicher nicht erkannt. Auch T'Kar schien mit dem Emblem des jungen Mannes kaum etwas anfangen zu können. Allerdings: Wer ein solches Zeichen trug, verdeutlichte damit, daß sein Stammbaum bis zu einem der alten Kriegerclane zurückreichte.

T'Pina sah sich mit wiedererwachter Neugier um. Sorel trug ebenfalls ein Clanzeichen, im Gegensatz zu Sarek und Spock. An Sareks Robe bemerkte die Vulkanierin nur Botschafter-Insignien: Er repräsentierte ganz Vulkan und vertrat einzelnen Gruppen und Fraktionen gegenüber einen neutralen Standpunkt. Ganz offensichtlich verboten die Starfleet-Vorschriften keinem Offizier, Herkunftssymbole mit der Galauniform zu verbinden. Andernfalls hätte Mr. Scott, Chefingenieur der *Enterprise,* sicher keinen Tartan getragen.

Spock hingegen zog das UMUK-Zeichen einem Familienemblem vor. UMUK — Unendliche Mannigfaltigkeit in Unendlicher Kombination. Es handelte sich um mehr als nur die Vereinigung von Gegensätzen. T'Pina betrachtete das Symbol: ein Dreieck, das einen Kreis durchdrang, in einen runden Edelstein stach und die Vermischung von Unterschieden repräsentierte. Es war etwas abgehoben, um Bewegung und Veränderung zu versinnbildlichen — nichts Lebendiges blieb statisch. Vulkanier respektierten das Leben und damit auch die Veränderung.

T'Pinas Aufmerksamkeit kehrte zu Sendet zurück,

und sie überlegte, ob T'Deata ein Clan der Alten Familien sein mochte. Da für sie keine Aussicht bestand, jemals Antwort auf die Frage nach ihrer eigenen Herkunft zu finden, hatte sie sich nie genauer mit jenen Familien befaßt und kannte sie nur aus dem Geschichtsunterricht. Der Name T'Deata ließ eine matriarchalische Abstammungslinie vermuten, gab jedoch keine Auskunft darüber, ob sich der betreffende Clan zu Suraks Lebzeiten der neuen Philosophie anschloß oder erst in späteren Generationen.

»T'Kar, T'Pina ...«, sagte Sendet. »Haben Sie die Sterne vom Beobachtungsdeck aus gesehen? Die hohe Warpgeschwindigkeit der *Enterprise* verleiht ihnen eine scheinbare Eigenbewegung, und dadurch entsteht ein einzigartiges Panorama.«

T'Kars Blick wanderte zu T'Pina. »Ich habe es oft genossen. Um diese Zeit befinden sich nur wenige Besucher auf dem Beobachtungsdeck, und ich rate dir zu einer solchen Erfahrung. Wären Sie bereit, meine Tochter zu begleiten, Sendet?«

»Ich bin geehrt«, erwiderte der junge Mann. T'Pina mußte sich sehr beherrschen, um ihre Freude nicht zu zeigen. T'Kar wollte es ihr erleichtern, Sendet besser kennenzulernen! Sie senkte den Kopf, damit niemand die undisziplinierten Gefühle in ihrem Gesicht sah.

Als sie mit Sendet zur Tür ging, ertönte eine andere Stimme. »T'Kar!« Sorel verließ die Gruppe der Ärzte, und T'Pina blieb unwillkürlich stehen. Sie entnahm dem Tonfall des vulkanischen Heilers, daß er beabsichtigte, etwas Wichtiges mit ihrer Mutter zu erörtern.

»Kommen Sie, T'Pina«, sagte Sendet. Sie folgte ihm widerstrebend und fragte sich, worum es bei dem Gespräch zwischen Sorel und T'Kar ging — vermutlich um die Epidemie auf Nisus.

T'Pina und Sendet waren nicht allein auf dem Beobachtungsdeck, aber als sie die vorbeigleitenden Sterne beobachteten, schenkten sie den übrigen Anwesenden keine Beachtung mehr. Die Vulkanierin biß sich auf die Lippe, um nicht laut nach Luft zu schnappen — sie schien durch die Ewigkeit zu fallen. Vor ihr, hinter den breiten Fenstern, erstreckte sich endlose Leere, kaltes Vakuum. T'Pina trug einen dicken Umhang, doch sie fröstelte trotzdem.

Sendet trat etwas näher heran, und sie fühlte seine Wärme, die vor der Kälte schützte. Er berührte sie nicht.

Die junge Frau starrte ins reflexionsfreie Glas, das sie vor der ewigen Nacht des Weltalls trennte, und nach einer Weile erlaubte sie sich ein Lächeln.

KAPITEL 10

Die Gleitflächen endeten vor den Regierungsgebäuden am Damm. Korsal nahm dort ein Elektrorad, fuhr über einen steilen, kurvenreichen Pfad zum Dammzugang und eilte durch die Pforte. In der Ausrüstungskammer legte er einen Werkzeuggürtel an und griff nach einem Kommunikator.

»Ich bin jetzt im Damm, Torrence. Wo sind Sie?«

»Turbine drei«, klang es aus dem kleinen Kom-Lautsprecher. »Beeilen Sie sich!«

Das Rauschen des Wassers übertönte alle anderen Geräusche, aber als Korsal den orangefarbenen Linien folgte, die ihm den Weg zum Turbinenkomplex wiesen, hörte er auch noch etwas anderes: ein dumpfes Knirschen und Klacken, das den Boden unter seinen Füßen vibrieren ließ. Er stellte sich dabei eine gewaltige Maschine vor, die langsam auseinanderbrach.

Vor dem Zugang zum Turbinensaal sah der Techniker kurz auf die Statusanzeigen: Turbine drei lieferte keinen Strom mehr. Was jedoch nicht das Getöse erklärte. Korsal stieß die Tür auf, und schier ohrenbetäubendes Donnern schlug ihm entgegen.

Emily Torrence gehörte zu einer terranischen Subgattung: Ihre Haut war so dunkelbraun wie Kaffeebohnen, und sie hatte schwarzes Haar. Spritzwasser in der Turbinenkammer sorgte dafür, daß die Locken an ihrem Kopf festklebten.

Die Frau manövrierte einen der großen Kräne und versuchte, damit etwas einzufangen, das sich in den schäumenden Fluten bewegte. Manchmal zeigte sich das Objekt über dem Wasser, obwohl es darunter verborgen bleiben sollte.

Korsal erkannte das Schaufelrad der Turbine. Es hatte sich teilweise von der Achse gelöst, kippte immer von einer Seite zur anderen, während es sich drehte.

»Wie konnte das geschehen?« rief er, schob die Hände in zwei Kontrollhandschuhe und aktivierte einen anderen Kran.

»Eis!« erwiderte Torrence.

Eis?

Bei dem Rauschen und lauten Klappern des defekten Schaufelrads war es nicht möglich, ein Gespräch zu führen. Korsal schwieg und brachte den zweiten Kran in die richtige Position.

Stählerne Greifzangen erreichten das Rad, packten zu und hinderten es an weiteren Drehungen. Korsal überwachte beide Kräne und starrte ins schnell dahinströmende Wasser, während Torrence sich von ihrer Kontrolleinheit abwandte und an die Seite des Klingonen eilte. Gemeinsam zogen sie das riesige Schaufelrad nach oben und deponierten es auf der Betonfläche neben dem Becken.

Zwar verklang das Knirschen und Klacken, aber in dem Zischen und Fauchen des Wassers war noch immer keine Verständigung möglich. Stumm traten Terranerin und Klingone an ein Schaltpult heran, betrachteten dort die Anzeigen und nahmen notwendige Rejustierungen vor.

Die beiden anderen Schaufelräder waren ebenfalls von Eisbrocken beschädigt und liefen nicht mehr synchron, aber sie ließen sich manuell ausbalancieren, ohne daß eine Abschaltung der entsprechenden Turbinen notwendig wurde — sie lieferten auch weiterhin Strom für die Stadt.

Die beiden Techniker kehrten zum defekten Schaufelrad zurück, dessen Form nun kaum mehr an die eines Rads erinnerte. Mehrere Komponenten waren nach außen gebogen, andere einfach abgebrochen. Korsal überlegte, wie Eis so großen Schaden anrichten konnte.

Er behielt diese Frage zunächst für sich und folgte Torrence aus der Turbinenkammer ins Statusbüro des Kraftwerks. Als sie dort eintrafen, beobachtete er eine Reaktion, die er schon bei anderen Menschen gesehen hatte: Die Frau zitterte, und ihre Haut ergraute unter dem Braun.

In Notfällen reicherte eine Drüse im terranischen Körper das Blut mit einer Chemikalie an, die höhere Wachsamkeit bewirkte und Kraftreserven mobilisierte — wodurch Menschen während eines Kampfes noch gefährlicher wurden. Doch unmittelbar im Anschluß an die Krise offenbarten sie häufig Entzugserscheinungen.

Torrence trug einen wasserdichten Overall, im Gegensatz zu Korsal, der keine Gelegenheit gefunden hatte, sich umzuziehen: Er war vom Sprühwasser völlig durchnäßt. Dennoch fröstelte die Frau.

Der Klingone öffnete den Schrank, nahm zwei Handtücher und reichte eins der terranischen Technikerin, die sich erst das Gesicht abtrocknete und dann ihr Haar rieb.

Korsal streifte das nasse Hemd ab, preßte das zweite Handtuch erst aufs eigene Haar und dann gegen den Bart. Er behielt Torrence im Auge, die nun den Schock überwand. Ihre Hautfarbe wirkte wieder normal, und sie atmete ruhiger, nicht mehr stoßweise. Er legte ihr ein drittes, trockenes Handtuch um die Schultern, und sie sah dankbar zu ihm auf. Anschließend ging er zur Kaffeemaschine — solche Apparate fehlten in keinem von Menschen benutzten Büro —, füllte zwei Becher und gab einen seiner Kollegin.

»Und nun …« Korsal setzte sich vor die Statuskonsole. »Was hat es mit dem Eis auf sich?«

»Frühes Tauwetter«, erklärte Torrence knapp. »Oben in den Bergen lösten sich Eisschollen, und sie waren zu groß, um zu schmelzen, bevor sie das Reservoir erreichten.«

»Über dem Damm befinden sich Sicherheitsschleusen, die verhindern sollen, daß die Turbinen durch große Eisbrocken beschädigt werden.«

»Allem Anschein nach funktionieren sie nicht mehr«, erwiderte Torrence ernst. Sie schaltete den Computer ein und rief die Inspektionsübersicht aus dem Speicher. »Sehen Sie sich das an. Dekrix und T'Lin sollten vor fünf Tagen eine Kontrolle durchführen, aber es gibt keinen Bestätigungseintrag.«

»Überprüfen Sie die Krankenliste«, schlug Korsal vor.

Dort standen die beiden Namen: T'Lin war gestorben, und Dekrix' Zustand galt als kritisch.

Torrence biß sich auf die Lippe. »Die Pilotin tot, und der Kopilot liegt im Hospital. Es mangelt uns so sehr an Personal, daß hier nur jeweils ein Techniker die Aufsicht führt. Ich bekenne mich schuldig, Korsal. Meine letzte Schicht ging zu Ende, als ich alle Statuskontrollen vorgenommen hatte. Mir blieb nicht genug Zeit, auch die Inspektionseinträge zu überprüfen. Heute kam ich ebenfalls nicht dazu: Als ich mit der Arbeit begann, fiel die dritte Turbine aus. Lieber Himmel, wenn sich das Schaufelrad ganz von der Achse gelöst hätte ...«

»Dann wären auch die anderen Turbinen beschädigt worden«, sagte der Klingone. »Die Folge: keine Elektrizität mehr für die Stadt.«

Torrence nickte und stand auf. »Ich muß jetzt die restlichen Statuskontrollen vornehmen.«

»Überlassen Sie das mir. Werfen Sie einen Blick in die Logbücher.«

»Sie kennen sich nicht mit allen Anlagen des Kraftwerks aus«, wandte die Terranerin ein.

»Geben Sie mir die Checkliste, damit ich keinen Punkt übersehe.« Korsal zögerte kurz. »Ich brauche doch nur nach roten und grünen Lichtern Ausschau zu halten, Emily! Wenn irgend etwas nicht stimmt, gebe ich Ihnen sofort Bescheid.«

Sie lächelte. »Danke.« Torrence suchte zwischen diversen Werkzeugen und Ausdrucken, fand schließlich eine Datentafel und betätigte eine Taste, woraufhin der kleine Bildschirm die Checkliste zeigte. Sie reichte den elektronischen Block Korsal und legte ihm die Hand auf den Arm. »Danke dafür, daß Sie gekommen sind, ohne Zeit mit Fragen zu verlieren. Allein hätte ich es nicht geschafft ...«

»Lassen Sie meine Frau los!«

Korsal drehte sich um. Torrences Ehemann stand in der Tür; er kannte ihn nur flüchtig.

»Charlie!« stieß Emily hervor. »Was machst du hier?«

»Was machst *du* hier?« entgegnete der Mann. »Ich habe von einem Notfall gehört — angeblich hast du in der Stadt Hilfe angefordert. Aber jetzt sehe ich meine Frau halbnackt und in Gesellschaft eines ...«

»Sei still, Charlie!« erwiderte Torrence scharf. Sie erhob sich und zog das Handtuch von den Schultern, um zu zeigen, daß sie vollständige Kleidung trug. Was bei Korsal nicht der Fall war. Sein noch immer nasses Hemd hing an der Rückenlehne des Stuhls, Wasser tropfte von der Hose.

»Nein, ich bin *nicht* still!« entfuhr es dem Mann, und er blieb dicht vor dem Klingonen stehen. Sie waren etwa gleich groß, doch Charles Torrence hatte den Körperbau eines Athleten. Er lehrte Sport an der Schule, galt als Experte für verschiedene Nahkampfarten, darunter auch Kershu — angeblich hatte er sogar eine Goldmedaille bei einer interstellaren Olympiade errungen. Korsal hatte seine Söhne ermutigt, die Sportkurse dieses Mannes zu besuchen.

»Mrs. Torrence hat tatsächlich Hilfe angefordert«, sagte der Klingone ruhig. »Und zwar die eines Technikers, der mit den Geräten im Turbinenraum umgehen kann und auch imstande ist, das System zu rejustieren. Zufälligerweise bin ich der erste Spezialist gewesen, den sie fand.«

»Ja, und jetzt versuchen Sie, die Situation auszunutzen.« Charles Torrence kam noch etwas näher. »Ich weiß nicht, warum wir Ihnen einen Platz in unserer Gemeinschaft gaben, Korsal. Wir sollten Sie ins Imperium zurückschicken. Sie sind nicht mit weißen und grünen Frauen zufrieden, möchten es nun mit einer schwarzen ausprobieren ...«

»Charlie!«

Die Empörung in Emilys Stimme übertönte den Zorn ihres Mannes. »Du wirst dich sofort entschuldigen! Was ist bloß *los* mit dir?«

Der Mann blinzelte verwirrt, und ein Teil seiner Wut schien sich zu verflüchtigen. Korsal atmete erleichtert auf. Es handelte sich also nicht um ein Symptom der Krankheit.

Dann begriff er, wie absurd Erleichterung unter den gegenwärtigen Umständen war. Das Virus setzte die Interspezies-Beziehungen in der Kolonie großen Belastungen aus und weckte bisher verborgene Vorurteile. *Vielleicht ... bin ich hier doch nicht zu Hause,* dachte Korsal.

Charles Torrence musterte seine komplett angekleidete Frau, betrachtete ihr feuchtes Haar, Korsals nassen Oberkörper, sein tropfendes Hemd an der Rückenlehne des Stuhls. »Der Notfall betraf die Turbinenkammer?« fragte er zaghaft.

»Ja«, bestätigte seine Frau scharf. »Du kennst sie, Charlie. Dort kann niemand arbeiten, ohne naß zu werden.«

Die Züge des Terraners zeigten Bestürzung. »O Himmel, es tut mir *leid!*«

»Das sollte es auch«, fügte Emily hinzu.

»Ich weiß gar nicht, was über mich gekommen ist. Hören Sie, Korsal ... Stellen Sie sich vor, Sie haben eine wunderschöne Frau, die sie in der Gesellschaft eines halbnackten Mannes überraschen. Bestimmt nähmen Sie an ...«

Der Klingone trachtete danach, seinen Ärger im Zaum zu halten. »Ich hoffe, daß ich in einer solchen Situation vernünftig genug bin, um Fragen zu stellen, bevor ich irgendwelche Vorwürfe gegen meine Frau erhebe.«

Charles Torrence nickte zerknirscht. »Es tut mir leid«, wiederholte er. »Verdammt, Emily, wenn ich dich nicht so sehr lieben würde ...«

»Wir sprechen später darüber«, unterbrach sie ihren Mann. »Derzeit habe ich zu tun. Korsal hat sich bereit erklärt, die Statusanzeigen zu überprüfen.« Die Terranerin sah den Klingonen an. »Im Umkleideraum hängen trockene und saubere Overalls. Man erzählt sich, das Virus stelle keine Gefahr für Klingonen dar, aber Sie könnten sich eine Lungenentzündung holen.«

»Außerdem müssen wir verhindern, daß noch einmal Eisschollen ins Becken geraten und die anderen Turbinen beschädigen«, entgegnete Korsal. »Ich habe einen Pilotenschein für Schweber, und mein Sohn Kevin hat seinen gerade bekommen. Wenn wir von Ihnen Karten erhalten, brechen wir morgen auf und kontrollieren die Sicherheitsschleusen.«

»Ausgezeichnet«, freute sich Emily. »Besten Dank.«

»Und noch etwas: Programmieren Sie den Computer darauf, die Logbücher täglich zu sondieren und fehlende Einträge zu melden.«

»Jemand hätte schon vor einer Woche daran denken sollen«, seufzte die Frau.

»Auf Nisus kann niemand mehr klar denken«, sagte Korsal. »Nicht einmal die Vulkanier.«

KAPITEL 11

T'Pina starrte durch die Panoramafenster auf dem Beobachtungsdeck der *Enterprise* und beobachtete die vorbeiziehenden Sterne. »Die Natur hat so viel Schönheit zu bieten«, sagte sie nach einer Weile. »Und wir sehen so wenig davon. Die meisten Leute verlassen nie den Planeten, auf dem sie geboren sind.«

»Vielleicht entspricht das dem Willen der Natur«, erwiderte Sendet. Diese Antwort überraschte T'Pina. Sie drehte sich um und musterte den jungen Mann, aber sein Gesicht war ebenso ausdruckslos wie das eines Heilers. »Ich verlasse Vulkan jetzt zum erstenmal«, sagte er.

»Dann hoffe ich, daß Sie nach der Epidemie Gelegenheit finden, eine Zeitlang auf Nisus zu bleiben«, entgegnete T'Pina. »Die wissenschaftliche Kolonie unterscheidet sich sehr von Vulkan. Nisus ist eine Wasserwelt und sehr feucht nach unseren Maßstäben. Die Ozeane ... Während Ihres Aufenthalts in meiner Heimat müssen Sie unbedingt eine Seereise unternehmen.«

»Eine ... Seereise?«

Es amüsierte T'Pina, Sendets Unbehagen zu sehen — eine für viele Vulkanier typische Reaktion. Wer an das Leben in der Wüste gewöhnt war, konnte sich kaum vorstellen, über endlose Wasserflächen unterwegs zu sein. Und zu spüren, wie sich das Deck eines Schiffes hob und senkte ... Bei solchen Erfahrungen entstanden ähnliche Gefühle wie bei der ersten Konfrontation mit dem freien Fall. T'Pina fragte sich, ob Sendet solche Empfindungen kannte, und sie beschloß festzustellen, ob es an Bord der *Enterprise* einen Null-G-Bereich gab.

»Umfangreiche Erfahrung fördert Weisheit«, zitierte sie Surak. »Vorausgesetzt, sie dient nicht nur zur Stimulierung der Sinne.«

»Solche Stimulierungen sind notwendig«, antwortete Sendet. »Andernfalls stirbt der Geist.«

Es klang ebenfalls nach einem Zitat, aber T'Pina hatte es nie zuvor gehört.

»Nicht alle Vulkanier stimmen Suraks Prinzipien zu«, sagte Sendet, als T'Pina die Brauen wölbte. »Seine Philosophie brachte den kriegerischen Stämmen Vulkans Frieden und ermöglichte die Zivilisation. Andererseits: Die vollständige Unterdrückung der Emotion tötet eine Zivilisation ebenso wie die kompromißlose Ablehnung von Regeln oder Autorität.«

»Vollständige Unterdrückung der Emotion?« fragte T'Pina. »Nein, ich beabsichtige nicht, in den Bergen von Gol alle Mentaldisziplinen zu erlernen. Allerdings haben meine Lehrer häufig darauf hingewiesen, daß ich selbst für eine Vulkanierin außergewöhnlich neugierig bin.«

Sendets Lippen zuckten kurz, als er ein Lächeln zu unterdrücken versuchte. »Das gilt auch für mich.«

»Warum behaupten Sie dann, es entspräche dem Willen der Natur, daß wir auf den Planeten unserer Geburt bleiben? Intelligente Wesen gewinnen an Reife, indem sie herausfinden, was sich hinter dem nächsten Hügel befindet, hinter dem nächsten Gebirge — und jenseits der fernsten Sterne.«

»Es gibt Reife und Verderben«, sagte Sendet. »Vielleicht lebt jenseits des Gebirges ein anderes Volk. Es mag schwach sein, aber den Neugierigen in Versuchung führen, ihm die Kraft rauben.«

Verwirrungsfalten fraßen sich in T'Pinas Stirn. »Was

reden Sie da, Sendet? Viele Vulkanier waren dagegen, daß wir uns der Föderation anschlossen, doch nach all den Jahren stehen die Vorteile der Zusammenarbeit mit anderen Spezies außer Zweifel.«

»Glauben Sie, T'Pina? Sehen Sie sich die Folgen an. Früher unterhielten nur wenige Vulkanier Kontakt zu anderen Kulturen. Ich meine jene von uns, die den Planeten verließen: Händler und Forscher, die aufbrachen, um in der wissenschaftlichen Kolonie von Nisus zu arbeiten. Wir duldeten keine Außenweltler in unserer Heimat. Jetzt überrennen sie uns. Fast ein Viertel der Akademie-Studenten ...«

»Sendet!« platzte es aus T'Pina heraus. »Sie können es unmöglich für einen Fehler halten, alle fähigen und willigen Personen auszubilden. Und was das ›Überrennen‹ betrifft: Weniger als null Komma null null eins Prozent der gegenwärtigen vulkanischen Bürger stammen aus anderen Völkern. Weniger als ein halbes Prozent der aktuellen Bevölkerung — Studenten, Wissenschaftler oder eingebürgerte Außenweltler — sind Nichtvulkanier.«

Sendet kontrollierte seinen Gesichtsausdruck, aber die Augen verrieten Verblüffung. Erwartete er etwa von T'Pina, seine Behauptungen einfach zu akzeptieren, obwohl sie ganz offensichtlich nicht auf Tatsachen beruhten?

Die junge Frau lehnte Sendets Standpunkt ab, aber gleichzeitig bedauerte sie ihre scharfe Reaktion. Das Gespräch hatte auf eine sehr angenehme Weise begonnen. Weshalb verwandelte es sich nun in eine Kontroverse?

»Während der vergangenen Generation haben sich die Außenweltler einen festen Platz in unserer Kultur geschaffen«, sagte Sendet gepreßt. »Was noch weit schlimmer ist: Ihr Einfluß auf Vulkan wächst mit jedem Tag.«

»Warum sollte uns das zum Schaden gereichen?«

fragte T'Pina. »Glauben Sie nicht an den UMUK-Grundsatz? Die Kombination von Mannigfaltigkeit hat sich als nützlich erwiesen. Auf Nisus arbeiten die Repräsentanten vieler verschiedener Völker zusammen; dort werden größere und schnellere wissenschaftliche Erfolge erzielt als irgendwo sonst in der Galaxis.« Erneut musterte sie den Mann. »Sendet, ich fürchte, wir vertreten zwei antagonistische philosophische Standpunkte, und ich halte die Gegensätze für unüberbrückbar. Wenn Sie mich jetzt bitte entschuldigen würden ... Ich kehre in mein Quartier zurück.«

»Sie wollen Ihre Meinung nicht verteidigen und dafür kämpfen?« erwiderte Sendet.

»Kämpfen?«

»Mit Worten. Ich dachte nicht daran, die *Lirpa* vorzuschlagen.«

Die *Lirpa.* Heute stellte sie eine zeremonielle Waffe dar, obgleich alle vulkanischen Männer den Umgang mit ihr erlernten — für den Fall, daß sie es mit einer rituellen Herausforderung zu tun bekamen.

Die schwere, unhandliche *Lirpa* eignete sich nicht für Frauen. Zwischen Mann und Frau hatte jene Waffe heute keine Funktion mehr, doch in historischer Vergangenheit war sie von Kriegern benutzt worden, um die untreue Ehepartnerin zu enthaupten. Während der Reformen, als sich Schwestern, Töchter und gelegentlich auch Ehefrauen gegen den Willen der Clanmänner Surak anschlossen, fanden manchmal Hinrichtungen mit der *Lirpa* statt.

Es lief T'Pina kalt über den Rücken, als sie Sendets Worte vernahm — und gleichzeitig empfand sie das kühle Prickeln als seltsam erregend. Sie kannte viele Personen aus unterschiedlichen Kulturen, doch zum erstenmal begegnete sie jemandem wie Sendet.

»Wollen Sie einfach aufgeben oder hierbleiben, um mich zu widerlegen?« fragte er nun.

»Ich brauche Sie gar nicht zu widerlegen«, sagte T'Pina. »Die Leute an Bord dieses Schiffes beweisen, daß Ihre Einstellungen absurd sind. Der Captain und sein Erster Offizier, Mensch und Vulkanier — es heißt, sie kommandieren das beste Schiff in der ganzen Flotte. Sarek von Vulkan und seine Frau Amanda. Sorel und Corrigan ...«

»Und Daniel Corrigans Frau T'Mir«, warf Sendet ein. Seine Stimme klang so kalt, daß T'Pina erschauerte. Diesmal verband sie keine angenehmen Gefühle damit. »Dort sehen Sie das verborgene Laster in der angeblichen UMUK-Tugend«, fuhr er fort. »Vulkanier, die Außenweltler heiraten, unser Blut verunreinigen ...«

»Ich will nichts mehr davon hören.« T'Pina gab sich alle Mühe, ihren Ärger unter Kontrolle zu halten. »Ein Wissenschaftler wie Sie sollte die Gebote der Logik achten. Ich begreife nicht, wieso Sie sich weigern, Fakten zu akzeptieren. Guten Abend, Sendet.«

Sie verließ das Beobachtungsdeck und verdrängte den irrationalen Eindruck, einen Verlust erlitten zu haben. Wie konnte sich ein junger, gesunder und attraktiver Mann so sehr irren? Und wieso fühlte sie sich von ihm angezogen, obgleich er so *falsche* Einstellungen vertrat?

Es war ihr nicht gelungen, das Gespräch höflich und würdevoll zu beenden. Vielleicht spürte sie deshalb Unzufriedenheit.

Sie mußte meditieren, ging nicht zum Empfangsraum zurück, sondern betrat den Turbolift und ließ sich zum Passagierdeck tragen.

Dort näherte sie sich der Kabine, die man ihr und T'Kar zur Verfügung gestellt hatte, berührte die Sensorfläche neben dem Schott.

Auf der Schwelle verharrte T'Pina überrascht: T'Kar und Sorel saßen am Tisch mit dem Computerterminal.

Die junge Frau faßte sich wieder. »Guten Abend, Mutter. Ich grüße Sie, Heiler. Möchten Sie allein sein?« Der Trennschirm zwischen Arbeits- und Schlafbereich schuf keine ausreichende Privatsphäre; man konnte trotzdem jedes Wort hören. »Ich suche den Empfangsraum auf.«

»Nein, T'Pina, bleib hier«, erwiderte T'Kar. »Sorel berichtete mir von dem Mann, mit dem du zum Beobachtungsdeck gegangen bist.«

»Sei unbesorgt, Mutter. Ich weiß, was es mit Sendet auf sich hat.« Offenbar hatte der Heiler T'Kar gewarnt, was den Schluß zuließ, daß etwas nicht stimmte. Dieser Umstand veranlaßte T'Pina, bereits bekannte Fakten miteinander zu verbinden und eine neue Bedeutung in ihnen zu erkennen. »Er nimmt nicht an der medizinischen Mission teil und ist ein Anhänger von T'Vet.«

»Wer hat Ihnen das erzählt?« erkundigte sich Sorel.

»Niemand. Seine philosophischen Anschauungen genügten mir als Hinweis. Es ... gibt keine Gemeinsamkeiten zwischen uns. Als mir das klar wurde, verließ ich das Beobachtungsdeck.«

»Damit hast du die richtige Entscheidung getroffen, Tochter«, lobte T'Kar.

Warum fühle ich mich dann so, als sei mir ein Fehler unterlaufen? dachte T'Pina. Sie schirmte ihr Bewußtsein ab — aber nicht gut genug. Sorel hob den Kopf, und der Blick seiner dunklen Augen ruhte auf ihr.

»Ich kann Ihre Frage beantworten«, sagte er. »Soll ich in Gegenwart Ihrer Mutter sprechen, oder wünschen Sie eine private Konversation?«

T'Kars blaue Pupillen zeigten Überraschung, als sie von Sorel zu T'Pina sah. Sie wußte, daß der Heiler mit seiner besonderen mentalen Sensibilität einen Gedanken empfangen hatte, der sich ihrer psychischen Aufmerksamkeit entzog.

T'Pina verbarg nie etwas vor ihrer Mutter. Sie war entschlossen gewesen, T'Kar ihre sonderbare Reaktion auf Sendet anzuvertrauen, wenn sie während der Meditation keine Erklärung fand. Oft führte das Meditieren nur dazu, daß sie sich geistig im Kreis bewegte, ohne ein Problem zu lösen, doch bei anschließenden Gesprächen mit ihrer Mutter fand sie immer Gewißheit.

»Ich sehe keinen Grund, mich zu schämen, Heiler«, entgegnete sie. »Sprechen Sie ganz offen.«

»Sie haben völlig recht, T'Pina — Scham ist unangebracht«, sagte Sorel. »Ihre derzeitigen Erfahrungen sind ganz und gar normal. Die Resultate der physischen Untersuchung vermitteln eine deutliche Botschaft: Sie sind eine erwachsene Frau.«

Vulkanische Ohren verstanden sofort, was er meinte. T'Pina besaß bereits den juristischen Erwachsenenstatus, und nach dem Abschluß ihres Akademie-Studiums gehörte sie zu den Bürgern, die maßgeblichen Einfluß auf die Zukunft ausübten. Jetzt paßte sich die physische Reife der intellektuellen an: Sie war bereit, zu heiraten und Kinder zur Welt zu bringen.

»Es besteht kein Anlaß, sich deshalb zu fürchten, Tochter«, erklang T'Kars Stimme.

»Ich fürchte mich nicht«, erwiderte T'Pina. Es war nur die halbe Wahrheit.

»Sie sind ungebunden«, betonte Sorel. »Ebenso wie Sendet. Aus diesem Grund fühlen Sie sich zu ihm hingezogen. Aber Sie haben auch gelernt, Ihre Empfindungen mit Rationalität zu beherrschen, so wie alle anderen intelligenten Wesen. Wenn Sie diesem Pfad folgen, schließen Sie Fehler aus.«

»Sorel ...« T'Kar zögerte. »Glauben Sie, ich sollte nach einem Ehemann für T'Pina suchen?«

»Ich bin sicher, das ist nicht notwendig«, antwortete der Heiler. »Auf Nisus werden sich Ihrer Tochter viele geeignete Kandidaten vorstellen.«

Heirat und Partnerschaftsbindung — dann verschwand die Unruhe aus ihr. T'Pina wußte nun, was mit ihr geschah, und daraufhin sah sie ihre Reaktion auf Sendet aus einer neuen Perspektive: Es war normal für Vulkanier, sich zu binden; dadurch entstand zwischen

Mann und Frau eine intime geistige Beziehung, die Angehörige von nichttelepathischen Völkern unmöglich nachvollziehen konnten. *Wenn ich einem ungebundenen Mann begegne, so sorgen meine Instinkte dafür, daß ich ihn reizvoll finde,* überlegte T'Pina.

Trotz einiger Angebote hatten ihre Eltern beschlossen, sie nicht als Kind zu binden. Jetzt fragte sie sich, ob diese Entscheidung klug gewesen war. Die uralte Tradition, für siebenjährige Kinder Bindungspartner auszuwählen, bedeutete Sicherheit. Wenn sie die Geschlechtsreife erreichten, gab es bereits festen mentalen Halt für sie.

Diesen Gedanken folgte eine plötzliche Erkenntnis: T'Pina litt weitaus weniger als die beiden anderen Vulkanier im Zimmer.

Sowohl T'Kar als auch der Heiler hatten ihre Bindungspartner verloren. T'Pina hingegen sehnte sich nach etwas, das sie überhaupt nicht kannte.

Sevels Präsenz hatte T'Kar viele Jahre lang begleitet, bis zu seinem Tod. Für sie war es zweifellos weitaus schlimmer, weil sie wußte, was ihr fehlte.

Und Sorel ... Die Ehefrau wurde ihm ganz plötzlich genommen, ohne daß er eine Chance bekam, sich von ihr zu verabschieden oder ein Heilungsritual einzuleiten. Im Vergleich zu der vagen Sehnsucht T'Pinas, jenem dumpfen, fast angenehmen Schmerz, grenzte sein Verlust sicher an Agonie.

Ist es möglich, daß Sorel und T'Kar gegenseitig die Lücken in ihrer Existenz füllen? dachte T'Pina.

»Danke, Heiler«, sagte sie. »Ich verstehe jetzt meine Situation, und dadurch bin ich in der Lage, eine bessere Kontrolle auszuüben. Es ist noch früh. Ich warte im Empfangsraum, wenn ...«

»Ich muß gehen«, verkündete Sorel. »Dr. McCoy hat neue medizinische Informationen für mich.«

»Noch einmal besten Dank für Ihre Hilfe, Sorel«, sagte T'Kar.

Der Heiler verzichtete auf die übliche Antwort: »Man bedankt sich nicht für Logik.« T'Pina wußte, daß ihn nicht etwa Logik veranlaßt hatte, mit ihrer Mutter zu sprechen. Statt dessen erwiderte er: »Ich bin hier, um zu dienen. Bitte zögern Sie nicht, sich mit mir in Verbindung zu setzen, wenn Sie Hilfe benötigen.«

KAPITEL 12

Als Korsal das Kraftwerk verließ, um nach Hause zurückzukehren, zogen wieder dunkle Wolken über den Himmel. Kurze Zeit später begann es zu regnen. Er trug nun einen wasserdichten Overall, der die Nässe zwar vom Körper fernhielt, nicht jedoch vom Kopf. Kalte Tropfen prasselten auf ihn herab, und er fröstelte.

Als er hastig zum Damm aufgebrochen war, hatte er nicht den Helm gefunden, der normalerweise an der Lenkstange des Elektrorads hing. Einer seiner Söhne verdiente es, dafür gerügt zu werden: Kevin, wenn er den Helm verlegt hatte, oder Karl, wenn er mit dem Rad gefahren war. Karl wuchs ebenso schnell heran wie ein gewöhnlicher Klingone. Er konnte verschiedene Bewegungsmuster gut genug koordinieren, um mit dem Elektrorad zurechtkommen, aber die Gesetze von Nisus schrieben ungeachtet der Spezies ein Mindestalter von zehn Jahren für alle Personen vor, die irgendein Kraftfahrzeug benutzten.

In diesem Zusammenhang kam es häufig zu Auseinandersetzungen mit seinem Sohn, die Korsal jedoch als beruhigend empfand: Sie bewiesen Karls klingonische Abstammung. Im Imperium hätte er schon seit einem Jahr Fahrzeuge verschiedener Art gesteuert.

Und er trüge bereits die Uniform eines Soldaten in der primären Ausbildung, dachte Korsal. Auf Nisus gab es kein Militär. Er hatte nicht protestiert, als Kevin eine Prüfung ablegte, von der er sich eine frühe Studienzulassung an der Starfleet-Akademie erhoffte. Korsal bezweifelte, daß der Wunsch seines älteren Sohns in Erfüllung ging. Die Föderation war bestimmt nicht bereit, ihre militärischen Strategien jemandem zu lehren, der auch die Staatsbürgerschaft des klingonischen Imperiums hatte.

Wenn sie sich doch dazu bereit fand, erlernte Kevin den Kampf mit modernen Waffen und bekam außerdem eine gute Allgemeinbildung. Wenn nicht ... Dann mußte er sich innerhalb der nächsten drei Jahre entscheiden, ob er entweder auf die klingonische Staatsbürgerschaft verzichten oder den minimalen Kriegsdienst leisten wollte. Der Junge wußte, daß er vor dieser Wahl stand. Korsal mied das Thema, obgleich es ihm bei der Vorstellung graute, daß einer seiner Söhne das Erbe des Vaters ablehnte.

Er hatte Karl und Kevin gezeigt, wie man Handfeuerwaffen einsetzte und sich mit bloßen Händen verteidigte. Darüber hinaus bestand er darauf, daß sie alle Nahkampfkurse an der Schule besuchten. Wenn sie sich für die Föderation und gegen das Imperium entschieden, waren sie alles andere als wehrlos.

Die Begegnung mit Charles Torrence hinterließ mehr Unbehagen in Korsal, als er sich selbst eingestand. Nach dem ersten, von gegenseitigem Mißtrauen geprägten Jahr auf Nisus gewöhnten sich die klingonischen Wissenschaftler und ihre Kollegen aus anderen Völkern aneinander. In der Kolonie lebten viele Kinder gemischter Abstammung, und als Korsal Cathy Patemchek heiratete, faßten sie sofort den Beschluß, eigenen Nachwuchs zu haben.

Korsals Söhne waren sehr ehrgeizig, eine Eigenschaft, die ebensosehr auf die Mutter zurückging wie auf den Vater. Damit entsprachen sie der Nisus-Norm. Im Vergleich zu ihren Altersgenossen in anderen Teilen der Galaxis wuchsen alle Kinder der Kolonie mit erheblichen Vorteilen heran: Sie hatten gebildete Eltern, die sie ermutigten zu lernen, ihrer Kreativität freien Lauf zu lassen und andere Personen nach Leistungen und nicht nach Herkunft zu beurteilen. Korsal konnte sich keinen besseren Ort vorstellen, um Karl und Kevin einen guten Start im Leben zu ermöglichen. Dieser Faktor und seine menschliche Frau waren die beiden Hauptgründe, die ihn veranlaßten, nicht zusammen mit dem Rest der klingonischen Delegation zum Imperium zurückzukehren.

Aber jetzt ... Führte die Epidemie zu einem Ende der multikulturellen Kooperation auf Nisus? Korsal erinnerte sich an Therians Flüche, als der Andorianer dem Wahnsinn anheimfiel. Ähnliche Worte hatte Charles Torrence benutzt, in bezug auf seine Ehen mit nichtklingonischen Frauen.

Es war nicht seine Absicht gewesen, zweimal zu heiraten. Die Ehe mit Cathy hatte ihm Glück und Zufriedenheit beschert — aber die Karriere in Starfleet spielte eine zu wichtige Rolle für sie. Zunächst glaubte sie, ihre Stationierung auf Nisus sei permanenter Natur. Sie hätte bestimmt nicht geheiratet und zwei Kinder zur Welt gebracht, wenn ihr bekannt gewesen wäre, daß eine Versetzung bevorstand.

Korsal konnte sie ebensowenig begleiten wie die Jungen. Und Cathy weigerte sich, den Dienst zu quittieren. Die Verlockung war zu groß: wissenschaftlicher Offizier an Bord eines Raumschiffs der Constitution-Klasse, der Rang eines Commanders.

Sie stritten sich heftig und schlossen erst kurz vor Cathys Abreise Frieden. Sie versprach, ihre Familie zu besuchen, wenn sie Landurlaub bekam, und bei der ersten Gelegenheit eine neuerliche Versetzung nach Nisus zu beantragen. Zu Anfang schickte sie alle zwei oder drei Tage Kom-Briefe, doch die Abstände zwischen ihnen wuchsen bald auf Wochen. Schließlich kam die letzte Kassette, zusammen mit den Scheidungspapieren. In der Aufzeichnung teilte eine weinende Cathy ihrem klingonischen Mann mit, sie hätte kein Recht, ihn zu binden, ohne zu ihm zurückkehren zu können. Sie überließ das Sorgerecht für die Kinder Korsal — und anschließend hörte er nichts mehr von ihr. Von Bekannten erfuhr er, daß sie in der Starfleet-Hierarchie ständig nach oben kletterte.

Korsal ließ den schlammigen Bergpfad hinter sich zurück und erreichte das glatte Pflaster am Rand der Stadt. Es bestand die Gefahr von Aquaplaning, und er wagte es nicht, schneller zu fahren, obwohl er sich nach der trockenen Wärme in seinem Haus sehnte und hoffte, dort den kummervollen Gedanken zu entkommen.

Er versuchte vergeblich, sie zu verdrängen. Als Kevin zur Welt kam, entschied Korsal, auf Nisus zu bleiben, bis sein Sohn groß genug war, um zwischen Föderation und Imperium zu wählen. Karls Geburt verlängerte den Aufenthalt. Zwang ihnen die Epidemie nun eine rasche Entscheidung auf?

Gab es überhaupt eine Wahl? Im klingonischen Imperium begegnete man Hybriden mit Verachtung, und es existierte nur ein Weg, um dieses Problem zu lösen: Erfolg und Ruhm beim Militär. Korsals Söhne wären gezwungen zu kämpfen — oft gegen Menschen wie ihre Mutter —, um nicht als Bürger zweiter Klasse zu gelten.

Korsal hatte andere Welten der Föderation besucht, als Klingone dort überall Furcht und Haß gespürt. Nisus bildete die einzige Ausnahme. Er hielt die Kolonie nach wie vor für eine Zuflucht, die Sicherheit gewährte. Irrte er sich?

Er entsann sich an Therians Ausruf: »Die Kinder!« Bezog sich der letzte klare Gedanke vor seinem Tod auf die Erkenntnis, daß die Kinder von Nisus — jene Personen gemischter Abstammung — bittere Konsequenzen tragen mußten, wenn die Seuche überwunden geglaubte Vorurteile freisetzte?

Nein. Selbst der Wahnsinn konnte keine Verbindung zwischen solchen Überlegungen und dem Angriff auf Korsal herstellen.

Was folgte daraus? Der Wissenschaftler in Korsal erwachte und fixierte seine Aufmerksamkeit auf eine bestimmte Idee: Angenommen, es gab einen Zusammenhang zwischen Therians Entdeckung und seinem Tobsuchtsanfall. Hatte er in statistischen Daten etwas Bedeutsames gesehen, das nicht nur Kinder im allgemeinen betraf, sondern im besonderen Hybriden wie Korsals Söhne?

Die entsprechenden Informationen konnten noch immer abgerufen werden — der Rechner des technischen Laboratoriums war nach wie vor mit dem Computer im Hospital verbunden, um ihn zu entlasten. Korsal dachte daran, das Terminal in seinem Haus zu verwenden, um alle gewünschten Statistiken anzufordern. Jetzt hatte er wenigstens eine vage Vorstellung darüber, wonach er Ausschau halten mußte.

Er erreichte sein Ziel, stellte das Elektrorad ab und betrat das Gebäude. Die Schuhe quietschten, und Wasser tropfte vom Overall.

Im Allzweckraum blieb er stehen, suchte nach einem Handtuch und brannte darauf, so schnell wie möglich an der Konsole Platz zu nehmen, um mit der Analysearbeit zu beginnen. Selbst wenn er dabei nur kleine Fortschritte erzielte: Vielleicht halfen sie, schneller ein Heilmittel zu finden oder die *khesting* Krankheit an der Ausbreitung zu hindern.

Als er sich abtrocknete, schwang die Küchentür auf, und von einer Sekunde zur anderen erstarrte Korsal.

Er brauchte sie gar nicht anzusehen. Ihr verlockender, unaufdringlicher Duft umhüllte ihn, bevor sie näher kam, das Handtuch sanft aus seinen zitternden Händen zog und ihm damit die Wangen betupfte. »Korsal«, murmelte sie. »Endlich bist du wieder daheim.«

Seela. Die Präsenz einer Orionerin genügte, um jeden Mann aus der Fassung zu bringen. Aber wenn sie ihre volle Aufmerksamkeit auf Korsal konzentrierte, vergaß er zu atmen. Tief in ihm vibrierte etwas.

Wie alle Frauen ihres Volkes hatte Seela smaragdgrüne Haut, schwarzes Haar und funkelnde blaue Augen.

Ihr Körper war geschmeidig und sinnlich, die Finger stark und dennoch zärtlich. Langsam knöpfte sie den Overall ihres Mannes auf, streifte das Oberteil von den Schultern und rieb ihre Nase an seinem Nacken. »Es tut mir sehr leid, daß ich nicht zu Hause war, um dich heute nachmittag zu begrüßen«, hauchte sie.

»Zum *Glück* warst du nicht da«, erwiderte Korsal. »Man rief mich zum Kraftwerk — dort kam es zu einem Notfall.«

Seit Tagen hatte er Seela nicht mehr berührt und erlag nun dem Verlangen. Seine Rationalität verflüchtigte sich. Den nächsten lichten Augenblick erlebte er später im Schlafzimmer — ohne sich daran zu erinnern, wie er in den Raum gelangt war. Er entsann sich an den Liebesakt, hielt diese süßen Reminiszenzen fest und lächelte, als die Kuppe seines Zeigefingers über Seelas Gesicht wanderte. Sie fing ihn mit den Zähnen ein, biß behutsam zu. Die Augen boten mehr ...

Korsals Magen knurrte, und die Orionerin lachte. »Komm in die Küche. Ich sorge dafür, daß du nicht mehr hungern mußt. Übrigens: Was ist im Kraftwerk geschehen?«

Der Klingone begnügte sich nun mit Seelas Gegenwart, erzählt ihr vom Eis und der Turbine, während er aß. Den Zwischenfall mit Charles Torrence ließ er unerwähnt, doch beim Gedanken an ihn fiel ihm wieder die Inspiration auf dem Heimweg ein. Er beendete die Mahlzeit — nach dem Essen im Krankenhaus schmeckte sie noch köstlicher als sonst — und holte sich Kaffee. »Ich muß jetzt arbeiten«, sagte er in einem bedauernden Tonfall. »Es ist noch früh.«

Im Arbeitszimmer verscheuchte er Kevin vom Terminal. Der Junge sah ihn überrascht an. »Ich dachte, du, äh, wärst für den Rest des Abends beschäftigt.«

»Du denkst zuviel — und an die falschen Dinge«, erwiderte Korsal. »Vielleicht solltest du einmal überlegen, was mit dem Elektrorad-Helm passiert sein könnte.«

»Oh, ich habe vergessen, ihn wieder an die Lenkstange zu hängen«, gestand Kevin ein. »Er liegt in meinem Zimmer. Ich benötigte ihn gestern für die Fahrt zum Flugplatz.«

»Was hattest du dort zu suchen? Die Quarantänebestimmungen gelten auch für dich.«

»Man brauchte Schweber-Piloten. Einige Forscher im geologischen Camp erkrankten und mußten zum Hospital geflogen werden. Dazu waren alle qualifizierten und gesunden Piloten notwendig, Vater.«

Korsal musterte seinen Sohn. *Man hat ihn gerufen, weil ich nicht zugegen war,* fuhr es ihm durch den Sinn. Und dann: *Nein, wenn ich zu Hause gewesen wäre, hätte man uns beide verständigt. In der Gemeinschaft erfüllt er inzwischen die Aufgaben eines Mannes.* »Ich verstehe. Und ich bin stolz auf dich, Kevin. Morgen fliegen wir gemeinsam: du als Pilot und ich als Navigator.«

Der Junge lächelte und zeigte dabei wie ein Mensch die Zähne. Offenbar bemerkte er etwas in den Augen seines Vaters, denn er wurde sofort wieder ernst. »Tut mir leid, daß ich vergessen habe, den Helm an die Lenkstange zu hängen«, sagte er. »Ich hole es jetzt nach.«

Korsal wandte sich dem Terminal zu und stellte fest, daß der Rechner im technischen Labor tatsächlich noch immer mit dem Hospital-Computer verbunden war — vermutlich bis zum Ende des medizinischen Notstands. Er begann mit der Suche nach jenen Statistiken, an denen Therian bis kurz vor seinem Tod gearbeitet hatte: Daten, die Kinder und ihre Infektionsanfälligkeit betrafen.

Die Informationen standen zur Verfügung, und der Computer präsentierte sie in jeder gewünschten Form: sortiert nach Alter, Geschlecht, Spezies und sogar nach Körpergewicht. Ein erkennbares Muster blieb aus.

Korsal ließ sich von seinen Ahnungen leiten und forderte eine Übersicht in bezug auf Kinder gemischter Herkunft an. Es waren insgesamt fast vierhundert. Die meisten von ihnen hatten an der einen oder anderen Krankheitsform gelitten, doch der Klingone entdeckte keine gemeinsamen Faktoren.

Enttäuscht fügte er erwachsene Hybriden hinzu. Er vermutete auch weiterhin, daß die Antwort irgendwo bei Personen lag, deren Stammbaum in verschiedenen Völkern wurzelte. Auch diesmal lieferten ihm die angezeigten Werte keine nützlichen Hinweise.

Was hatte Therian auf dem Bildschirm gesehen? War sein Ausruf nur das erste Symptom des Wahnsinns gewesen? Warum bestand Korsal darauf, ihn für die letzte vernünftige Bemerkung des Andorianers zu halten?

Er versuchte, sich an die übrigen Worte Therians zu erinnern, daran, welche Informationen er abgerufen hatte. Wohnort, Tätigkeitsbereiche …

»Computer …«, sagte Korsal plötzlich und versteifte sich unwillkürlich, wie vor einem Kampf. »Zeig mir das Ausbreitungsmuster der drei verschiedenen Virusarten in Hinsicht auf alle Nisus-Bürger gemischter Herkunft. Berücksichtige dabei die Familienangehörigen, Vorgesetzten, Lehrer, Schüler, Partner, Kollegen und übrigen Personen, mit denen sie täglich Kontakt haben.«

»Berechnung wird durchgeführt«, bestätigte die Sprachprozessorstimme.

Und dann erschien das Muster, unleugbar und tödlich. Man brauchte keine vulkanische Logik, um es zu erkennen. Korsal starrte auf den Monitor und sah etwas, das den Zweck von Nisus negierte.

KAPITEL 13

An Bord der *Enterprise* verbrachte Spock seine gesamte freie Zeit am Computer der Krankenstation. Er arbeitete auch während seiner Schlafperioden, bis er alle medizinischen Unterlagen kannte, die Nisus und Starfleet anzubieten hatten. Dr. McCoy wies mehrmals darauf hin, daß sich auch cin Vulkanier in mehr oder weniger regelmäßigen Abständen ausruhen mußte. Falls Spock diese Wahrheit auch weiterhin ignorierte, fügte der Bordarzt hinzu, so riskierte er, früher oder später einfach ›zusammenzuklappen‹ — vielleicht gerade dann, wenn neue Daten eintrafen.

Manchmal konnte Leonard McCoys Logik sehr lästig sein.

Spock streckte sich auf einer Diagnoseliege in der Krankenstation aus und schlief — bis ihn eine flüsternde, aber hingebungsvoll fluchende Stimme weckte. Er stand auf und betrat McCoys Büro.

Der Arzt betrachtete ein buntes Diagramm auf dem Computermonitor. »O Himmel«, brachte er leise hervor. »Dieser Trick ist selbst für ein Virus zu schmutzig und gemein!«

»Was haben Sie entdeckt, Doktor?«

»Diese Entdeckung verdanken wir nicht mir, sondern einem Techniker auf Nisus. Sehen Sie sich das Ausbreitungsmuster an, Spock.« Und zum Computer: »Darstellung auf den Wandschirm übertragen.«

Das große Projektionsfeld — es diente in erster Linie

dazu, bei chirurgischen Eingriffen die Bio-Funktionen des Patienten zu überwachen — erhellte sich. Zuerst zeigte es nur endlose Zahlenkolonnen.

»Achten Sie darauf, was passiert, wenn in den statistischen Übersichten die Abstammung der Infizierten farbig markiert wird«, sagte McCoy. Die Zahlen verschwanden, wichen bunten Kurven. »Blau für Andorianer, Grün für Vulkanier, Rot für Menschen und so weiter. Zunächst bleibt ein Muster aus — bis man eine Gruppe untersucht, die keiner Spezies zugeordnet werden kann. Ich meine die Leute gemischter Herkunft. Auf Nisus leben etwa vierhundert, und die meisten von ihnen sind weniger als zwanzig Standardjahre alt.«

Spock runzelte die Stirn. »So unterschiedliche Personen sollten normalerweise nicht das gleiche medizinische Profil aufweisen.«

»Genau aus diesem Grund hat sie niemand als homogene Gruppe betrachtet.« McCoy wandte sich erneut an den Computer. »Das nächste Bild.« Zahlreiche bunte Punkte erstrahlten in einem hellen Weiß. »Das sind die Hybriden unter den Bewohnern von Nisus«, erklärte der Arzt.

Er holte tief Luft und fuhr fort: »In dieser Darstellung werden Verbindungen hergestellt. Die farbigen Punkte neben den weißen symbolisieren Familienmitglieder, Nachbarn, Freunde, Schulkameraden und Kollegen. Kleine Kreise darum geben Auskunft über jeweilige Krankheitsformen: Purpur für die erste und harmlose Variante A; Grau für B und Schwarz für die tödliche Mutation C. Zeitanalyse«, sagte McCoy etwas lauter. In der oberen rechten Ecke erschienen Tagesangaben.

Hier und dort formten sich Kreise. Die Farben der einzelnen Punkte unterschieden sich voneinander, doch alle Kreise leuchteten purpurn.

Als im eingeblendeten Chronometer weitere Tage verstrichen, bekamen immer mehr Punkte Kreise, die weißen ebenso wie die bunten. Bald tauchten die ersten grauen Kreise auf und repräsentierten Virusart B — immer an bunten Punkten in der Nähe von weißen.

McCoy sah zu Spock, der eine steinerne Miene zur Schau trug, um seine Besorgnis zu verbergen. Das Muster setzte sich fort. An weißen Punkten, die nie purpurne Ringe bekommen hatten, entstanden graue — und neben ihnen bildeten sich die ersten schwarzen Kreise, häufig in der Nähe von purpurnen.

Spock nickte langsam und ernst. »Die Mutation des Virus zu gefährlichen Arten scheint bei den Personen gemischter Herkunft stattzufinden.«

»Danach sieht's aus«, sagte McCoy. »Aber es kommt noch schlimmer.«

»Noch schlimmer?« Der vulkanische Erste Offizier unterdrückte ein Schaudern und fragte sich, warum McCoy eine so niedrige Temperatur für die Krankenstation gewählt hatte.

»Ärzte suchen im Problem selbst nach der Lösung«, erläuterte Leonard. »Bei Schutzimpfungen verwendet man den Krankheitserreger. Es wäre also ... logisch, bei den Personen, in denen das Virus mutiert, nach entsprechenden Immunitätsfaktoren Ausschau zu halten.«

»Ich verstehe, Doktor«, erwiderte Spock. »Ihr Blut sollte Antikörper gegen die neuen Arten entwickeln.«

»Genau«, brummte McCoy. »Antikörper, die man ihrem Blut entnehmen kann, um Ansteckungsgefährdete damit zu impfen.«

»Ja, natürlich.« Spock nickte erneut und wagte es, Hoffnung zu schöpfen. Doch eine Sekunde später verdeutlichte der Wandschirm, daß diese Methode nichts nützte. Einige weiße Punkte erhielten schwarze Kreise — obwohl es dort in einigen Fällen schon purpurne Ringe gab.

Die Hybriden, in denen das Virus mutierte, waren ebensowenig immun wie alle anderen. »Welche Antikörper auch immer sie entwickeln — dadurch entsteht kein Schutz vor den gefährlichen Krankheitsvarianten«, schloß Spock. »Personen gemischter Herkunft ermöglichen dem Virus Mutationen, aber sie können uns keinen Impfstoff zur Verfügung stellen.«

McCoy desaktivierte den Wandschirm, stützte das Kinn auf die eine Hand und rieb sich mit der anderen die Schläfe. »Eins steht fest, Spock: Sie bleiben an Bord, wenn wir Nisus erreichen.«

KAPITEL 14

Trotz Seelas Bemühungen verbrachte Korsal eine ruhelose Nacht, nachdem er die epidemiologische Abteilung des Hospitals über das Ausbreitungsmuster der Krankheit informiert hatte. Allem Anschein nach waren seine Kinder immun, aber trotzdem wich die Besorgnis nicht aus ihm. Welche neue Virusart mochte morgen entstehen, Karl und Kevin infizieren — und sie in eine Brutstätte für neuen Schrecken verwandeln?

Korsal sehnte sich nach einem physischen Feind, nach einem Gegner, den er sehen, mit einer Waffe oder bloßen Händen bezwingen konnte. Dann wäre er endlich in der Lage gewesen, etwas zu *unternehmen*, um seine Familie zu schützen!

Seela war schließlich eingeschlafen und lag zusammengerollt neben ihrem Mann. Im ersten Licht des neuen Tages sah er ihre weiche grüne Haut, das zarte, unschuldige Gesicht. Er dachte daran, wie sehr sie sich Kinder von ihm wünschte.

Dazu brauchten sie natürlich die Hilfe der Genetiker: Zwischen Klingonen und Orionern gab es weitaus mehr Unterschiede als zwischen Klingonen und Menschen. Aber die Spezialisten wußten, wie man derartige Probleme löste, und ohne die Epidemie hätte Korsal nicht gezögert, eine zweite Familie zu gründen.

Kam die Krankheit einer Botschaft der Natur gleich? Wies sie darauf hin, daß es richtig war, Hybriden gegenüber eine ablehnende Einstellung zu vertreten? Korsal schüttelte den Kopf, als seine Gedanken einmal mehr zu Kevin und Karl zurückkehrten.

Er hörte Schritte im Flur. Kevin, der es nicht abwarten konnte, zum Flugplatz zu fahren. Korsal stand auf, zog sich an und frühstückte mit seinem Sohn.

Er hatte sich inzwischen daran gewöhnt, daß Seela einen perfekten Haushalt führte: Alles war sauber; alles stand und lag an seinem Platz; nie fehlte etwas. Er brauchte nur eine einzige Taste zu betätigen, um Kaffee zu kochen, und zwei Mahlzeiten warteten im Stasisfach.

Nun, auch vor Seela hatten Korsal und Kevin vorbereitetes Essen erhitzt. Aber bei Cathy stammte es aus den Gefriertruhen des Supermarkts; Seela bereitete es selbst zu.

Seit Beginn seiner Ehe mit der Orionerin war es nie erforderlich gewesen, daß Korsal den Synthetisierer in der Küche benutzte. Er fragte sich, ob das Gerät überhaupt noch funktionierte.

Sie aßen schweigend, und jeder von ihnen trank einen Becher mit heißem Kaffee. Die Wärme des Frühlings war neuer Kühle gewichen, und in den Bergen konnte es ziemlich kalt sein. Sie wählten gefütterte Stiefel, Pullover und dicke Jacken. Korsal warf seinem Sohn den Helm zu. »Wir müssen uns einen zweiten besorgen«, sagte er. »Immerhin hast du jetzt ebenfalls einen Pilotenschein. Vielleicht fliegen wir in Zukunft beide, so wie heute morgen. Oder einer von uns steuert einen Schweber, und der andere benutzt das Elektrorad.«

»Bestimmt können wir uns auf dem Flugplatz einen zweiten Helm leihen«, erwiderte Kevin. »Als man mich vorgestern anrief, bat man mich, meinen eigenen mitzubringen. Vermutlich stand ich ganz unten auf der Pilotenliste.«

»Aber dein Name *stand* darauf«, betonte Korsal. »Und du hast deine Pflichten auf eine ehrenvolle Weise wahrgenommen. Bestimmt rückst du auf der Bereitschaftsliste nach oben, wenn das nächste Mal Piloten gebraucht werden.«

Die Einsatzleiterin auf dem Flugplatz brachte eine ähnliche Meinung zum Ausdruck und hatte bereits einen Schweber reserviert. »Bei der letzten Mission hat Ihr Sohn bewiesen, was für ein guter Pilot er ist. Trotzdem freue ich mich, daß Sie ihn heute begleiten. In den Bergen braut sich ein Sturm zusammen. Ich nehme an, in drei oder vier Stunden geraten Sie in schlechtes Wetter.«

»Könnte es gefährlich werden?« fragte Korsal.

»Nicht für einen Piloten mit Ihrer Erfahrung«, antwortete die Lemnorianerin. »Aber Sie wissen ja, wie unberechenbar die Berge sind. Kehren Sie zurück, wenn's zu schlimm wird.«

Kevins Fähigkeiten entsprachen den Erwartungen seines Vaters. Korsal flog jetzt zum erstenmal mit ihm. Ein Fluglehrer hatte Kevin ausgebildet, und nachdem der Junge seinen Pilotenschein bekommen hatte, verstrich nur ein Tag, bevor man den Flugplatz schloß und nur noch Prioritätseinsätze zuließ.

Schweber glitten in einer Höhe von zehn oder zwölf Metern über den Boden. Sie verwendeten eine Kombination aus Luftkissen und Antigravfeld, woraus folgte: Die Unebenheiten des Terrains blieben nicht ohne Folgen für die Fluglage.

Einem geschickten Piloten gelang es, die ständigen Höhenveränderungen auszugleichen, so daß niemand an Bord durchgeschüttelt wurde. Der Schweber reagierte unterschiedlich auf Wasser, Bäume, gepflügtes Land und Gebäude. Wenn ein unerfahrener Pilot an den Kontrollen saß, zitterte und wackelte die Maschine ständig. Es bestand sogar die Gefahr, daß sie gegen einen Berghang oder ein hohes Gebäude prallte, wenn man die Reaktionsgeschwindigkeit der Sensoren falsch einschätzte.

Kevin erwies sich als ›glatter‹ Pilot. Korsal überließ ihm den linken Sitz, doch vor seinem eigenen Platz gab es ein Zweitsystem für die Steuerung: Er konnte jederzeit eingreifen, wenn er es für erforderlich hielt.

Der Navigationstricorder führte sie über den Damm und am Fluß entlang, in den viele kleine Bäche mündeten. Korsal stellte zufrieden fest, daß Kevin für eine stabile Höhe sorgte. Als er ihn darauf ansprach, lächelte der Junge. »Bei der Rettungsmission mußte ich diesen Weg nehmen. Während der Ausbildung hatte ich Gelegenheit, im Bereich des Damms zu üben, aber vorgestern flog ich zum erstenmal über dem Fluß. Zunächst wurde ich so sehr durchgeschüttelt, daß ich fürchtete, die Zähne zu verlieren, doch schließlich gewöhnte ich mich daran. Als ich die Geologen zurückbrachte, beklagte sich keiner von ihnen.«

»Ebensowenig wie die Wartungstechniker auf dem Flugplatz«, sagte Korsal mit dem für ihn typischen Respekt vor komplexen technischen Systemen. »Offenbar saßen nach der Landung noch alle Nieten und Schrauben fest.«

Zwar verdichteten sich Wolken über den Berggipfeln, doch an den unteren Hängen herrschte prächtiges Wetter. Im Gebirge unweit der Stadt gab es noch immer einheimische Pflanzen und Tiere, aber unter ihnen befanden sich auch Kiefern, Movidel-Bäume, knospentreibende wilde Rosen und andere Lebensformen von vielen verschiedenen Welten.

Rotwild trank am Fluß und stob erschrocken davon, als sich der Schweber näherte. Einige verwilderte Sehlats richteten sich drohend auf und knurrten.

»Hier habe ich den Kurs geändert, um das geologische Camp zu erreichen.« Kevin deutete zu einem Bach. »Von jetzt an ist das Gelände neu für mich.«

»Behalt es aufmerksam im Auge«, riet ihm Korsal. »Es wird nun immer steiler.«

Schnee zeigte sich auf dem Boden. Hier und dort schwamm Eis im Fluß, doch keine der Schollen war groß genug, um die Turbinen zu beschädigen. Außerdem: Sicher schmolzen sie auf dem Weg zum Reservoir.

Je höher sie kamen, desto mehr Eis sahen sie. Dicke Brocken deuteten daraufhin, daß einige Komponenten des Sicherheitssystems ausgefallen waren. Oben wuchsen die Wolken zu einer geschlossenen Decke zusammen, und Nieselregen reduzierte die Sichtweite.

Die Hänge zu beiden Seiten des Flusses ragten auf und formten eine Schlucht. Der Schweber glitt über Stromschnellen hinweg. Der Kom-Kontakt mit dem Flugplatz brach ab — massiver Fels blockierte die Signale.

Erste Schneeflocken erschienen im Regen, und Windböen heulten. Auch Korsal bediente nun die Kontrollen, um seinem Sohn zu helfen, die Maschine zu stabilisieren. Wenn das Ziel nicht so nahe gewesen wäre, hätte er mit dem Gedanken gespielt, in Richtung Stadt zurückzukehren.

»Wir sind fast da«, sagte er. »Ich vermute, daß die unterste Sicherheitsschleuse ausgefallen ist.«

Kevin lenkte den Schweber an einer sich vorwölbenden Felswand vorbei, und dahinter ...

Die Schleuse präsentierte sich als ein Durcheinander aus geborstenem Beton und zerrissenen Stahlstreben. »*Khest!*« entfuhr es dem Jungen — Korsal hörte diesen klingonischen Fluch zum erstenmal von seinem Sohn. Er verzichtete darauf, ihn deswegen zu tadeln.

Jener Eisbrocken, der das Turbinen-Schaufelrad im Kraftwerk beschädigt hatte, war sicher weitaus größer gewesen, als er die Schleuse zerschmetterte. Sie mußte so schnell wie möglich repariert werden, um zu verhindern, daß weitere Schollen ins Reservoir gerieten.

»Schalte die Kameras ein«, sagte Korsal zu seinem Sohn. »Ich steuere uns noch etwas näher heran. Zeichne alle Einzelheiten auf — damit die Instandsetzungsgruppen wissen, was sie erwartet.«

Der Schweber manövrierte dicht über der zerstörten

Sicherheitsschleuse, und Korsal kämpfte gegen die Böen an, bis Kevin meinte: »Das genügt.« Einige Sekunden später stieg die Maschine jäh auf, wirbelte wie ein welkes Blatt davon.

»Vater!« keuchte Kevin und streckte die Hand nach den Kontrollen aus.

»Schon gut«, brummte Korsal. »Auf dem Weg nach unten mußte ich den Aufwind immer wieder ausgleichen, und jetzt habe ich ihm einfach nachgegeben. Auch du wirst diese Tricks lernen.« Er drehte ab und setzte den Flug in normaler Höhe fort. »Und nun ... Sehen wir uns die nächste Schleuse an — oder kehren wir um?«

»Bei einem solchen Wetter bin ich noch nie geflogen«, entgegnete Kevin. »Daher kann ich nicht beurteilen, welche Entscheidung besser ist, Vater.«

Korsal war ebenfalls unschlüssig. »Wenn wir noch einige weitere Kilometer zurücklegen, finden wir heraus, ob sich neue Eisschollen lösen und durch den Fluß nach unten treiben. Wenn das nicht der Fall sein sollte, und wenn die nächste Schleuse keine nennenswerten Schäden aufweist ... Dann sind die Reparaturarbeiten nicht so dringend, um eine Instandsetzungsgruppe diesem Wetter auszusetzen.«

Sie beschlossen weiterzufliegen, solange die herabgesetzte Sichtweite eine einigermaßen zuverlässige Orientierung ermöglichte. Nach einigen Dutzend Metern ließ der Schneeregen plötzlich nach. »Gut«, murmelte Korsal und beobachtete die Anzeigen der Wettersensoren. Angesichts der Felswände links und rechts gab es für die Scanner nur wenig Arbeit: Derzeit meldeten sie keine Probleme.

Doch der Wind blieb tückisch. Mehrmals mußte Kevin die Bodensondierungen unterbrechen, um seinem Vater an den Flugkontrollen zu helfen.

Der Canyon beschrieb eine weitere Kurve, und dahinter wogte die weiße Wand eines Schneesturms.

Die Wettersensoren piepten laut.

»Jetzt wird's Zeit, nach Hause zurückzukehren.« Korsal wendete den Schweber.

»Der Meinung bin ich auch«, pflichtete ihm sein Sohn bei.

»Du suchst noch immer nach einem wichtigen wissenschaftlichen Projekt, nicht wahr?« fragte Korsal.

»Ja.«

»Wie wär's, wenn du ein System konzipierst, das den Damm warnt, wenn große Eisbrocken die Sicherheitsschleusen passieren?«

»Wenn so etwas möglich ist ... Warum hast du ein derartiges System nicht schon vor Jahren entwickelt, Vater?«

»Weil ich es bis heute für unnötig hielt.«

Der Junge schwieg, als sie an den Schluchtwänden vorbeiflogen und dabei auf die Böen achteten. »Es müßte Wetter und Tieren widerstehen, dürfte nur dann reagieren, wenn wirklich Gefahr droht«, dachte Kevin laut. »Darin besteht das Problem, nicht wahr? Ein gutes Sicherheitssystem, das empfindlich genug ist, um eine Warnung zu übermitteln, würde auch zu viele falsche Alarme auslösen.«

»Du hast es erfaßt«, bestätigte Korsal.

»Also ist ein Computer erforderlich, der Situationsbewertungen vornehmen kann — doch Kälte und Feuchtigkeit beeinträchtigen die Zuverlässigkeit von Prozessoren.«

Korsal lächelte, als er zuhörte, wie sein Sohn die einzelnen Probleme schilderte. *Wenn wir zu Hause eintreffen, hat er wahrscheinlich schon einen Prototyp im Sinn,* überlegte er.

Das Schmunzeln verschwand ganz plötzlich aus seinem Gesicht, als sie eine weitere Kurve in der Schlucht hinter sich brachten und plötzlich sahen, daß ihnen der Sturm den Rückweg abschnitt.

Eine zweite Wand aus wirbelndem Schnee erhob sich

vor ihnen, reichte von der einen Seite des Canyons bis zur anderen. Korsal hielt den Schweber an und starrte ins wogende Weiß. »Unverzeihlich!« stieß er hervor. »Wir haben zugelassen, daß uns der Feind umzingelt.«

Kevin drehte ruckartig den Kopf und musterte seinen Vater. »Es ... ist ein Sturm«, sagte er unsicher. »Wetter hat kein Bewußtsein.«

»Ich weiß. Aber erinnerst du dich daran, was du beim Überlebenstest gelernt hast?«

»Die Natur ist gefährlicher als ein erklärter Feind, denn sie erscheint so oft wie ein Freund, daß man nicht damit rechnet, von ihr angegriffen zu werden. Sie tötet mit Gleichgültigkeit.«

Kevins Stimme klang gepreßt, als er diese Worte formulierte. Er hatte den Überlebenstest als Sechsjähriger bestanden — und die Lektionen anschließend einfach vergessen.

Ich habe als Vater versagt. Bitterkeit erfüllte Korsal. *Meine Söhne denken nicht wie Klingonen.* »Irgendwelche Vorschläge?« fragte er.

»Man gehe immer davon aus, daß die Natur ein Feind ist«, erwiderte Kevin. Er beugte sich vor, veränderte die Justierungen der Wettersensoren und veranlaßte sie dazu, auch hinter dem Schweber zu scannen. Einige Anzeigen deuteten darauf hin, daß ihnen der Schneesturm folgte. »Wir können weder vor noch zurück. Was sich hinter den Schluchtwänden befindet, läßt sich nicht feststellen. Es gibt nur einen Weg für uns: nach oben.«

In einer weniger ernsten Situation hätte sich Korsal über diese Antwort gefreut.

»Ist unsere Maschine dazu imstande?«

»Ihr Potential reicht aus«, entgegnete der Junge sofort. »Einmal habe ich einen Schweber über den Damm gesteuert.«

»*Was?*«

»Dem Lehrer erklärte ich, daß meine Berechnungen ...«

»Schon gut. Hoffentlich weißt du noch, wie du es angestellt hast.«

»Über dem Damm herrschte ein konstanter Aufwind«, erklärte Kevin. »Wenn wir hier keinen finden, weiß ich nicht, wie wir über den Rand der Schlucht hinwegkommen sollen. Wie dem auch sei: Eine andere Möglichkeit sehe ich nicht.«

»Alternativen?«

»Landen. Aber wo?«

Ja, wo? Schmelzwasser hatte den Fluß anschwellen lassen, und er füllte den ganzen Canyon. Der Schweber war nicht hermetisch dicht, und seine Konstruktionsingenieure hatten ihn nie als Floß geplant. *Die Strömung würde uns fortreißen und gegen irgendeinen Felsen schleudern,* dachte Korsal.

Während ihres hastig geführten Gesprächs bedienten Vater und Sohn auch weiterhin die Kontrollen. »Die Sichtweite sinkt«, meldete Kevin.

Korsal hatte es auch schon bemerkt. »Also gut, nach oben.« Er steuerte die Maschine nach links und rechts, versuchte dabei, irgendwelche Aufwinde zu ›ertasten‹. Schließlich fand er einen, und der Schweber hielt auf die rechte Schluchtwand zu. »Freund oder Feind?«

»Wenn der Feind einen Vorteil gewährt, so sollte man ihn zu seinem eigenen Nutzen verwenden«, sagte Kevin. Er hob die Hand. »Dort! Der Felssturz. Der Neigungswinkel eignet sich für uns, Vater.«

Sie stiegen rasch auf, bis der Abstand zum Boden der Schlucht aufs Maximum wuchs. Anschließend boten ihnen nur Felsen, Eis und die Canyonwände eine Schubbasis. Korsal leitete mehr Energie ins Triebwerk, bis es laut heulte. Tanzende Schneeflocken umhüllten den Schweber.

»Sichtweite null«, sagte Kevin.

Die Instrumente waren für solche Manöver nicht vorgesehen, doch sie gaben Korsal die einzige Orientierungshilfe, als er sich allein auf etwas verließ, das Menschen ›Intuition‹ nannten.

Der Wind warf den Schweber hin und her — Vater und Sohn wußten nicht, ob sie überhaupt an Höhe gewannen. »Höhenmesser auf barometrische Anzeige umschalten«, wandte sich Korsal an den Jungen. Bisher hatte es den Abstand von den nächsten festen Objekten gemessen. Im neuen Modus wies es darauf hin, daß die Maschine langsam nach oben glitt. »Gut«, brummte Korsal und starrte einmal mehr ins wirbelnde Weiß.

»Antigrav-Warnung!« sagte Kevin plötzlich. »Überhitzung.«

Korsal sah die blinkende rote Kontrollampe, aber ihm blieb keine Wahl. Entweder entkamen sie nach oben, oder der Schweber stürzte in den Fluß.

Der Klingone behielt den Höhenmesser im Auge, während er die Fluglage des Schwebers stabil zu halten versuchte. Die Maschine schlingerte immer wieder in den Böen, wich dauernd vom Kurs ab — bis Korsal die Übersicht verlor. Wenn er die Maschine zu früh zur Seite steuerte, prallte sie an die Schluchtwand. Wenn er zu lange damit wartete …

Das rote Licht blinkte nach wie vor, und einige Sekunden später kreischte eine Sirene, warnte vor einem Versagen des Antigrav-Generators. »Höhenmesser auf Abstand justieren!« knurrte Korsal und beobachtete die Indikatoren, als er den Schweber zum horizontalen Flug zwang. Zwei Meter über festem Boden!

Er atmete erleichtert auf und beabsichtigte, die Maschine am Rand des Canyons zu landen, dort zu warten, bis der Sturm nachließ.

Das überhitzte Antigrav-Triebwerk machte ihm einen Strich durch die Rechnung.

Er vernahm dumpfes Zischen, als die Unterseite des Schwebers Eis und Schnee berührte.

»Die Schubmodule!« rief er. »Ihre Isolierungen sind verbrannt! Kevin — nach draußen!«

Kalte Luft wehte in die kleine Kabine, als der Junge die linke Luke öffnete und ins Weiß sprang.

Korsal stieß die rechte Tür auf, und nur einen Sekundenbruchteil später donnerte eine Explosion.

Er fühlte sich von der Druckwelle angehoben, sauste durchs Schneegestöber und stieß an etwas Hartes. Er hörte das Knacken brechender Rippen und spürte stechenden Schmerz, konnte jedoch noch immer klar denken, als er zu Boden sank.

Kevin! Er wollte den Namen laut rufen, aber dazu fehlte ihm plötzlich die Kraft. War es dem Jungen gelungen, sich weit genug vom Schweber zu entfernen, oder hatte die Explosion auch ihn erwischt?

Korsal versuchte vergeblich, sich zu bewegen. Er stöhnte leise, als sich die Dunkelheit der Bewußtlosigkeit um ihn schloß und alle Gedanken erstickte.

KAPITEL 15

Als Spock dem Captain das Ausbreitungsmuster der Epidemie auf Nisus erklärte, erblaßte Kirk zunächst. Doch dann kehrte sein Optimismus zurück. »Das gibt uns einen Ansatzpunkt, Spock. Ich bin kein medizinischer Experte, im Gegensatz zu McCoy und den vielen anderen Ärzten in der wissenschaftlichen Kolonie. Sie werden die neuen Informationen nutzen, um auf ihrer Grundlage einen Impfstoff oder ein Heilmittel zu entwickeln.«

»Welche Sicherheitsklassifikation möchten Sie für diese Daten?« fragte der Vulkanier.

»Sie sollten nur Personen zur Verfügung gestellt werden, die darüber Bescheid wissen müssen«, antwortete Kirk. »Und codieren Sie wie bisher die Mitteilungen für Starfleet. Pille informiert alle, die an der Mission teilnehmen, aber der Rest unserer Crew sollte nichts davon erfahren. Das gilt auch für die Passagiere.«

»Meine Eltern ...«, begann Spock.

Der Captain unterbrach ihn. »Es besteht kein Grund, ihre Besorgnis zu wecken. *Sie* werden sich nicht auf den Planeten beamen.«

Der Erste Offizier nickte langsam. Vulkanier waren Realisten; ihr Leben basierte auf Rationalität und Logik. Dennoch empfand er es als beunruhigend, daß seine Hybridennatur nun zu einem Risikofaktor wurde. Er hatte Unlogik und Emotion oft auf die menschliche Hälfte seines Wesens zurückgeführt, aber diese Aspekte unterlagen seiner Kontrolle — im Gegensatz zum mutierenden Virus.

Die Epidemie stellte ein unwiderstehliches Rätsel für Spock dar. Bis zum Eintreffen der neuen Daten am vergangenen Abend hatte er nach einer ›logischen‹ Möglichkeit gesucht, um McCoy nach Nisus zu begleiten.

Doch wie so häufig ahnte Kirk, was ihm durch den Kopf ging. »Ich bin ebenfalls enttäuscht«, sagte Jim. »Oh, es handelt sich um keine sehr wichtige Angelegenheit: Ich muß an Bord bleiben — was bedeutet, daß ich leider außerstande bin, eine bestimmte Nachricht persönlich zu überbringen.«

»Eine Nachricht?« wiederholte Spock neugierig.

»Ja. Offenbar gibt es auf Nisus jemanden, der sich anschickt, meinen Rekord als jüngster Student der Starfleet-Akademie zu brechen.« Kirk schien das kaum zu bedauern.

»Ein Vulkanier?« vermutete Spock.

Der Captain lächelte. »Nein. Es sei denn, Vulkanier verwenden neue Namen. Der junge Mann heißt Kevin Katasai.«

Katasai! Der Erste Offizier wölbte unwillkürlich die Brauen.

Kirk sah diese Reaktion und runzelte die Stirn. »Kennen Sie ihn?«

»Nein. Aber jener Techniker, der das Ausbreitungsmuster der Epidemie entdeckte, trägt den Namen Korsal Katasai. Ich nehme an, er ist mit dem jungen Studenten verwandt.«

Die Falten gruben sich noch tiefer in Kirks Stirn. »Korsal? Das klingt nach …« Er lachte laut. »Das kann nur ein Zufall sein. Starfleet nimmt bestimmt keine Klingonen in die Akademie auf!«

»Da haben Sie sicher recht, Captain«, erwiderte Spock. Auch er hielt es für unwahrscheinlich, daß Starfleet einen Klingonen ausbildete.

Sie verließen das Konferenzzimmer, aber Kirk wollte noch nicht zur Brücke zurückkehren. Er begleitete

Spock zur großen Messe, wo die meisten Passagiere frühstückten. Dort gesellten sie sich Sarek und Amanda hinzu, die mit Daniel Corrigan und seiner Frau T'Mir am Tisch saßen.

Spock ließ sich mit seinem Tablett auf einen Stuhl sinken, als Amanda zu T'Mir sagte: »Ich bin immer der Ansicht gewesen, daß es in Hinsicht auf die Denkweise zwischen Mann und Frau größere Unterschiede gibt als zwischen Vulkaniern und Menschen.«

Daniel lächelte bedeutungsvoll. T'Mir starrte erst auf ihren Teller und sah dann wieder Spocks Mutter an. »Ich beginne zu verstehen, was Sie damit meinen«, erwiderte sie sanft.

Sarek hob eine Braue und wandte sich an Daniel. *»Mulier est hominis confusio.«*

Aus dem Lächeln des menschlichen Arztes wurde ein hilfloses Lachen. T'Mir musterte erst Sarek und anschließend ihren Mann. »Wie lautet die Übersetzung?«

»Eine Frau ist die Freude des Mannes und sein ganzes Glück«, entgegnete Daniel und versuchte, ernst zu bleiben.

Amanda warf Sarek einen Blick zu, der sowohl amüsiert als auch verärgert wirkte.

T'Mir bemerkte ihn und sah ihren Mann an, der rasch den Kopf senkte. »Die Worte vermitteln eine andere Botschaft, Daniel!«

»Nein«, sagte Corrigan. »Ich habe ihren wahren Bedeutungsinhalt wiedergeben und beziehe mich dabei auf eine historische Autorität der Erde, jemanden namens Chauntecleer.«

Spocks Lateinkenntnisse waren gut genug, um das Zitat zu verstehen, und nun erinnerte er sich auch daran, von wem es stammte: Chaucer. Sarek liebte es, seine Scherze in ein literarisches Gewand zu kleiden. Aus den Augenwinkeln sah er, daß Kirk ein Grinsen unterdrückte. In seiner Freizeit las der Captain häufig alte Bücher, und daher wußte er ebenfalls, worum es ging.

»Ich werde den Bibliothekscomputer um Auskunft bitten«, sagte T'Mir zu Sarek.

»Eine gute Idee«, erwiderte der Botschafter im Tonfall des Lehrers.

Während der vergangenen Jahre hatte sich Spock oft folgende Frage gestellt: Basierte seine damalige Entscheidung, an der Starfleet-Akademie zu studieren, vielleicht auf dem Wunsch, keine Klassen zu besuchen, in denen sein Vater unterrichtete? Sarek behauptete, das Konzept des Humors nicht zu verstehen, aber häufig rief er in seinen nichtvulkanischen Schülern und Studenten die gleiche Reaktion hervor wie eben in Daniel Corrigan.

Spock verdrängte diesen Gedanken rasch.

Als an ihrem Tisch wieder Stille herrschte, fiel ihm etwas vor dem Synthetisierer auf. Eine junge Vulkanierin wartete vor einem der Ausgabefächer, und Sendet trat an sie heran. Spock konnte nicht hören, was sie sagten, aber er beobachtete, wie die Frau den Kopf schüttelte.

Das Ausgabefach öffnete sich, und die Vulkanierin nahm ihr Tablett. Sendet folgte ihr, als sie fortging.

Sie näherten sich dem Tisch, an dem Spock saß, und der Erste Offizier vernahm Sendets Stimme: »Bitte hören Sie mir zu, T'Pina. Sie sind stark und intelligent genug, um sich uns anzuschließen. Ich möchte Ihnen zeigen, wozu es führt, das angeblich so erhabene UMUK-Ideal zu praktizieren.«

»Ich habe nicht den Wunsch, das Gespräch mit Ihnen fortzusetzen«, sagte T'Pina ruhig. »Bitte gehen Sie.«

Inzwischen war auch Kirk aufmerksam geworden, doch als er den Kaffeebecher absetzte und sich erhob, erklang eine andere Stimme. »Sendet! Erklären Sie es der Frau und den übrigen Anwesenden. T'Pina soll Fakten bekommen, um eine Wahl zu treffen.«

Satat kam herein, gefolgt von zwei anderen T'Vet-Anhängern. Er hielt direkt auf Kirk zu.

Der Captain blieb gelassen stehen. Auch Spock stand

nun auf, verharrte seitlich hinter Kirk, um ihm den Rükken freizuhalten, falls das notwendig werden sollte. Lieutenant Uhura schritt durch den Raum und nahm eine ähnliche Position auf der anderen Seite des Captains ein.

Satat musterte die Gruppe und schnaufte verächtlich. »Vermutlich haben Sie Ihre Freunde nicht darauf hingewiesen, Captain Kirk. Diese UMUK-Idealisten ...« — er verzog kurz das Gesicht — »... würden wohl kaum in aller Ruhe frühstücken, wenn sie über die gestern abend eingetroffenen medizinischen Daten Bescheid wüßten.«

»Welche Daten meinen Sie?« fragte Kirk.

»Sie sind ein Narr, Captain. Glauben Sie vielleicht, wir hätten keine Ahnung von moderner Technik, nur weil wir die alten Philosophien vertreten? Unter uns befinden sich auch Computer-Experten. Wir haben alle externen Kom-Kanäle der *Enterprise* überwacht.«

Die Anzapfung der Kommunikationskanäle war nicht bemerkt worden, weil niemand mit einer solchen Aktion der Anhänger von T'Vet rechnete. Kirk sah Spock an und wartete auf eine Erklärung. »Jeder Computer-Spezialist könnte ein gewöhnliches Terminal darauf programmieren, Datenverbindung mit der Krankenstation herzustellen«, sagte der Erste Offizier. »Aber warum, Satat? Sie haben Ihr Wort gegeben, sich nicht in unsere Angelegenheiten einzumischen.«

»Von Einmischung kann keine Rede sein. Und es handelt sich nicht mehr allein um Ihre Angelegenheiten. Die neuen Informationen bestätigen, daß unser Standpunkt richtig ist. Der Krankheitserreger auf Nisus zeigt deutlich, was geschieht, wenn Vulkanier ihr wahres Erbe vergessen, sich von Kriegern in Philosophen verwandeln und ihr Blut mit fremden Genen verunreinigen! Die unendliche Mannigfaltigkeit existiert — niemand leugnet sie. Aber unendliche Kombination ist gegen die Natur. Die Folgen sieht man auf Nisus!«

»Verstehen Sie, worüber dieser Mann redet, Captain Kirk?« fragte Sarek.

»Ja«, entgegnete Jim grimmig. »Die letzte Entdeckung in bezug auf die Epidemie. Wir wußten bereits, daß der Mikroorganismus mutiert, wodurch gefährlichere Krankheitsvarianten entstehen. Doch jetzt hat sich herausgestellt, daß die Mutationen in Personen gemischter Herkunft stattfinden.«

Sarek und Amanda wechselten einen kurzen Blick, sahen dann zu Spock. Der Botschafter hob eine Hand, und Amanda berührte Zeige- und Mittelfinger. Daniel Corrigan ergriff auf menschliche Weise die Hand seiner Frau.

»Die Krankheit ist nur das letzte Symptom des Verderbens, das von Terra und Vulkan auf alle Welten übergreift, wo man die Fakten dem so gepriesenen Ideal der unendlichen Kombination unterordnet«, fuhr Satat triumphierend fort. »Geben Sie der Seuche den richtigen Namen. Berücksichtigen Sie dabei die Ursache. Auf Nisus grassiert die UMUK-Epidemie!«

KAPITEL 16

Als Korsal erwachte, fühlte er bittere Kälte und starken Schmerz. Er wußte nicht, wo er sich befand. Überall sah er nur weiße und graue Schemen. Er blinzelte mehrmals und begriff, daß es schneite. Die Schneeflocken fielen so dicht, daß sein Blick nur wenige Meter weit reichte. Die grauen Schatten erwiesen sich als Felsen und Bäume.

Plötzlich kehrte die Erinnerung zurück. Kevin!

Er versuchte sich aufzusetzen, doch jemand schien ihm einen Dolch in die rechte Seite zu bohren. Er wollte tief Luft holen, um den Namen seines Sohnes zu rufen, aber wieder hinderten ihn stechende Schmerzen daran.

»Vater?«

Eine leise Stimme, vom Wind fortgeweht. Trotzdem ... Kevin lebte!

Korsal ignorierte die Pein und schnappte einmal mehr nach Luft. »Kevin!« Ein fast unverständliches Krächzen.

»Vater? Ist alles in Ordnung mit dir?«

Der Klingone bemühte sich, Antwort zu geben, doch es wurde nur ein Stöhnen daraus.

Im Weiß bewegte sich etwas — ein Zweig, der dem Zerren des Winds nachgab? Nein! Jemand näherte sich ...

»Vater!« Kevin kniete neben ihm. »Du bist verletzt!«

»Nur ... einige gebrochene Rippen«, brachte Korsal hervor.

»Bleib still liegen.« Der Junge suchte in Korsals Taschen nach den Handschuhen, die sein Vater im Schweber abgenommen hatte, streifte sie ihm über zitternde Finger. »Das Antigrav-Triebwerk ist explodiert.«

»Ich weiß. Bist du ebenfalls verletzt worden?«

»Nein. Die Druckwelle schleuderte mich in den Schnee. Mir fehlt nichts — abgesehen von der Brille. Sprich nicht, Vater. Unsere Situation ist mir durchaus klar: Wir müssen überleben, bis der Sturm besserem Wetter weicht. Dann schickt man eine Suchgruppe. Es dauert sicher nicht mehr lange, bis das Feuer im Schweber erlischt. Wenn er sich abgekühlt hat ... Vielleicht kann ich etwas aus ihm bergen.«

»Brich nicht ... während des Schneesturms auf.« Korsal keuchte. »Wir können von Glück sagen, daß du mich gefunden hast.«

»Wir sind unseres Glückes Schmied«, erwiderte Kevin. Es war eine terranische Redensart, aber Klingonen teilten ihre Weisheit. »Du bist nicht imstande, dich mit Bewegungen warmzuhalten. Ich baue uns einen Unterstand und entzünde ein Feuer.« Er zog seine Jacke aus und deckte Korsal damit zu. »Keine Sorge. Ich habe soviel zu tun, daß mir nicht kalt wird.«

Kevin und Korsal trugen Messer in ihren Stiefeln — Zeichen des Mannes, beim Überlebenstest erworben. Ein Mehrzweckgegenstand, der sich nicht nur für den Kampf eignete. Kevin schnitt damit einen niedrigen Ast ab und benutzte ihn als Besen, um neben Korsal Schnee beiseite zu fegen.

Er ordnete weitere Kiefernzweige zu einer dicken Schicht an, um die Kälte des gefrorenen Bodens fernzuhalten. Vorsichtig half er seinem Vater auf die weiche Unterlage. Korsal empfand es als seltsam, vom Sohn umsorgt zu werden — ihre Rollen hatten sich plötzlich vertauscht. Stolz beobachtete er ihn. Ihre Lage war sehr ernst, aber der Junge blieb ruhig und gelassen, die beste Voraussetzung dafür, unter den gegenwärtigen Umständen am Leben zu bleiben.

Kevin konstruierte einen Wetterschutz. Korsals Beiträge beschränkten sich darauf, die Äste anzuspitzen, bevor sein Sohn sie in den Schnee steckte.

Der Wind heulte, und das Schneegestöber wurde noch schlimmer, aber glücklicherweise brauchte der Junge nicht weit zu gehen, um Holz zu finden. Er löste nasse Borke von Zweigen und zerschnitt den Rest zu kleinen, zunderartigen Fransen. »Wie zünden wir sie an?« fragte Kevin nach einer Weile. »Ich habe ein Vergrößerungsglas, aber ohne Sonne läßt sich damit nur wenig anfangen. In diesem Zusammenhang nützt mir auch das Messer nichts, wenn ich keinen Feuerstein finde. Die Notausrüstung des Schwebers enthält alle erforderlichen Werkzeuge — wenn sie nicht den Flammen zum Opfer gefallen sind.«

»Es kam zu keinen weiteren Explosionen«, sagte Korsal. »Vielleicht solltest du es tatsächlich wagen, das Wrack der Maschine aufzusuchen und dich dort umzusehen.«

Es war erst später Morgen, aber der dicht fallende Schnee machte den Tag zur Nacht. Korsal spähte aus dem Unterstand. »Nichts deutet darauf hin, daß es bald aufhört zu schneien. Selbst wenn du nur zehn Meter zurücklegst ... Du könntest dich verirren und erfrieren. Außerdem wird's kälter. Wir müssen das Feuer mit Reibung entzünden.«

Keine leichte Aufgabe in der kalten, feuchten Luft. Kevin gab sich große Mühe, rieb ein Stück Holz inmitten der Späne. »Wenigstens werden meine Hände warm«, scherzte er. »Die Füße spüre ich nicht mehr.«

Korsal erging es ebenso. Die Taubheit breitete sich in seinem ganzen Körper aus. Er dachte daran, der Müdigkeit nachzugeben, einzuschlafen und es dem Leib zu überlassen, die Verletzungen zu heilen ...

»Vater! Wach auf!«

Kevin zog ihn hoch, und Korsal ächzte, als die gebrochenen Rippen mit heftigen Schmerzen protestierten.

»Wach auf!« rief der Junge. »Ich lasse nicht zu, daß du erfrierst!«

»Es schneit ... nicht kalt genug ...«, murmelte Korsal.

»Du vergißt dabei den Wind!« stieß Kevin hervor. »Bleib *wach*, Vater. Sprich mit mir.«

»Was?« Er hob ein Lid und stellte fest, daß ihn sein Sohn kurzsichtig anstarrte.

»Sprich mit mir!« wiederholte der Junge etwas schärfer. »Erzähl mir ... vom Imperium. Vielleicht beschließe ich eines Tages, als Klingone zu leben. Wie muß ich mich verhalten, um im Imperium akzeptiert zu werden?«

»Kampf«, stöhnte Korsal benommen.

»Du meinst das Militär. Ja, ich weiß. Aber was sonst noch? Ich möchte Wissenschaftler sein, so wie du, kein Soldat.«

»Waffen«, hauchte Kevins Vater. »Waffenentwicklung.«

Der Junge schob die Späne zusammen und drehte den Stab mit noch größerer Entschlossenheit. »Erzähl mir von den Familien. Wie war es für dich, im Imperium aufzuwachsen?«

»Wie hier. Erst der Überlebenstest ... dann die Schule. In der Schule bin ich immer gut gewesen, besser als meine Brüder. Aber sie waren größer und stärker. Krel, der älteste von uns ... Er lehrte mich *Klin zha*. Schon als Achtjähriger schlug ich ihn. Aber er forderte mich immer wieder heraus ...«

»Vater?« drängte Kevin, als Korsal eine Zeitlang schwieg.

»Beim Ringen, Schießen und Laufen konnte ich nicht gewinnen. Die anderen lehnten es ab, mich an solchen Wettkämpfen teilnehmen zu lassen. Aber Krel ... Er gab mir immer die Chance, meine Fähigkeiten zu beweisen.«

»Ich werde daran denken«, versprach Kevin. »Karl ist beim *Klin zha* viel besser als ich. Trotzdem sollte ich mit ihm spielen.«

»Das brauchst du nicht«, erwiderte Korsal leise. »Ich habe ihm das *Klin zha* beigebracht — und heute ist er mir darin überlegen.« Er öffnete die Augen, als er den typischen Geruch von Rauch wahrnahm. Kevin beugte sich vor und blies behutsam; eine winzige Flamme züngelte.

»Stel meint, das sei ein Zeichen für einen guten Lehrer — wenn ihn der Schüler übertrifft.«

Korsal erinnerte sich nicht sofort an diesen Namen, und seine Lider sanken wieder nach unten. Stel. Kevins Mathematiklehrer. Wer an der Starfleet-Akademie studieren wollte, mußte vorher eine Prüfung ablegen, so wie Kevin; offenbar hatte der Junge dabei eine höhere Punktzahl erzielt als Stel.

»Ein kluger Mann«, kommentierte Korsal.

»Die meisten Vulkanier sind sehr klug — oder erwekken zumindest den Anschein. Manchmal glaube ich, es liegt daran, daß sie nur wenig sagen — dadurch klingt alles sehr weise.«

Die Scharfsinnigkeit seines Sohns entlockte Korsal ein Lächeln. Langsam brachte ihn die Wärme ins Leben zurück. Als er erneut die Augen öffnete, hatte sich die kleine Flamme in ein Feuer verwandelt.

Sie unterhielten sich, während Kevin an den Seiten des Unterstands Schnee auftürmte. Durch das Feuer entstand bald eine Eishöhle. »Kai Kevin«, lobte Korsal. »Hier können wir aushalten, bis eine Rettungsmannschaft eintrifft.«

Eine halbe Stunde später schneite es nicht mehr ganz so stark. »Ich gehe jetzt zum Schweber und suche dort nach der Notausrüstung«, verkündete Kevin. »Anschließend hole ich mehr Holz.«

»Ich habe es warm genug«, sagte Korsal. »Zieh auch meine Jacke an, ebenso wie die Handschuhe.«

Kevin lehnte nicht ab und kroch nach draußen. Sein Vater hoffte, daß kein neues Schneegestöber begann, bevor der Junge zurückkehrte. Er ging sehr sparsam mit dem Holz um und entsann sich daran, daß die Notausrüstung ein Beil enthielt — damit war es leichter, Äste abzuhacken und sie zu zerkleinern.

Die Zeit verging, und Korsal wartete mit wachsender Ungeduld, fürchtete ständig, daß die dichten Wolken neue Schneelasten abluden. Wenn sich der Junge unterwegs verirrte … *Allein habe ich keine Chance.*

Stunden schienen vergangen zu sein, als Kevin schließlich mit einigen Zweigen zurückkehrte. Die Mühe, durch kniehohen Schnee zu stapfen, hatte ihn sichtlich erschöpft.

Er hockte sich vor dem Feuer nieder, streifte die Handschuhe ab und streckte die Finger den Flammen entgegen. »Sobald ich mich etwas aufgewärmt habe, breche ich noch einmal auf«, sagte er und zögerte. »Vater … Der Schweber ist fort.«

»Fort?«

»Ich vermute, die heißen Schubmodule haben die Eisschichten am Rand der Schlucht geschmolzen, und hinzu kam der Wind. Die Maschine geriet ins Rutschen und stürzte in den Canyon.«

Korsals gebrochene Rippen meldeten sich mit neuerlichem Schmerz, als er nach Luft schnappte. Keine Notausrüstung. Das bedeutete, sie mußten auf Beil, Nahrung, Decken, Lampen und Arzneien verzichten. »Schon gut«, brummte er. »Wir brauchen nur zu überleben, bis uns die Rettungsmannschaft findet. Bestimmt kommt sie morgen früh.«

»Ja, Vater, morgen früh«, bestätigte Kevin, doch Korsal hörte Skepsis in der Stimme des Jungen. »Ich hole jetzt mehr Holz. Heute abend, bevor es dunkel wird, lege ich einen Vorrat für die Nacht an.«

Korsal blickte noch einmal nach draußen und sah eine geschlossene Wolkendecke, die weiteren Schnee in Aussicht stellte. Die fallenden Flocken bildeten wieder einen dichten Vorhang, als Kevin zurückkehrte, und Wind umheulte den kleinen Unterstand bis nach Einbruch der Dunkelheit. Der Junge hatte keine Möglichkeit, erneut Holz zu sammeln; wahrscheinlich wäre er ohnehin nicht in der Lage gewesen, im Chaos des Sturms irgendwelche Zweige zu finden. Nur dann und wann legten sie einen Ast in die Glut, damit das Feuer nicht vor dem nächsten Morgen erlosch. Sie schmolzen Schnee in einem Helm und tranken das heiße Wasser, um sich von innen zu wärmen.

Die Temperatur sank, und der Frost bahnte sich einen Weg in ihre kleine Zuflucht. Kevin und Korsal zogen ihren Jacken an, lagen dicht nebeneinander, um ihre Körperwärme zu teilen.

»Erzähl mir mehr von deinem Bruder Krel«, sagte Kevin. »Vielleicht lerne ich eines Tages meine Onkel kennen.«

»Er ist tot«, murmelte Korsal. »Seit sechs Jahren. Er starb bei einem Gefecht mit Starfleet-Schiffen. Ich hatte nie Gelegenheit, ihm zu sagen, daß ich Bescheid wußte. Damals, als wir noch Kinder waren … Manchmal ließ er mich absichtlich gewinnen.«

»Vater?«

Korsal hörte seinen Sohn, aber er fand nicht die Kraft, ihm zu antworten. Kurz darauf vernahm er überhaupt nichts mehr.

Er saß vor einem Brett und betrachtete die Figuren des Reflektierenden Spiels. Auf der anderen Seite nahm sein Bruder Platz. Korsal lächelte, ohne dabei die Zähne zu zeigen, forderte Krel mit einem Wink zum ersten Zug auf.

KAPITEL 17

Captain James T. Kirk saß im Kommandosessel des Befehlsstands, als die USS *Enterprise* den Orbit von Nisus erreichte. Leonard McCoy stand links neben ihm und blickte zum Wandschirm.

Der Planet war erdähnlich, hatte ausgedehnte Ozeane, einen großen Kontinent und viele Inseln. Die wissenschaftliche Kolonie beanspruchte nur einen kleinen Teil der zentralen Landmasse. Es gab also genug Platz, falls die Bevölkerung wuchs.

Alles wirkte friedlich, aber Kirk wußte, daß dieser Eindruck täuschte. McCoy sprach seine Gedanken laut aus. »Wenn man den Planeten auf diese Weise sieht, scheint alles in bester Ordnung zu sein. Nichts deutet darauf hin, daß die Wissenschaftler und Forscher dort unten in erheblichen Schwierigkeiten sind.«

»Deine Aufgabe besteht darin, ihnen bei der Lösung ihrer Probleme zu helfen, Pille.« Kirk drehte den Sessel und sah in die blauen Augen des Arztes. »Wir werden dich vermissen.«

McCoy hielt nicht viel von einem freundlichen Abschied. »Sorg du dafür, daß es hier nicht drunter und drüber geht«, grummelte er.

Als er zum Turbolift ging, wandte sich Spock von der wissenschaftlichen Station ab. »Bestimmt gelingt es Ihnen, den Infizierten mit irgendeinem Wundertrank zu helfen, Doktor.«

»Mit einem Wundertrank?« wiederholte McCoy. »Nun, wenn nicht, versuche ich es mit magischen Beschwörungen.«

»Wie Sie es auch anstellen ...«, fuhr Spock ernst fort. »Bitte geben Sie gut auf sich acht. Es wäre nicht sehr wünschenswert, einen neuen Ersten Medo-Offizier einarbeiten zu müssen.«

»Oh, ich möchte vermeiden, einen anderen Arzt mit *Ihrer* Anatomie zu konfrontieren«, erwiderte Leonard. Vor ihm öffnete sich die Tür des Turbolifts. »Bis dann.«

»Viel Glück, Pille«, sagte Kirk.

»Ja, Doktor, viel Glück«, fügte Spock hinzu und überraschte damit nicht nur den Captain, sondern auch McCoy.

Dann glitt das Schott des Turbolifts zu. Kurze Zeit später trafen erste Berichte vom Transporterraum ein, als sich die medizinischen Experten auf den Planeten beamten.

Im Anschluß an den Transfer stellte Kirk einen Kom-Kontakt mit dem Starfleet-Verbindungsoffizier auf Nisus her. Dort gab es keinen militärischen Stützpunkt, aber zur Kolonie gehörten auch Wissenschaftler der Flotte. Senior-Offizier war derzeit Commander Carmilla Smythe. Jim kannte sie nicht, sah in der elektronischen Akte nach und stellte fest, daß sie als ethnographische Spezialistin galt. *Was führt eine Ethnographin nach Nisus?* fragte er sich verwirrt.

Ein Assistent in ihrem Büro nahm seinen Anruf entgegen. »Dr. Smythe ist zu Hause und erholt sich.«

»Sie erholt sich?«

»Ja, Sir. Sie hat eine Menge Glück gehabt. Nur wenige Personen, die sich mit der letzten mutierten Virusart infizierten, überleben die Krankheit.«

»Vielleicht sollte ich sie nicht stören«, sagte Kirk. »Wer nimmt in der Kommandostruktur den zweiten Platz ein?«

»Kommandostruktur?« Der junge Mann blinzelte mehrmals. »Oh, Sie meinen das Starfleet-Personal. Nun, Meister Thorven starb vor einigen Tagen, und Dr. Chang wurde gestern ins Hospital gebracht. Es tut mir leid, Sir, aber ich bekleide keinen Starfleet-Rang. Die hiesige, äh, Kommandostruktur kenne ich leider nicht. Sie können die für Dr., äh, Commander Smythe bestimmten Informationen mir übermitteln, sofern sie keiner Sicherheitsklassifikation unterliegen.«

»Ein junger Bürger von Nisus hat einen Studienplatz an der Starfleet-Akademie erhalten.«

»Oh, das sind *gute* Neuigkeiten! Ich gebe Ihnen Dr. Smythes privaten Kom-Code — über diese Nachricht freut sie sich bestimmt.«

Eine Zeitlang blieb der Bildschirm grau, doch dann erschien die Nahaufnahme einer Frau. Sie betätigte die Antwort-Taste an ihrer Konsole und wich zurück. »Hier Smythe«, sagte sie und musterte den Anrufer. »Captain Kirk? Die *Enterprise* ist eingetroffen? Dem Himmel sei Dank!«

Die Kom-Scanner erfaßten nun ihre ganze Gestalt, und Kirk beobachtete sie. Die Frau stützte sich auf einen Spazierstock, und er bemerkte einen Gipsverband am rechten Fuß.

Zwar trug sie einen jener weiten Umhänge, die Frauen häufig zu Hause benutzten, aber dem Captain fiel trotzdem auf, daß sie zu dünn war. Hinzu kam eine Blässe, die den Eindruck von Schwäche weckte. Er verspürte den Wunsch, den Arm um ihre zarten Schultern zu legen — aber sie war nur ein Bild auf dem Schirm. Allerdings ein recht attraktives. Jugendliche Züge standen in einem auffallenden Kontrast zum verfrüht ergrauten Haar.

»Bitte setzen Sie sich, Commander«, sagte er, damit sie es bequemer hatte. »Offenbar sind Sie verletzt worden.«

Ein Schatten fiel auf Smythes Züge, als sie sich erinnerte. »Ja. Ich habe einen meiner Assistenten angegriffen. Aggressivität ist ein typisches Symptom der dritten Krankheitsvariante. Nun, der Mitarbeiter konnte mich überwältigen, aber unglücklicherweise brach ich mir dabei den Fuß. Wenigstens bekam ich keine Gelegenheit, jemanden zu töten — im Gegensatz zu einigen anderen Infizierten.«

»Davon habe ich gehört.« Kirk nickte. »Es freut mich, daß es Ihnen bessergeht. Nun, vielleicht kann ich Ihre Rekonvaleszenz mit einer guten Nachricht beschleunigen. Sie empfahlen, einen gewissen Kevin Katasai für das Studium an der Starfleet-Akademie zuzulassen.«

»Soll das heißen …« Ein Lächeln erhellte die Miene der Ethnographin, doch eine Sekunde später verflüchtigte es sich wieder.

»Ja«, bestätigte Kirk. »Er hat die Studienerlaubnis erhalten.«

»Hoffentlich ist es nicht zu spät«, erwidert Dr. Smythe.

»Hat er sich angesteckt?« fragte der Captain.

»Kevin?« Jims Gesprächspartnerin runzelte die Stirn. »Inzwischen müßten die Ärzte alle Immunitätsdaten weitergeleitet haben. Nein, für Kevin besteht keine Infektionsgefahr. Aber derzeit sind wir nicht sicher, ob er noch lebt.«

»Wie meinen Sie das?«

»Wir hatten einige Problem mit Eis im Kraftwerk des Damms. Gestern morgen flogen Kevin und sein Vater mit einem Schweber zu den Bergen, um die Sicherheitsschleusen zu überprüfen und festzustellen, wie die Eisschollen ins Reservoir gelangten. Sie sind noch nicht zurückgekehrt, und im Gebirge wütet ein Sturm. Der automatische Notrufsender des Schwebers ist aktiviert, aber wir können keine Suchgruppe in das betreffende Gebiet schicken. Es gibt zwei Möglichkeiten: Entweder wurde der Sender nach einer Landung aktiviert — oder die Maschine stürzte ab.«

»Verdammt!« entfuhr es Kirk. »Einen Augenblick … Nennen Sie mir die Koordinaten des Senders. Wir nehmen eine Sondierung mit den Scannern vor und beamen die beiden Vermißten an …«

Er erinnerte sich und brachte den Satz nicht zu Ende. »Hölle und Verdammnis!« fluchte er. »Die Epidemie — wir dürfen niemanden an Bord beamen.«

»Kevin und sein Vater sind keine Überträger, Captain. Man hat Korsal gründlich untersucht, und das gilt auch für seinen jüngeren Sohn Karl. Es besteht kein Zweifel: Klingonen sind immun gegen die Krankheit.«

»Klingonen? Es handelt sich um *Klingonen?*«

»Ja. Aber Korsal ist Wissenschaftler, und seine Söhne wuchsen hier in der Kolonie auf. Nun, wenn Sie Kevin und seinen Vater lokalisieren und an Bord beamen, so retten Sie ihnen das Leben. Falls sie nicht schon tot sind.«

»Vielleicht können wir sie lange genug in der Stasis halten, um sie von hier aus zum Nisus-Hospital zu transferieren«, entgegnete Kirk. »Dann wäre es gar nicht nötig, daß Sie in der *Enterprise* materialisieren.«

»Captain, die beiden Klingonen können niemanden anstecken, aber bestimmt sind sie sehr schwach. Ihr kleiner Schweber enthält nur eine minimale Überlebensausrüstung, und vielleicht sind sie bei einem Absturz verletzt worden. Ich kenne die von Ihnen vorgeschlagene Transfermethode, doch ich weiß auch: Selbst völlig gesunde Personen werden geschwächt, wenn sie in der Stasis bleiben, während die Koordinaten verändert werden.«

»*Woher* wissen Sie das?«

»Diese Informationen sind nicht geheim und stehen allen Starfleet-Angehörigen zur Verfügung. Es hat mir nie gefallen, in eine energetische Matrix verwandelt zu werden, aber manchmal läßt es sich eben nicht vermeiden. Deshalb habe ich mich gründlich über den Vorgang informiert, und dazu gehören auch experimentelle Techniken.«

»Sie sollten unseren Bordarzt Dr. McCoy kennenlernen«, sagte Kirk.

»Es gibt noch einen anderen Grund, der es mir ratsam erscheinen läßt, daß Sie Korsal und Kevin an Bord beamen: In unserem Hospital haben wir praktisch keinen Platz mehr. Ärzte, Krankenschwestern, Pfleger und Geräte werden für die Epidemie-Patienten gebraucht. In Ihrer Krankenstation können Kevin und sein Vater weitaus besser behandelt werden. Nun, Captain, ich schlage vor, Sie verlieren jetzt keine Zeit mehr und retten die beiden Vermißten. Vielleicht sterben sie, während wir uns unterhalten.«

»Ja, natürlich. Bitte warten Sie.« Kirk öffnete einen internen Kom-Kanal zum Maschinenraum. »Scotty, ich brauche Ihre Hilfe beim Transporter.«

»Aye, Captain.«

Voller Unbehagen erklärte er die Situation.

»Klingonen?« protestierte der Chefingenieur. »Man hat uns angewiesen, nicht einmal eine wissenschaftliche Fachzeitschrift von Nisus an Bord zu beamen — und Sie wollen *Klingonen* in die *Enterprise* holen?«

»Das ist ein Befehl, Scotty.«

Der Schotte zögerte nur kurz. »Aye, Captain. Ich justiere die Scanner.«

Kirk wandte sich wieder dem Bildschirm zu und schenkte Commander Smythe ein zuversichtliches Lächeln. »Wenn Scotty mit der Arbeit beginnt, ist alles so gut wie erledigt.«

»Danke, Captain. Ich hoffe, Sie finden Kevin und Korsal rechtzeitig.«

»Das wird sich in einigen Minuten herausstellen«, erwiderte Jim. »Wenn Sie warten möchten, bis ...«

»Ja«, sagte Dr. Smythe sofort.

»Na schön. Darf ich Sie etwas fragen? Ihrer Personalakte habe ich entnommen, daß Sie sich mit ethnographischen Studien befassen. Warum sind Sie auf Nisus, anstatt neue Zivilisationen zu untersuchen? Hat man Sie zum falschen Einsatzort geschickt?«

»Nein«, antwortete die Wissenschaftlerin. »Ich beschäftige mich mit der Kultur auf Nisus, die in der ganzen Galaxis einzigartig ist. Die Kolonie zeichnet sich durch eine größere ethnische Vielfalt aus als das Amerika des neunzehnten und zwanzigsten Jahrhunderts. Außerdem gibt es hier mehr wechselseitige Abhängigkeit. Ich habe um die Versetzung hierher *gebeten*. Kurz vor der Epidemie glaubte ich, den hiesigen kulturellen Besonderheiten keine neuen Aspekte abgewinnen zu können — ein großer Irrtum. Jetzt kann ich feststellen, wie Nisus auf eine Krise reagiert.«

Dr. Smythe seufzte. »Wahrscheinlich habe ich bald genug Daten gesammelt, um ein Buch zu schreiben — und um befördert zu werden. Aber um ganz ehrlich zu sein, Captain: Mit der ursprünglichen Monographie wäre ich viel glücklicher gewesen.«

»Ich verstehe«, sagte Kirk. »Noch eine Frage: Wieso haben Sie einen Klingonen für das Studium an der Starfleet-Akademie empfohlen?«

»Kevins Mutter heißt Catherine Patemchek und steht im Rang eines Commodore. Wie dem auch sei: Meine Empfehlung basiert allein auf den Leistungen des Jungen. Er ist sehr intelligent ...«

»Und seine Loyalität?« warf Kirk ein. »Was geschieht, wenn er in einem Kampf auf Klingonen stößt?«

»Ich bin sicher, Kevin bekommt an der Akademie die beste mögliche Ausbildung — und er hat sie auch verdient. Ja, irgendwann muß er einen Eid ablegen und der Föderation Treue schwören, wenn er das Studium beenden will und ein Offizierspatent anstrebt. Ich hoffe, daß er sich für uns entscheidet, für Starfleet. Soweit ich weiß, zwingt ihm das Imperium in den nächsten beiden Jahren ohnehin eine Entscheidung auf. Wenn er dort keinen Kriegsdienst leistet, verliert er die klingonische Staatsbürgerschaft.«

»Hm.« Kirk überlegte. »Sie scheinen ihn für eine Trophäe zu halten, die einen Kampf lohnt.«

In Smythes Wangen zuckte es, als sie versuchte, ihren Ärger unter Kontrolle zu halten. »Kevin ist keine ›Trophäe‹, sondern ein junger Mann, der einen wichtigen Beitrag zum technologischen Fortschritt leisten wird. Ich hoffe, daß die Ergebnisse seiner Arbeit *uns* zum Vorteil gereichen. Er hält ebensowenig vom Militär wie sein Vater; die ganze Familie besteht aus Denkern und Träumern. Kevin wird keine Raumschiffe kommandieren, sondern sie *konstruieren.*«

»Das klingt nicht nach den mir bekannten Klingonen.«

»Natürlich nicht. In Starfleet bekommen wir es nur mit den Soldaten des Imperiums zu tun. Und wem begegnen die Klingonen? *Unseren* Soldaten. Captain, wir weisen immer darauf hin, daß die Besatzungen unserer Schiffe aus den Besten der Föderation bestehen. Sie glauben doch nicht, daß Sie und die Mitglieder Ihrer Crew durchschnittliche Föderationsbürger sind, oder?«

»Nein.«

»Na bitte«, sagte die Ethnographin. »Hoffentlich bekommen Sie die Chance, Kevin und Korsal persönlich kennenzulernen. Abgesehen von ihrer wissenschaftlichen Kompetenz sind sie durchschnittliche Bürger des Imperiums. Das gilt zumindest für Korsal — Kevin hat sein ganzes Leben auf Nisus verbracht. Sie werden feststellen, daß sich diese beiden Klingonen sehr von den Kriegern unterscheiden, mit denen wir es so oft zu tun bekamen.«

»Captain!« klang Scotts Stimme aus dem Kom-Lautsprecher.

»Sind Sie bereit, unsere Gäste an Bord zu beamen?« fragte Kirk.

»Noch nicht. Wir haben den Notrufsender lokalisiert und sondieren die betreffende Region. Es geht mir um etwas anderes: Im Transporterraum ist mir gerade etwas aufgefallen — jemand hat die Einstellung der Kontrollen verändert.«

»Was soll das heißen?«

»Vor einer halben Stunde habe ich sie auf das Transporterzentrum von Nisus justiert. Als ich zurückkehrte, zeigten die Indikatoren neue Koordinaten — sie betreffen den Ozean. Jemand scheint sie willkürlich verändert zu haben, um über einen Transfer hinwegzutäuschen.«

»Überprüfen Sie den letzten Einsatz des Transporters!« befahl Kirk. Dadurch brachten sie nicht viel in Erfahrung, fanden nur Antwort auf die Frage, ob ihn jemand benutzt hatte. Aber warum sollte sich jemand ins Meer beamen?

Einige Sekunden lang herrschte Stille. »Captain ...«, sagte Scott schließlich. »Den Ausgangspunkt kenne ich nicht, aber der letzte Transfer fand nicht etwa *nach*, sondern *von* Nisus statt. Entgegen Ihren Anweisungen ist jemand oder etwas an Bord gebeamt worden.«

KAPITEL 18

Korsal hielt seinen Sohn in den Armen und beobachtete, wie das letzte Holz verbrannte. Kurze Zeit später erlosch das Feuer, und Kälte verdrängte die Wärme aus dem Unterstand.

Manchmal ließ der draußen tobende Schneesturm ein wenig nach, und Kevin hatte diese Gelegenheiten genutzt, um noch einmal aufzubrechen und Holz zu sammeln. Er mußte danach graben, kehrte mit Frostbeulen an den Händen und einigen kümmerlichen Zweigen zurück.

Er hat mutig gegen das Schicksal angekämpft, dachte Korsal. Wenn der Sturm nach einer Nacht weitergezogen wäre, hätten sie am nächsten Morgen mit Rettung rechnen können. Doch jetzt neigte sich der zweite Tag dem Ende entgegen, und das Heulen der Böen verklang nicht, schuf eine hoffnungslose Situation.

Inzwischen lag der Schnee schulterhoch, bedeckte den Unterstand und bewirkte eine zusätzliche Isolation, solange das Feuer im Innern brannte. Ihnen fehlten Schaufel und Schneeschuhe, aber selbst wenn sie unverletzt und in der Lage gewesen wären, auf eine solche Ausrüstung zurückzugreifen: Es gab keine Anzeichen dafür, daß der Blizzard in absehbarer Zeit nachließ.

Die Berge schirmten alle Kom-Signale ab. Hypothetische Rettungsgruppen mußten Schweber benutzen, über den Klippen und Schluchten fliegen, um den automatischen Notrufsender anzupeilen. Falls er überhaupt sendete.

Natürlich galt die Suche zuerst der abgestürzten Maschine — bis man feststellte, daß sie keine Leichen enthielt. *Wenn wir hier erfrieren, kann man uns nicht einmal mit Infrarotsensoren finden,* überlegte Korsal. *Dann entdeckt man uns erst beim nächsten Tauwetter.*

Vater und Sohn lagen noch immer dicht beieinander, um sich gegenseitig zu wärmen, aber trotzdem spürte Korsal, wie der Frost durch seinen Leib kroch, zuerst Füße und Hände betäubte. Wenigstens schmerzten die gebrochenen Rippen nicht mehr. Als Kevin einschlief, versuchte er nicht, ihn zu wecken. *Soll er friedlich sterben — bestimmt folge ich ihm bald in den Tod.*

»Kai Katasai«, flüsterte er herausfordernd, als Dunkelheit heranwogte.

Plötzlich schimmerte und funkelte es um ihn herum.

Korsal blinzelte.

Er mußte sich auf die Augen beschränken — seine anderen Sinne vermittelten ihm keine Informationen mehr. Er lag nun auf dem Boden eines kleinen grauen Raums. Vor ihm erhob sich eine Art Konsole, und dahinter stand ein Mensch in roter Uniform. Neben dem Pult bemerkte er einen Mann und eine Frau, die ebenfalls einen roten Uniformpulli trug. Beide richteten Phaser auf Kevin und Korsal.

Terraner in der Schwarzen Flotte? fragte sich der Klingone verblüfft. Andere Menschen in blauer Kleidung schoben sich an den Sicherheitswächtern vorbei, kamen mit Decken und Medoscannern näher, lösten Kevin behutsam aus den Armen des Vaters.

»Sie leben, Mr. Scott«, sagte eine junge Frau.

»Haben Sie gehört, Captain?« brummte der Mann hinter der Konsole, und eine körperlose Stimme antwortete: »Gute Arbeit, Scotty!«

»Wo ...?« begann Korsal.

»Bleiben Sie still liegen.« Eine kleine, energisch wirkende Frau mit ergrauendem Haar und freundlich blikkenden Augen beugte sich über ihn. »Mr. Scott, teilen

Sie dem Captain mit, daß diese Personen dringend behandelt werden müssen. Erfrierungen, Hypothermie, gebrochene Rippen, Erschöpfung, Schock ...«

Sie holte tief Luft. »Bringen Sie die Patienten zur Krankenstation. Wenn sie infiziert sind, haben wir uns bereits alle der Ansteckungsgefahr ausgesetzt. Bleiben Sie in der Quarantänesektion, bis wir sicher sind, daß Dr. Smythe recht hat.«

Korsal begriff, daß man ihn und Kevin an Bord eines Raumschiffs gebeamt hatte. »Ist dies die ... *Enterprise?*« flüsterte er, als man ihn auf eine Bahre legte. Sein Leib war noch immer taub; er spürte keinen Schmerz.

»Ja«, bestätigte die Frau. »Ich bin Dr. Gardens und vertrete den Ersten Medo-Offizier. Bestimmt erholen Sie sich schnell — vorausgesetzt, wir beginnen mit der Behandlung, bevor Gewebeschäden entstehen. Mr. Scott, lassen Sie die zur Krankenstation führenden Korridore räumen. Ich halte es für besser, auf Nummer Sicher zu gehen.«

»In Ordnung«, erwiderte Scotty. Korsal hörte, wie eine entsprechende Aufforderung aus Lautsprechern tönte.

Kurze Zeit später erreichten sie das Medo-Zentrum der *Enterprise.* Als Korsal und Kevin dort auf Diagnoseliegen ruhten, gaben die Überwachungsinstrumente sofort Alarm. »Arthur!« rief Dr. Gardens. »Ich habe Sie doch gebeten, die Geräte auf klingonische Bio-Struktur zu justieren!«

»Ich kümmere mich darum, Ma'am«, erklang eine Stimme aus dem Nebenzimmer. Ein dünner junger Mann mit lockigem, kastanienbraunem Haar kam herein und hob einen Computerausdruck. »Entschuldigen Sie, Doktor — es geschieht nicht sehr häufig, daß wir Klingonen behandeln, oder?«

Er studierte den Ausdruck und veränderte die Einstellungen der Instrumente, woraufhin das hektische Piepen von Korsals Diagnoseeinheit verstummte.

Dr. Gardens sah auf Kevin hinab und runzelte die Stirn. »Mein Sohn«, sagte der Vater. »Er ist gemischter Herkunft und zur einen Hälfte Mensch. Mehr Eisen und Hämoglobin im Blut. Puls normal bei achtzig. Körpertemperatur ...« Er nannte alle biologischen Daten, und der Techniker nahm weitere Justierungen vor. Schließlich herrschte Stille.

»Soweit ich das feststellen kann, leidet Ihr Sohn vor allem an Erschöpfung«, sagte Dr. Gardens. »Hinzu kommt: Seine Erfrierungen sind schlimmer als Ihre. Arthur, holen Sie die Regenerationseinheiten.«

Die Ärztin wandte sich an Korsal. »Die Pfleger helfen Ihnen beim Ausziehen, und anschließend bringen wir Ihre gebrochenen Rippen in Ordnung. Die Scanner zeigen innere Blutungen, aber jene Wunden heilten von allein. Andernfalls wären Sie jetzt nicht mehr am Leben.«

»Kevin hat die ganze Arbeit erledigt«, entgegnete Korsal. »Darum ist er so erschöpft. Er wollte nicht, daß ich mich bewege.«

»Zum Glück«, kommentierte Dr. Gardens, als ein Mann und eine Frau den Klingonen entkleideten. »Sonst wären Sie verblutet.«

Korsal stöhnte leise, als eine Krankenschwester das Hemd unter ihm hervorzog.

»Schmerzen?« fragte Dr. Gardens.

»Ja«, antwortete Korsal. »Sie beweisen mir, daß ich noch lebe. Ein gutes Zeichen.«

Die Ärztin lächelte. »Nun, mal sehen, ob wir Sie ohne den Schmerz am Leben erhalten können.«

Korsal kannte die medizinischen Techniken der Föderation und war daher nicht überrascht, als Gardens und Arthur ein Behandlungsmodul über seiner rechten Körperseite in Position brachten. Kurz darauf ließ das Stechen nach. Er konnte weder den entsprechenden Bereich seines Leibs spüren noch erkennen, mit welchen Instrumenten die Ärztin hantierte. Nach einer Weile sah er aus den Augenwinkeln, wie sie nach einem Knochenverbinder griff. »Ein klingonisches Medo-Werkzeug«, sagte er und lächelte.

»Dies hier?« vergewisserte sich Dr. Gardens. »Das Funktionsprinzip reicht bis zum zwanzigsten Jahrhundert auf der Erde zurück.«

»Ich meine das *Design*, die Miniaturisierung. Eins unserer Tauschobjekte, als die klingonische Wissenschaftlergruppe nach Nisus kam. Wir bekamen eine Menge dafür und können uns nicht beklagen.«

»Clevere Geschäftsleute, wie?« meinte Arthur.

Korsal lächelte zufrieden. »Man sagt uns nach, wir seien bessere Händler als Vulkanier, die um den Preis von *Kevas* und *Trillium* feilschen.«

Kevin erwachte während Korsals Behandlung. »Vater?« Er hob ruckartig den Kopf und sah sich verwirrt um.

Der klingonische Techniker konnte sich nicht bewegen, aber er erwiderte: »Sei unbesorgt, Kevin. Uns droht keine Gefahr mehr. Bleib liegen.«

»Wo sind wir?«

Zwei Krankenschwestern traten zu Kevins Diagnoseliege. »An Bord der *Enterprise*«, erklärte eine von ihnen. »Du mußt so schnell wie möglich behandelt werden, aber du wirst dich erholen, ebenso wie dein Vater.«

Der Knochenverbinder ließ Korsals gebrochene Rippen zusammenwachsen, und anschließend brachte man Füße und Hände der beiden Patienten in Regenerationseinheiten unter. Inzwischen ging es ihnen wieder gut genug, um hungrig zu werden — die Schwestern servierten ihnen Orangensaft und Suppe, verordneten dann kräfteerneuernden Schlaf. Vater und Sohn waren sehr müde; fast sofort fielen ihnen die Augen zu.

Manchmal wurden sie geweckt, damit neue Untersuchungen stattfinden und Medikamente verabreicht werden konnten. Gelegentlich nahmen sie weitere Mahlzeiten ein, doch die meiste Zeit über schliefen die beiden Geretteten. Korsal glaubte, daß auf diese Weise mehr als ein Bordtag verging, vielleicht sogar zwei oder drei, aber die von Sedativen induzierte Benommenheit hinderte ihn daran, eine genaue Vorstellung zu gewinnen.

Irgendwann riß das Heulen von Alarmsirenen den Klingonen aus dem Schlaf. Natürlich erklangen sie nicht in der Krankenstation, sondern in den anderen Sektionen des Schiffes, aber sie waren laut genug, um selbst einen halb betäubten Patienten zu wecken.

Nach einigen Sekunden donnerte eine Stimme aus den Lautsprechern.

»Alarmstufe Rot! Alarmstufe Rot! Sicherheitswächter zum Maschinenraum! An alle: Alarmstufe Rot! Eindringlinge im Maschinenraum!«

Korsal setzte sich auf und merkte, daß man die Regenerationseinheit entfernt hatte. Er betrachtete seine Hände, die nun wieder normal aussahen und sich auch so anfühlten. Als er sich streckte, blieben die befürchteten Schmerzen aus.

Kevin war ebenfalls erwacht, aber seine Hände steckten noch immer im Behandlungsmodul. »Was ist los?« fragte er. Ein leichtes Lallen wies Korsal darauf hin, daß sein Sohn noch immer unter der Wirkung von Arzneien stand.

»Keine Ahnung«, erwiderte Korsal. »Was auch immer — uns betrifft es nicht. Leg dich wieder hin und schlaf.«

Im Vorzimmer fluchte jemand, und der Klingone erkannte die Stimme: Mr. Scott, jener Mann, der die Transporterkontrollen bedient hatte. »Was geht da vor?« rief er in ein Interkom. »Wer pfuscht an meinen Maschinen herum?«

KAPITEL 19

An jenem Tag, als die unerwarteten klingonischen Gäste in der *Enterprise* eintrafen und zur Krankenstation gebracht wurden, verließ Spock nach Dienstende die Brücke. Er wollte seine Eltern besuchen, fand sie jedoch nicht in ihrem Quartier. Sie saßen in einem der Aufenthaltsräume und gaben dort eine improvisierte Vorstellung in Begleitung einiger Besatzungsmitglieder. »Holen Sie Ihre Harfe und gesellen Sie sich uns hinzu, Mr. Spock«, sagte Lieutenant Uhura, als sie den Ersten Offizier in der Tür sah.

»Ja, bitte«, fügte Amanda hinzu.

Die Umstände zwangen Spock, sich zu fügen. Nach einem kurzen Abstecher zu seiner Kabine kehrte er mit dem Musikinstrument in den Freizeitraum zurück.

Uhura sang, und Fähnrich Paschall spielte auf der Violine. Es handelte sich um ein trauriges Liebeslied, das den anwesenden Menschen Tränen in die Augen trieb.

Anschließend benutzte Paschall die Violine wie eine »Fiedel«, und weitaus fröhlichere Melodien erklangen. Mehrere Personen standen auf, um zu tanzen, und die anderen klatschten im Takt der Musik. Spock und Sarek bildeten die einzigen Ausnahmen.

Spock fühlte den Blick seines Vaters — bestimmt fragte sich der Botschafter, warum die *Enterprise* den Orbit von Nisus noch nicht verlassen hatte. Glücklicherweise verhinderte die Geräuschkulisse ein Gespräch.

Nach einer Weile nahmen die Tänzer Platz und

schnappten nach Luft. »Spielen Sie etwas Vulkanisches, Mr. Spock«, drängte Uhura.

»Ich überlasse dem Talent meines Vaters den Vortritt«, erwiderte Spock rasch und reichte Sarek die Harfe.

Doch dieser Trick verschaffte ihm nur einen Aufschub von dreißig Minuten. Sarek spielte einige Stücke, die auch das menschliche Gehör als ästhetisch empfand, doch schließlich schüttelte er den Kopf, obwohl das Publikum protestierte. »Tut mir leid, aber ich muß eine wichtige Angelegenheit mit meinem Sohn besprechen. Bitte, bleib hier und leiste den anderen Gesellschaft, Amanda.«

Spock beobachtete, wie es in den Augen seiner Mutter blitzte — sie reagierte nur selten positiv, wenn Sarek in einem autoritären Tonfall sprach —, doch sie erwiderte würdevoll: »Natürlich, Gemahl. Wir sehen uns später in unserem Quartier.«

Spock wußte: Bestimmt brauchte sie dann nur zehn Minuten, um von Sarek alle Informationen zu erhalten, die sein Gespräch mit ihm betrafen. Das Bemühen, Probleme von ihr fernzuhalten, hatte keinen Sinn — obwohl es Ehemann und Sohn immer wieder versuchten.

Als sie durch den Korridor wanderten und sich Spocks Kabine näherten, begann Sarek die Konversation mit folgender Frage: »Warum war die Passage vor dem Transporterraum heute nachmittag abgeriegelt?«

»Was führte dich dorthin?« erwiderte Spock.

»Von der Akademie stammende Forschungsunterlagen sollten nach Nisus gebeamt werden, und deine Mutter äußerte den Wunsch, sich von unseren Freunden zu verabschieden. Wer heute das Schiff verließ, um den Ärzten der Kolonie zu helfen, riskiert den Tod.«

»Ich weiß.« Spock nickte kurz. »Allerdings wurde der Korridor dreißig Komma drei sieben Minuten nach dem letzten Transfer geschlossen.«

Sie erreichten das Quartier des Ersten Offiziers und

traten ein. »Wie kannst du unter Menschen leben, ohne ihre Eigenheiten zu kennen?« entgegnete Sarek. »Nachdem sich die letzten medizinischen Spezialisten auf den Planeten gebeamt hatten, blieben die übrigen Personen in der Nähe, sprachen miteinander und brachten ihre Sorge um jene zum Ausdruck, die sich nach Nisus transferierten. In der Nähe des Transporterraums befindet sich ein Konferenzzimmer, und dort nahmen all jene Platz, auf die keine dringenden Pflichten warteten. Mit Ausnahme von Sendet — zweifellos spürte er, daß er nicht willkommen war.«

»Sendet? Welchen Grund gab es für ihn, den Transporterraum aufzusuchen?«

»Ist dir nicht aufgefallen, welches Interesse er während der Reise an T'Pina entwickelte? Und hast du nicht bemerkt, daß relativ wenige Frauen zu den Anhängern von T'Vet gehören? Auf drei Männer in Sendets Alter kommen nur zwei Vulkanierinnen — und Sendet ist ungebunden.«

Spock schluckte krampfhaft. Auch die ungebundenen Männer unter den T'Vet-Anhängern riskierten den Tod. Mehr noch: Angesichts der wenigen Frauen war einer von drei Männern praktisch zum Tode verurteilt. Es ging nur noch um die Frage, wer sterben mußte.

Das *Pon farr* zwang die Vulkanier, eine Partnerin zu suchen, und wer keine fand, blieb ohne Überlebenschance. Es dauerte sicher nicht mehr lange, bis alle zur Verfügung stehenden Frauen gebunden waren, und dann begann für ein Drittel der Männer das Grauen. Auf der vulkanischen Kolonie Neun gab es keine anderen Gruppen, bei denen man Frauen als Partnerinnen finden konnte. Daraus folgte: Das Herausforderungsritual wurde zur täglichen Routine für die Gemeinschaft der T'Vet-Anhänger, sobald für den ersten ungebundenen Mann das *Pon farr* begann.

»Sendet hat also bis zum letzten Augenblick versucht, T'Pina als Bindungspartnerin zu gewinnen und sie zu überreden, ihn ins Exil zu begleiten«, sagte Spock.

»Ja«, bestätigte Sarek.

»Aber sie lehnte ab.«

»Auch das stimmt. Sie ist eine intelligente junge Frau. Ich bedauere, daß du keine Möglichkeit hast, sie näher kennenzulernen.«

Ein Hauch von Ärger prickelte in Spock, aber er unterdrückte ihn sofort — Sareks Worte vermittelten nur Anteilnahme. »Ich habe noch Zeit genug, Vater.«

»Und ich werde nie wieder versuchen, dir eine Wahl aufzuzwingen, Sohn. Wie dem auch sei: Du hast mir noch immer nicht den Grund für die Abriegelung des Korridors genannt.«

»Die meisten Besatzungsmitglieder wissen nichts davon, Vater. Bis es notwendig wird, sie zu informieren, wollen wir sicher sein, daß keine Gefahr besteht.«

»Also hat man jemanden oder etwas an Bord gebeamt.«

Mit dieser Bemerkung bewies Sarek einmal mehr seine Scharfsinnigkeit. Als Spock zögerte, fuhr er fort: »Amanda und ich gehörten zu den letzten, die das Konferenzzimmer verließen. Als wir zusammen mit Sendet vor dem Turbolift auf eine Transportkapsel warteten, hörten wir die Aufforderung, den Korridor zu räumen. Da wir den entsprechenden Sektor des Schiffes ohnehin verlassen wollten, ergaben sich aus der Anweisung keine Unannehmlichkeiten für uns.«

»Ja, du hast recht«, sagte Spock. »Zwei Personen wurden an Bord gebeamt. Von Nisus bekamen wir die Auskunft, daß sie keine Überträger der Krankheit sind.« Er schilderte die Hintergründe.

»Klingonische Wissenschaftler«, murmelte Sarek. »Faszinierend. Ich würde sie gern kennenlernen.«

»Wir wissen, daß die Inkubationszeit zwischen sechzehn und achtundvierzig Stunden lang ist, was bedeutet: Wir können die Umlaufbahn nicht vor Ablauf von zwei Tagen verlassen. Wer in Kontakt mit den beiden Klingonen geriet, befindet sich nun in der Quarantänestation. Wenn niemand erkrankt, können wir davon ausgehen, daß tatsächlich keine Ansteckungsgefahr besteht. Dann hast du die Möglichkeit, unsere Gäste zu besuchen.« Dünne Falten bildeten sich in Spocks Stirn. »Sendet hat dich und die anderen nicht ins Konferenzzimmer begleitet?«

»Nein. Offenbar kehrte er in den Transporterraum zurück oder wartete im Korridor — dort trafen wir ihn an.«

»Dann ist Sendet der Hauptverdächtige«, sagte Spock.

»Der Hauptverdächtige?« Sarek maß seinen Sohn mit einem fragenden Blick.

»Mr. Scott stellte fest, daß etwas von Nisus an Bord gebeamt wurde, bevor er den Transfer der beiden Klingonen einleitete. Ich frage mich, was für Sendet so wichtig sein könnte, daß er den Transporter ohne Erlaubnis benutzte.«

»Und damit das Risiko einer Infektion einging«, fügte Sarek hinzu.

»Das halte ich für unwahrscheinlich. Die Epidemiologen sind sicher, daß der gefährliche Krankheitserreger außerhalb eines Wirtskörpers nur für kurze Zeit überlebt. Darauf wies der letzte Befehl hin; wir erhielten ihn zwei Stunden vor unserer Ankunft im Orbit von Nisus.

Durch die Berührung von Kleidung oder Objekten kann man sich nicht anstecken — es sei denn, die betreffenden Gegenstände hatten einen unmittelbaren, nicht länger als einige Minuten zurückliegenden Kontakt mit kranken Personen. Das Virus stirbt in dem genannten Zeitraum, wenn es keinen neuen Wirt findet. Leider dauert es eine Weile, bis der Infizierte erste Symptome zeigt. Wenn der Gegenstand, den Sendet an Bord gebeamt hat, unmittelbar vorher von einem Überträger der Krankheit berührt wurde ... In dem Fall läßt sich eine Ansteckung nicht ausschließen.«

Nach dem Gespräch mit Sarek wandte sich Spock sofort an den Captain, der nicht zögerte, Sendet ins Konferenzzimmer zu beordern.

»Was haben Sie von Nisus an Bord gebeamt?« fragte Kirk.

»Nichts«, erwiderte Sendet. »Warum sollte ich mich für irgendwelche Objekte aus der Kolonie interessieren?«

»Genau das möchten wir von Ihnen erfahren. Sie haben die *Enterprise* in Gefahr gebracht ...«

»Wenn das wirklich der Fall wäre, was ich leugne — gilt das nicht auch für den von Ihnen veranlaßten Transfer, der zwei Nisus-Bürger betrifft?«

Kirk sah den Ersten Offizier an. »Ich dachte, Sie hätten dafür gesorgt, daß nichts mehr durchsickern kann, Spock.«

»Bestätigung, Captain. Allerdings möchte ich Sie daran erinnern, daß sich in der Krankenstation viele vollkommen gesunde Personen aufhalten, die eine für sie sehr unangenehme Einschränkung der Bewegungsfreiheit hinnehmen müssen. Sie stehen nicht unter Arrest, und daher hat man ihnen Zugang zum Interkom-System erlaubt.«

Kirk starrte einige Sekunden lang zur Decke. Inzwischen wußte sicher die ganze Crew Bescheid.

»Wenn Sie darüber informiert sind«, wandte er sich an Sendet, »sollten Sie auch wissen, daß jene Personen keine Viren in sich tragen. Was jedoch nichts an der Tatsache ändert, daß *Sie* etwas an Bord gebeamt haben.«

»Sie irren sich«, antwortete der Vulkanier knapp.

Kirk runzelte die Stirn und richtete den Blick erneut auf Spock. Der Erste Offizier nickte andeutungsweise — Sendet schien tatsächlich die Wahrheit zu sagen.

»Wenn Sie Wert darauf legen, meine Kabine zu

durchsuchen ...« Sendet wölbte eine Braue. »Ich bezweifle allerdings, ob Sie dort irgend etwas finden, das von Nisus stammt.«

»Nein, eine Durchsuchung ist nicht notwendig«, entgegnete Kirk. »Ich bin sicher, das transferierte Objekt befindet sich nicht in Ihrem Quartier. Sie können gehen.«

Sendet verließ das Konferenzzimmer, und der Captain seufzte. »Ich bin müde«, murmelte er. »Und ich habe den Eindruck, daß mir nicht die richtigen Fragen einfielen. Irgend etwas *geschah* im Transporterraum. Scotty weiß immer genau, wie er die Kontrollen eingestellt hat, und hinzu kommt Sareks Auskunft: Er begegnete Sendet im Korridor vor dem Transporterraum. Verdammt! Wenn ich den Kerl jetzt zur Krankenstation schicke, müßte ich ihm dorthin folgen, ebenso wie Sie, Ihre Eltern und alle anderen, die seit dem mysteriösen Transfer Kontakt mit Sendet hatten.«

Spock schüttelte langsam den Kopf. »Ausgeschlossen. Und es wäre ohnehin zu spät für eine solche Maßnahme. Wir können weder eine Quarantäne über so viele Personen verhängen noch die Luft in allen Sektionen des Schiffes filtern und dekontaminieren — diese Möglichkeit bleibt auf die Krankenstation beschränkt. Falls Sendet das Virus an Bord brachte und es einen Wirtskörper gefunden hat, so ist es zweifellos im Belüftungssystem präsent. Uns bleibt keine andere Wahl, als die nächsten achtundvierzig Stunden abzuwarten.«

KAPITEL 20

Nur zwanzig Stunden später kam es in der *Enterprise* zum ersten Krankheitsfall.

Spock saß im Kommandosessel, während das Schiff in einem synchronen Orbit über der wissenschaftlichen Kolonie von Nisus hing. Er drehte den Kopf, als sich der Turbolift öffnete und Amanda die Brücke betrat.

»Mutter?« fragte er überrascht. »Kann ich dir irgendwie helfen?« Passagiere waren nur auf ausdrückliche Einladung hin im Kontrollraum zugelassen.

Sie musterte ihn verwirrt. »Spock? Warum trägst du eine Uniform? O Spock, warum hast du eine solche Entscheidung getroffen? Dein Vater ...«

Der Vulkanier preßte die Lippen zusammen und versuchte, sich nichts anmerken zu lassen. Amandas Augen waren trüb, ihre Worte wie ein Echo aus der Vergangenheit. Sie erinnerten ihn an jenen Tag, an dem er seinen Eltern mitgeteilt hatte, daß er eine berufliche Laufbahn in Starfleet anstrebte. Anschließend weigerte sich Sarek achtzehn Jahre lang, mit ihm zu sprechen.

»Es ist alles in Ordnung, Mutter«, erwiderte er ruhig. »Sei unbesorgt.« Er mußte sie zur Krankenstation bringen: Entweder handelte es sich um das erste Symptom der Krankheit, oder sie litt an den Auswirkungen eines Schlaganfalls. In jedem Fall brauchte sie Hilfe.

»Nichts ist in Ordnung!« platzte es aus ihr heraus. »Sarek möchte, daß du an der vulkanischen Akademie der Wissenschaften studierst!«

Alle Brückenoffiziere drehten sich um, beobachteten

Mutter und Sohn. Ganz deutlich spürte Spock ihr Mitgefühl. Sie ahnten nicht, daß sich Amanda vielleicht angesteckt hatte und sie mit einer Infektion bedrohte.

»Bitte, Mutter«, sagte der Erste Offizier. »Ich schlage vor, wir suchen einen Ort auf, wo wir in aller Ruhe darüber sprechen können. Mr. Sulu, Sie haben das Kommando.«

Spock stand auf, griff behutsam nach Amandas Arm und führte sie zum Lift. Plötzlich glitt das Schott erneut beiseite, und Sarek verließ die Transportkapsel. »Amanda!« entfuhr es ihm. »Warum bist du ...?«

Von einer Sekunde zur anderen verwandelte sich die sonst so sanfte Frau des Botschafters in eine Furie, sprang ihrem Mann entgegen, kratzte mit den Fingernägeln über seine Wangen und schrie.

Der völlig verblüffte Sarek brachte nur ein erstauntes »Amanda!« hervor. Dann offenbarte seine Miene Entsetzen, als er verstand.

»Wie kannst du ihm so etwas antun!« heulte Spocks Mutter. »Er ist dein Sohn, dein Fleisch und Blut! Und du willst ihn verstoßen!«

Amanda schlug erneut zu, aber diesmal reagierte Sarek rechtzeitig und hielt sie an den Handgelenken fest. Spock überwand seinen Schock und berührte die Tobende an der Schulter, um sie mit dem vulkanischen Nervengriff zu betäuben.

Sarek trug den erschlafften Körper zum Turbolift, und Spock folgte ihm. »Krankenstation«, sagte er und aktivierte das Interkom. »Dr. Gardens, wir haben die Epidemie an Bord. Lassen Sie den Korridor räumen. Wir benutzen Eingang C und begeben uns auf direktem Wege in die Quarantänestation.«

Die Tür öffnete sich, und Sarek lief sofort los, mit Amanda auf den Armen. Spock wies den Kontrollcomputer an, die Transportkapsel außer Betrieb zu setzen, bis sie sterilisiert worden war.

Das hätte ich mir sparen können, dachte er, als er mehrere Besatzungsmitglieder im Korridor sah. Die Aufforderung, ihn zu verlassen, klang jetzt aus den Lautsprechern — zu spät. Spock erinnerte sich: Auch die Brükkenoffiziere waren dem Virus ausgesetzt gewesen. Er mußte den Captain verständigen, Sulu, Chekov und die anderen vom Rest der Crew isolieren lassen, eine Dekontaminierungsgruppe anfordern, bevor die nächste Schicht begann ...

Doch das alles nützte nichts. Selbst wenn der Mikroorganismus vorher noch nicht die Luftumwälzungsanlage erreicht hatte, wenn Amanda durch einen Kontakt mit Sendet infiziert worden war — jetzt befand sich der Krankheitserreger zweifellos in der Belüftungsanlage.

Dr. Gardens trat ihnen in Schutzkleidung entgegen und half Sarek, Amanda auf ein Bett zu legen. Dann schaltete sie die Diagnosetafel mit den Bio-Indikatoren ein. Unmittelbar darauf erklang piepender Alarm: Die Körpertemperatur stieg; das Herz schlug unregelmäßig und zu schnell.

Die Ärztin aktivierte den Kühlungsmodus des Bettes und verabreichte Amanda zwei verschiedene Injektionen. »Bitte helfen Sie mir, Ihre Frau auszuziehen«, sagte sie zu Sarek. »Von den anderen isolierten Personen ist bisher niemand erkrankt. Ich möchte noch nicht riskieren, daß sich Krankenschwestern oder Pfleger einer Ansteckungsgefahr aussetzen — sicher brauchen wir sie dringend, bis wir diese medizinische Krise überwunden haben.«

Während sich Dr. Gardens und Sarek um Amanda kümmerten, eilte Spock zum nächsten Interkom-Anschluß, rief Kirk an und erstattete ihm Bericht. Der Captain schwieg eine Zeitlang, bevor er erwiderte: »Himmel, Spock, es tut mir leid. Machen Sie sich keine Sorgen. Überlassen Sie es mir, die Lage unter Kontrolle zu bringen.«

Machen Sie sich keine Sorgen. Typisch für einen Menschen. Spock hielt sich nicht mit dem Hinweis auf, daß Vulkanier weder Besorgnis noch Beunruhigung kannten — tief in seinem Innern gestand er sich ein, daß er tatsächlich Sorge spürte, und sicher galt das auch für Sarek. Er unterbrach die Verbindung und kehrte zu seiner Mutter zurück. Blaß und bewußtlos lag sie im Bett, trug nun einen grünen Patienten-Coverall.

»Derzeit ist ihr Zustand stabil«, sagte Dr. Gardens. »Wir können jetzt nur noch abwarten und die Symptome behandeln. Bleiben Sie bei Ihr, wenn Sie möchten. Immerhin waren Sie schon dem Virus ausgesetzt.«

Sarek zog sich einen Stuhl heran. Spock wollte dem Beispiel seines Vaters folgen, als ihm plötzlich etwas einfiel.

»Sie müssen mich isolieren, Doktor. Sie kennen das Ausbreitungsmuster der Epidemie auf Nisus. In meinen Adern fließt sowohl vulkanisches als auch menschliches Blut — vielleicht mutiert der Krankheitserreger darin zu einer noch gefährlicheren Art, die Amanda und Sarek umbringen könnte.«

KAPITEL 21

Dr. Leonard McCoy fühlte sich müde, als er auf Nisus eintraf. Einen Tag später war er erschöpft. Alle gesunden Ärzte arbeiteten im Hospital, das immer mehr Patienten aufnehmen mußte. Wenn McCoy keine Infizierten behandelte, leistete er den Spezialisten im Computerraum Gesellschaft, wo man neu ermittelte Daten benutzte, um medizinische Programme zu erweitern und mit ihnen nach möglichen Heilverfahren zu suchen.

Er wußte nun, warum viele Ärzte, Krankenschwestern und Pfleger gestorben waren: Permanente Erschöpfung setzte ihre Widerstandskraft herab.

Die Ansteckungsgefahr ließ sich gar nicht vermeiden: Niemand konnte rund um die Uhr Masken, Handschuhe und Schutzkleidung tragen. Selbst in den Quarantänestationen führte Streß zu Fehlern. Es genügte, sich Schweiß von der bloßen Stirn zu wischen — mit der gleichen Hand, die zuvor den Arm eines Patienten berührt hatte, während er eine Injektion bekam. In seiner langen beruflichen Laufbahn hatte McCoy so etwas häufig beobachtet. Die meisten erinnerten sich nicht einmal an jene fatale Geste, durch die sie ebenfalls krank wurden. Später konnte kaum jemand mit Bestimmtheit sagen, wo er sich angesteckt hatte.

Bisher gab es nur eine Entdeckung, die Hoffnung weckte: Außerhalb eines Organismus überlebte das Virus höchstens eine Stunde lang. Jeder Raum, der mindestens sechzig Minuten lang leerstand, war virenfrei.

Doch die Interaktionen zwischen den Bewohnern von Nisus konnten nicht völlig aufhören. Es gab keine Möglichkeit, Familienmitglieder auf Dauer voneinander zu trennen. Patienten brauchten Hilfe. Viele Infizierte starben, und nur wenige erholten sich.

Nach achtzehn Stunden anstrengender körperlicher und geistiger Arbeit schlief McCoy auf seinem Stuhl ein. Als irgend jemand versuchte, ihn hochzuheben, wachte er nur lange genug auf, um zu einer Couch zu taumeln.

Die Müdigkeit war noch nicht aus ihm gewichen, als er eine Hand an der Schulter spürte. »Entschuldigen Sie, Doktor. Eine Kom-Nachricht von der *Enterprise.* Notfall-Priorität.«

Man führte ihn zu einer Kommunikationskonsole. »McCoy hier«, brummte er benommen.

»Pille.« Leonard war von einem Augenblick zum anderen hellwach, als er den Ernst in Jims Stimme hörte.

»Was ist passiert?«

»Wir haben die Krankheit an Bord. Amanda hat sich angesteckt. Vielleicht auch Spock und Sarek.«

McCoy sprach den ersten Gedanken laut aus. »Beam mich an Bord.«

»Das ist leider nicht möglich. Du wirst auf Nisus gebraucht.«

»Hier herrscht das reinste Chaos, Jim! Ich muß mich dauernd um Patienten kümmern, ebenso wie die anderen Ärzte. Wir haben praktisch gar keine Gelegenheit, die Forschungen voranzutreiben. Die Hälfte des Pflegepersonals fiel der Epidemie zum Opfer, und der Rest leidet an einem ausgeprägten Erschöpfungssyndrom.«

»Ein Grund mehr für dich, in der Kolonie zu bleiben«, erwiderte Kirk. »Überlaß unser Problem deinen Mitarbeitern in der Krankenstation. Sie werden bestimmt damit fertig. Nun, einen Vorteil hat die Sache wenigstens.«

»Welchen?«

»Wir können nicht fort. Die *Enterprise* sitzt im Orbit fest, bis du ein Heilmittel findest. Wenn wir schließlich aufbrechen, begleitest du uns.«

»Danke«, entgegnete McCoy mit unüberhörbarem Zynismus. Dann fiel ihm plötzlich etwas ein. »Jim! Denk an die Mutationen! Wenn Spock infiziert wurde ...«

»Er weiß Bescheid und hat sich sofort isoliert«, sagte Kirk. »Mir fehlt also nicht nur der Bordarzt, sondern auch mein Erster Offizier. Was soll's? Solange die *Enterprise* in der Umlaufbahn bleibt, gibt es für mich ohnehin nichts zu tun.« McCoy spürte den Ärger des Captains: Ein Virus war nicht die Art von Gegner, die sich ein Mann der Tat wünschte.

Ich kann es ihm kaum verdenken, fuhr es McCoy durch den Sinn, als er die Verbindung unterbrach.

Nach diesen schlechten Neuigkeiten fand Leonard keine Ruhe mehr, und deshalb beschloß er, in den Computerraum zurückzukehren. Sorel und Corrigan betrachteten dort ein schematisches Diagramm, das die verschiedenen Arten des Krankheitserregers zeigte. »Computer«, sagte Corrigan. »Darstellung der C-Variante. Ihre Reaktionen auf die Blutprobe von Karl Katasai.«

McCoy beobachtete, wie sich die Muster auf dem Bildschirm veränderten. »Es geschieht wieder«, stellte Sorel fest, und Leonard glaubte, Aufregung in der Stimme des Vulkaniers zu hören. »Daniel ... Offenbar haben wir den Faktor gefunden, der das Virus im Körper eines Klingonen eliminiert.«

»Woraus besteht er?« fragte McCoy.

»Hier.« Corrigan deutete auf eine bestimmte Stelle des Projektionsfelds: Dort hatte sich das vertraute Virussymbol mit einem unbekannten organischen Molekül verbunden. »Dieser Blutfaktor bindet das Virus und hindert es an der Reproduktion. Es stirbt einfach ab!«

»Solche Strukturen habe ich schon einmal gesehen«, murmelte Leonard. »Aber ich kann mich nicht mehr ans Wo und Wann erinnern. Sie sahen etwas anders aus ...« Er runzelte die Stirn. »Keine Ahnung. Ich habe schon einmal klingonisches Blut analysiert, und dabei muß mir diese Besonderheit aufgefallen sein. Damals wußte ich nicht, was sie bedeutet.«

»Ein Hämoglobinfaktor«, sagte Sorel. »Er ähnelt einer anderen Struktur, die ich kenne, ist jedoch nicht mit ihr identisch. Wenn es uns gelingt, diesen Faktor zu isolieren — dann sind wir vielleicht imstande, einen Impfstoff für Personen zu entwickeln, deren Blut auf Eisen basiert.«

»Was ist mit einem Heilmittel für Leute, die bereits erkrankt sind?« erkundigte sich McCoy.

»Es müßte eigentlich klappen«, brummte Corrigan. »Ein Versuch kann sicher nicht schaden.«

Leonard nickte langsam. »Ich schicke die neuen Daten zur *Enterprise.* Spock soll sich damit befassen. Möglicherweise erhalten wir rechtzeitig genug ein Serum, um Amanda zu helfen.«

Heiler und Arzt starrten ihn an. »Amanda?« fragte Corrigan. »Die Seuche ist an Bord des Schiffes?«

McCoy berichtete vom kurzen Gespräch mit Kirk. »Es wäre also recht nützlich, ein Serum hochzubeamen.«

»*Wir* sollten uns transferieren und die Arbeit im Laboratorium der *Enterprise* fortsetzen«, erwiderte Sorel. »Dort oben gibt es zwei der insgesamt drei Personen, in deren Adern das Blut mit dem Immunitätsfaktor fließt.«

»Wie bitte?« McCoy war zu müde, um sofort zu verstehen.

»Die anderen beiden Klingonen«, erklärte Corrigan. »Karls Vater und Bruder — sie befinden sich an Bord der *Enterprise,* in der Krankenstation.«

»Klingonen in meiner Krankenstation?« entfuhr es Leonard.

»Captain Kirk hätte sie sicher nicht in sein Schiff gebeamt, wenn irgendeine Gefahr von ihnen ausginge«, sagte Daniel ruhig. »Nun, wenn es tatsächlich möglich ist, auf der Grundlage von klingonischem Blut ein Serum zu schaffen, so besteht unser einziges Problem im Nachschub. Wir können nicht *genug* herstellen.«

KAPITEL 22

Captain James T. Kirk wanderte durch die Korridore des Raumschiffs und verfluchte leise das Besatzung und Passagiere bedrohende Virus. Die *Enterprise* war ein in sich geschlossenes System, das Schutz gewähren sollte, doch jetzt bot es dem Krankheitserreger denkbar günstige Ausbreitungsmöglichkeiten. Abgesehen von einer Neukonstruktion des Schiffes, ließ sich kaum etwas dagegen unternehmen.

Kirk sehnte sich nach einem Gegner, dem er gegenübertreten konnte, um ihn im Kampf zu bezwingen oder zu überlisten. Wie sollte ein Raumschiff-Kommandant gegen die unsichtbare Gefahr eines Virus kämpfen?

»Captain Kirk«, erklang Uhuras Stimme aus den Lautsprechern der internen Kommunikation.

Er trat an ein Wand-Interkom heran und betätigte die Aktivierungstaste. »Hier Kirk.«

»Eine Mitteilung von Dr. McCoy.«

»Verbinden Sie mich mit ihm.«

»Jim, ich glaube, wir haben etwas gefunden ...«, begann Leonard.

Das Heulen der Alarmsirenen übertönte die restlichen Worte des Arztes. »Wir haben einen Notfall an Bord und müssen unser Gespräch auf einen späteren Zeitpunkt verschieben, Pille. Kirk Ende.«

Er drückte eine andere Taste. »Was ist los, zum Teufel?«

»Eindringlinge im Maschinenraum!« meldete jemand.

»Captain, die Leute...« Ein kurzer Schrei, dann ein dumpfes Pochen — wie von einem Körper, der zu Boden fiel.

»Maschinenraum!« knurrte Kirk. »Statusbericht!«

Keine Antwort.

»Computer!« fügte er scharf hinzu. »Status des Maschinenraums.«

»Alle Systeme funktionieren einwandfrei«, antwortete die neutrale, von einem Sprachprozessor modulierte Stimme. »Der Alarm wurde manuell ausgelöst. Zugang zum Maschinendeck geschlossen.«

»Sorg dafür, daß die Tür geöffnet wird!« befahl Kirk, drehte sich um und eilte zum Turbolift.

»Das Schott ist verriegelt«, erwiderte der Computer. »Die elektronischen und manuellen Kontrollen sind blockiert.«

»Verdammt!« Kirk kehrte zum Interkom zurück und öffnete einen anderen Kommunikationskanal. »Scotty...«

Doch der Chefingenieur befand sich in der Quarantänestation.

Ebenso wie Spock.

Der Captain desaktivierte das Interkom, bevor er hingebungsvoll fluchte. Er stürmte zum Turbolift und rief: »Maschinendeck!«

Als er die Transportkapsel kurz darauf verließ, betrat er einen stillen Raum mit drei verriegelten Türen. Ganz gleich, in welche Richtung er sich wandte — er kam nur jeweils zehn Meter weit.

Zwei Männer und eine Frau aus der Sicherheitsabteilung lagen auf dem Boden. Kirk vergewisserte sich rasch, daß sie noch atmeten.

Es knackte im Lautsprecher des nahen Interkoms, und Scott fragte: »Was geht da vor? Wer pfuscht an meinen Maschinen herum?«

»Das weiß ich nicht«, entgegnete Kirk. »Um wen es sich auch handeln mag — er hat die Zugänge blockiert.

Bleiben Sie in der Krankenstation, Scotty. Ich gebe Ihnen sofort Bescheid, wenn wir mehr wissen.«

Die Doppeltür des Turbolifts glitt auseinander. Lieutenant Nelson und drei weitere Sicherheitswächter näherten sich mit schußbereiten Waffen.

»Sie leben«, sagte Kirk und deutete auf die reglosen Gestalten am Boden. »Offenbar hat man sie mit Phasern betäubt.«

»Nein«, widersprach Nelson, zog den Uniformpulli eines Mannes beiseite und betrachtete dunkle Flecken auf der Haut. »Sie wurden mit einem Nervengriff außer Gefecht gesetzt. Die vulkanischen Rebellen stecken dahinter. Wir hätten sie von Anfang an im Arrestbereich unterbringen sollen.«

»Das hole ich so schnell wie möglich nach«, versprach Kirk. »Und bis zum Ende unserer Reise werden sie ihn nicht wieder verlassen. Holen Sie die Leute da raus!«

»Aye, Captain.« Nelson wandte sich ruhig an seine Begleiter. »Olag, besorgen Sie uns schematische Übersichten der Türen. Corcoran, lokalisieren Sie alle Techniker und Ingenieure, die nicht im Maschinenraum festsitzen. Sie sollen ...«

Ein Schott öffnete sich.

Kirk sah mehrere reglose Gestalten auf dem Boden des Korridors, hinter ihnen den nächsten Zugang — geschlossen.

Er überließ Nelson seiner Aufgabe, und der Turbolift trug ihn zur Brücke.

Es dauerte nicht lange, bis sich die Vulkanier meldeten.

Sendet erschien auf dem Schirm. »Captain Kirk, wir kontrollieren den Maschinenraum. Wie Sie wissen, können von hier aus die wichtigsten Bordsysteme manipuliert werden. In zwei Stunden steuern wir das Raumschiff aus dem Orbit. Ich schlage vor, daß Sie Besatzung und Passagiere vorher auf den Planeten beamen. Wenn wir die Umlaufbahn verlassen, setzen wir, abgesehen vom Maschinendeck, alle Sektionen tödlicher Strahlung aus.«

»Warum?« fragte Kirk.

»Sie haben zwei mit der UMUK-Krankheit infizierte Personen an Bord gebracht, und einer Ihrer Passagiere wurde angesteckt. Die Strahlung tötet das Virus, doch sie bringt auch alle Personen um, die sich nicht im Maschinenraum befinden. Die Anhänger von T'Vet beabsichtigten, friedlich ins Exil zu gehen, doch Ihr unverantwortliches Handeln setzte uns einer großen Gefahr aus. Dadurch gilt unsere Vereinbarung nicht mehr. Wir haben das Recht, uns zu schützen, und die *Enterprise* ...«

»Falsch, Sendet«, warf Kirk ein. Satat stand hinter Sendet, und Jim vermutete, daß der ältere Vulkanier die Wahrheit nicht kannte. »*Sie* brachten die Seuche an Bord. Nur *Sie* gerieten mit Lady Amanda in Kontakt, als ...« Plötzlich verstand er, warum Sendet nicht gelogen hatte, als er leugnete, irgendeinen Gegenstand von Nisus an Bord gebeamt zu haben.

»Sie holten kein Objekt aus der wissenschaftlichen Kolonie ins Schiff«, fuhr er fort. »Nein, der Transfer betraf Sie selbst. Sie begaben sich auf den Planeten und kehrten anschließend hierher zurück. Wie vielen Personen begegneten Sie auf Nisus? Was haben Sie dort berührt? Natürlich die Transporterkontrollen im Transferzentrum! Und Sie atmeten die Luft der Kolonie, brachten Sie in Ihren Lungen an Bord, zusammen mit dem Virus.«

Sendet mochte ein Rebell sein, aber er war in der vulkanischen Kultur aufgewachsen und deshalb ein schlechter Lügner. Als er Kirks Worte vernahm, verwandelte sich sein Gesicht in eine ausdruckslose Maske; er versuchte, sich nichts anmerken zu lassen.

Satat trat vor, musterte Sendet kurz und fragte: »Warum? Weshalb haben Sie sich so unlogisch verhalten?«

»Ich mußte noch einmal versuchen, T'Pina zu überzeugen«, lautete die Antwort. »Sie wissen doch, wie dringend wir Frauen brauchen. Ich wollte meinen Aufenthalt in der Kolonie auf einen kleinen Bereich beschränken, um das Ansteckungsrisiko zu reduzieren.«

Sendets Stimme klang nun monoton — Spock benutzte den gleichen Tonfall, wenn er über Dinge sprach, die in Menschen intensive Emotionen stimuliert hätten. »Ich rematerialisierte außerhalb des Terminals. Im Innern des Gebäudes wäre ich sicher vom Transportertechniker bemerkt worden, und auch im Freien mußte ich damit rechnen, beobachtet zu werden. Deshalb wählte ich die Koordinaten eines Lagerraums.

Ich verließ ihn und erreichte eine leere Straße. In der Ferne sah ich das medizinische Personal der *Enterprise* — die Gruppe schritt zum Hospital. Sonst befand sich niemand in der Nähe.

Mir wurde klar, daß ich nicht sofort mit T'Pina sprechen konnte. Ich hatte gehofft, daß sie zunächst nach Hause ging; dort wollte ich allein mit ihr reden. Statt dessen begleitete sie die anderen zum Krankenhaus.

Als ich unschlüssig zögerte, lief ein Terraner aus einem der Gebäude und schrie. Ein Andorianer folgte ihm, doch der Mensch drehte sich um und griff ihn an. Zwei Vulkanier eilten zu Hilfe, überwältigten den Terraner und trugen ihn zum Hospital. Einer von ihnen sagte: ›Es gibt keine freien Betten mehr. Man behandelt die Patienten jetzt auch in den Fluren, und wer sich einigermaßen erholt hat, wird nach Hause geschickt.‹ Der Andorianer erwiderte: ›Nur wenige erholen sich. Hoffen wir, daß die neuen Ärzte ein Heilmittel finden.‹

Dann hörte ich etwas im Innern des Transporterterminals und vermutete, daß sich jemand anders aus der *Enterprise* auf den Planeten beamte. Ich betrat das Transferzentrum, um mich dort zu verstecken und eine günstige Gelegenheit für die Rückkehr ins Raumschiff abzuwarten. Eine Plattform war in Betrieb, aber niemand überwachte ihre Funktion. Die Technikerin lag hinter der Konsole — tot. Sie … sie hatte sich mit einem Phaser erschossen. Das genügte mir. Ich wollte nicht noch mehr sehen, justierte die Kontrollen und beamte mich zur *Enterprise.*«

»O mein Gott«, hauchte Kirk. »Sie berührten die Kontrollen, die jene Frau kurze Zeit vorher bedient hatte …«

»Sie fiel nicht etwa der Epidemie zum Opfer, sondern beging Selbstmord«, erwiderte Sendet.

Der Captain schnitt eine Grimasse. »Gewalt ist das erste Symptom der schlimmsten Krankheitsvariante. Sie haben die Anzeichen auf der Straße beobachtet. Die Frau war allein, als bei ihr die Inkubationszeit zu Ende ging, und deshalb richtete sich ihre Aggressivität gegen sie selbst. Sendet, Sie setzten sich dem Virus aus, und nach Ihrem Retransfer steckten Sie Lady Amanda an. Wahrscheinlich auch Sarek. Bei Vulkaniern scheint es länger zu dauern als bei Menschen, bis sich die Krankheit bemerkbar macht.«

Satat trat vor. »Isolieren Sie ihn«, wies er einige andere T'Vet-Anhänger an, die nun auf dem Kom-Schirm erschienen. »Berühren Sie ihn nicht. Snil, bereiten Sie Filter für den Raum vor, in dem Sie ihn unterbringen …«

»Zu spät«, sagte Kirk. »Inzwischen könnten Sie alle infiziert sein.«

»Nicht unbedingt«, entgegnete Satat. »Sendet, waren Sie vernünftig genug, sich nach Ihrem Retransfer an Bord der *Enterprise* einem Dekontaminierungsverfahren zu unterziehen?«

»Natürlich.«

»Woraus folgt: Wir müssen nur dann mit einer Infektion rechnen, wenn Sie ansteckungsfähig geworden sind.«

»Sie träumen, Satat«, warf der Captain ein. »Sendet hat bereits dafür gesorgt, daß wir gar nicht versuchen müssen, Sie aus dem Maschinenraum zu holen. Die *Enterprise* kann ihre Reise erst dann fortsetzen, wenn ein

Heilmittel gefunden worden ist. Wir brauchen nur sicherzustellen, daß Sie keine Möglichkeit bekommen, dieses Schiff aus der Umlaufbahn zu steuern. Anschließend warten wir einfach ab, bis Sie die blockierten Türen öffnen und um medizinische Hilfe bitten.«

KAPITEL 23

T'Pina arbeitete in jener Quarantänestation, wo man die Nisus-Bürger gemischter Herkunft isoliert hatte. Die Epidemie betraf sie ebenso wie den Rest der Bevölkerung. Während T'Kar dem Pflegepersonal bei der Krankenbehandlung half, versuchte ihre Tochter, die vielen gesunden Kinder beschäftigt zu halten.

Keine leichte Aufgabe. Seit drei Tagen befanden sie sich nun in der Isolation, beanspruchten die ganze Abteilung und auch den angrenzenden Rekonvaleszenzbereich. Trotzdem mußten die für zwei Personen vorgesehenen Zimmer gleich drei oder vier aufnehmen. Tagsüber bemühten sich die Erwachsenen, die Kinder mit Spielen zu unterhalten; viele von ihnen saßen in den Videoräumen, im Solarium oder in der Cafeteria, wo T'Pina an diesem Tag Dienst hatte.

Alle Jungen und Mädchen waren unruhig, und viele fürchteten sich. Einige von ihnen hatten erste Krankheitssymptome offenbart und mußten fortgebracht werden. Daraufhin sprachen die älteren Kinder von ihren sterbenden Freunden, was die jüngeren noch mehr verunsicherte.

Natürlich hielten sich auch erwachsene Hybriden in der Quarantänestation auf, doch selbst die Hilfe von Freiwilligen wie T'Pina verschaffte ihnen kaum eine Atempause: Von morgens bis abends unterrichteten sie, organisierten Spiele und erklärten immer wieder, warum die Kinder nicht nach Hause zurückkehren oder nach draußen gehen konnten, warum ihre Eltern sie nicht besuchen durften.

Es war auch nicht leicht, Verständnis dafür zu wekken, warum T'Pina und die übrigen Freiwilligen Schutzkleidung, Masken und Handschuhe trugen.

»Warum verbirgst du dich vor mir?« fragte Ziona, ein kleines und normalerweise sehr nettes Mädchen, zur einen Hälfte Rigelianerin und zur anderen Hemanitin. Heute schien es der Hysterie nahe zu sein, denn es vermißte seine Familie und war zu jung, um zu begreifen, was auf Nisus geschah.

»Warum kann ich dein Gesicht nicht sehen?« fügte Ziona hinzu und streckte die Hand nach T'Pinas Maske aus. Die Vulkanierin wich gerade noch rechtzeitig zurück.

»Nun, wenn diese Dame mit den wundervollen Augen ihr ganzes Gesicht zeigte, Schätzchen, wärst du hier nicht mehr die Hübscheste«, antwortete die Stimme eines Mannes. Er sprach Englisch, mit einem Akzent, der T'Pina vage an Dr. Corrigan erinnerte.

»Und du willst doch mein Lieblingsmädchen bleiben, oder?« fuhr die Stimme fort. T'Pina drehte sich um, als Ziona an ihr vorbeisauste und sich von einem Mann umarmen ließ, der terranischen Ursprungs zu sein schien. Und doch ...

Er überragte die Vulkanierin um etwa fünfzehn Zentimeter — ein nach menschlichen Maßstäben durchschnittlich großer Mann. Das Haar war schwarz, kurz und sehr dicht; T'Pina vermutete, daß es sich wie Pelz anfühlte. Das Gesicht wirkte gewöhnlich, abgesehen von den Augen — dunkelblaue Pupillen, von denen ein eigentümlicher Glanz ausging. Darüber wölbten sich schwarze Wimpern.

Die Haut verriet seine gemischte Herkunft. Ganz offensichtlich war der Mann nicht krank; trotzdem beobachtete T'Pina blasse, makellose und fast durchsichtige Haut, von der ein grünliches Schimmern ausging.

Einige Sekunden später lächelte der Fremde, woraufhin das Gesicht alle gewöhnlichen Aspekte verlor, ausdrucksvoll und freundlich wurde. »Beau Deaver«, stellte er sich vor. »Und im Gegensatz zu Ihnen *muß* ich hier sein.« Er lachte, als T'Pina eine Braue hob. »Ich bin halb Mensch und halb Orioner. Bitte fragen Sie mich nicht, wie meine Eltern das hingekriegt haben. Bis zum heutigen Tag gelang es ihnen, dieses Geheimnis zu hüten. Nun, es heißt, ich vereine die schlechtesten Eigenschaften von zwei Welten in mir. Insbesondere was meine Schwäche für schöne Frauen betrifft.«

»Ich heiße T'Pina«, sagte die Vulkanierin und wußte nicht recht, wie sie auf diese seltsame Vorstellung reagieren sollte. »Ich komme von Vulkan, habe jedoch den größten Teil meines Lebens auf Nisus verbracht. Wieso begegnen wir uns erst jetzt?« Ein so einzigartiges Individuum hätte sie bestimmt nicht vergessen.

»Ich kam vor zwei Jahren hierher«, entgegnete Deaver und setzte sich an einen der Tische. »War als Junge kreuz und quer durch die Föderation unterwegs. Mein Vater verdiente sich seinen Lebensunterhalt als freier Händler.«

T'Pina verstand: Es handelte sich um eine Umschreibung für *Schmuggler.* »Aber Sie sind Wissenschaftler«, sagte sie und nutzte die Gelegenheit, um ebenfalls Platz zu nehmen. Es gab keine andere Erklärung für seine Präsenz in der wissenschaftlichen Kolonie.

»Bin Mathematiker — hab's von meinem Vater gelernt, mit Zahlen zu jonglieren. Wäre bestimmt in seine Fußstapfen getreten. Allerdings: Kurz nach meinem vierzehnten Geburtstag kam es zu einem unvorhergesehenen längeren Aufenthalt auf dem Planeten Sofia. Kennen Sie Sofia? Oh, Sie *möchten* jene Welt gar nicht kennenlernen«, brummte Deaver, bevor T'Pina antworten konnte.

Ziona hockte glücklich auf dem Schoß des Mannes und hörte ihm fasziniert zu. T'Pina unterbrach Deavers

Monolog nicht — zum erstenmal an diesem Morgen hatte das Kind aufgehört zu weinen.

»Meine Mutter arbeitete als Tänzerin«, meinte Deaver, und T'Pina ahnte, was der Hinweis auf einen ›längeren Aufenthalt‹ bedeutete — wahrscheinlich hatte man Beaus Vater zu einer Freiheitsstrafe verurteilt. »Nun, die Schulschwänzer-Fahnder erwischten mich, und ich mußte die Schule besuchen, zum erstenmal in meinem Leben. Und wissen Sie was? Ich war begeistert! Ganz im Gegenteil zu den Lehrern. Tja, von meinen Eltern hatte ich nur erfahren, wie man Computern bestimmte Informationen entlockt. Doch auf Sofia gab es eine Menge zu lernen, und Zahlen interessierten mich mehr als alles andere.«

Während er sprach, ließ Deaver die kleine Ziona auf seinem Knie reiten. Andere Kinder hörten zu, als der Mann zu dem kichernden Mädchen sagte: »Ja, ich fand heraus, daß Zahlen viel Spaß machen. Soll ich's dir zeigen?«

»Ja!« Ziona nickte erwartungsvoll.

Deaver hob die Hände. »Wie viele Finger habe ich, Ziona?«

»Zehn, so wie ich«, erwiderte sie.

Der Mann schüttelte den Kopf. »Bei mir sind's elf.«

»Stimmt nicht!«

»Doch.«

»Nein«, beharrte Ziona. »Ich kann gut genug zählen!«

»Möchtest du, daß ich es dir beweise?«

»Ja.«

Deaver zählte seine Finger, begann mit dem Daumen der rechten Hand und berührte zum Schluß den linken kleinen Finger. »... acht, neun, zehn. Du siehst zehn Finger, nicht wahr?«

»Ja, genau!« Ziona nickte. Inzwischen hatte sich ein großes Publikum aus Mädchen und Jungen versammelt. T'Pina gelangte zu dem Schluß, daß die Kinder Deaver nicht nur gut kannten, sondern ihn auch sehr mochten.

Er hob nun die rechte Hand. »Wie viele Finger siehst du hier?«

»Fünf!« sagte Ziona triumphierend.

»Na schön. Eben haben wir die Finger der anderen Hand gezählt, aber laß uns ihre Anzahl noch einmal überprüfen.« Diesmal begann Deaver mit dem kleinen Finger. »Zehn, neun, acht, sieben, sechs.« Damit erreichte er den Daumen. »Und hier fünf.« Er hob noch einmal die rechte Hand. »Wieviel ergibt sechs und fünf?«

Ziona riß überrascht die Augen auf. »Elf!«

»Na bitte«, sagte Beau zufrieden.

»Wie hast du das *gemacht?*« Zionas Erstaunen verwandelte sich in Entzücken. Sie griff nach beiden Händen und untersuchte sie gründlich, schien tatsächlich damit zu rechnen, daß sich irgendwo ein elfter Finger verbarg.

»Hier, ich erkläre dir den Trick mit deinen eigenen Händen. Wenn du später nach Hause zurückkehrst, kannst du deinen Eltern erzählen, daß dir im Krankenhaus ein zusätzlicher Finger wuchs.«

Es dauerte eine Weile, bis Ziona feststellte, worauf es ankam, und dann lachte sie laut. »Das muß ich Dominic zeigen!« rief sie, rutschte von Deavers Schoß und lief fort. Die anderen Kinder folgten ihr, und T'Pina wußte, daß bis zum Abend alle Mädchen und Jungen den Trick kannten.

Als sie allein waren, fragte die Vulkanierin: »Haben Sie das auf Sofia gelernt — Kinderspiele mit Zahlen?«

»Nein, jener kleine Kniff stammt von meinem Vater. Auf Sofia entdeckte ich die Mathematik, Basis des Universums. Als ich begann, mich mit Infinitesimalrechnung und Quantenmechanik zu befassen, blieb mir keine Zeit mehr, Schlösser zu knacken oder den Schreibtisch des Rektors mit diversen Überraschungen zu präparieren. Zwei Jahre lang saßen wir auf dem Planeten fest — und niemand wunderte sich, als ich den Mathepreis des Quadranten gewann. Brachte mir 'n Stipendium für jede beliebige Universität in der Föderation ein. Man stritt sich um mich!« Deaver lachte. »Mein Vater war völlig baff. Meinte immer, ich taugte zu nichts und sei nur dazu da, Mutter zu beschäftigen.«

»Für welche Universität entschieden Sie sich?« fragte T'Pina.

»Wollte immer mal zur Erde — in jener Ecke der Föderation gab's 'n paar Typen, die meinem Vater an den Kragen wollten —, und deshalb versuchte ich's am MIT. Verbrachte dort zwei Jahre und ein Semester in Oxford, wo die Professoren immer wieder an meiner Ausdrucksweise Anstoß nahmen. Anschließend flog ich nach Corona und studierte an der Königlichen Akademie, wo ich promovierte — was nicht nur mich überraschte, sondern auch die Fakultät.«

T'Pina war beeindruckt. In der ganzen Föderation gab es nur ein anderes Bildungsinstitut, das es in den Bereichen Wissenschaft und Mathematik mit der vulkanischen Akademie aufnehmen konnte — die Königliche Akademie von Corona.

»Hüten Sie sich vor der Mathematik, Lady T'Pina«, sagte Deaver. »Man verfällt ihr und wird süchtig danach. Ich fand eine Erweiterung für T'Prols Funktionen — indem ich ein wenig herumspielte, nur zum Zeitvertreib. Und plötzlich bekam ich einen Lehrstuhl an der vulkanischen Akademie!«

»Sie haben auf Vulkan gelehrt?« T'Pina fragte sich plötzlich, ob der Mann log. Vielleicht hatte er alles erfunden. Oder es handelte sich um einen verbalen Trick, vergleichbar mit dem, der Ziona verblüfft hatte.

Doch Deaver beantwortete die Frage. »Ja, ein Jahr lang. War recht eigenartig, auf der anderen Seite des Tisches zu sitzen.«

»Ich bin während der vergangenen drei Jahre Studentin an der vulkanischen Akademie gewesen und habe das Studium gerade beendet«, sagte T'Pina.

»Nun, dann war es vor Ihrer Zeit. Inzwischen sind

sieben Standardjahre vergangen. Mir gefiel es dort – ihr Vulkanier versteht es, die Leute auf Zack zu halten. Außerdem: Ich lernte viele Personen aus anderen Völkern kennen, so wie hier. Darf ich Sie etwas fragen?« Deaver musterte T'Pina von Kopf bis Fuß, obgleich die Schutzkleidung kaum Auskunft über ihre Figur gab. »Läßt die vulkanische Akademie der Wissenschaften nur besonders hübsche Damen fürs Studium zu?«

»Was?«

»Als ich dort lehrte, sah ich nie eine Frau, die *nicht* das Zeug hatte, um einen Schönheitswettbewerb zu gewinnen. Selbst die Tellaritinnen waren attraktiv. Darüber hinaus zeichnete sich das an der Akademie präsente weibliche Geschlecht durch hohe Intelligenz aus. Himmel, ich fühlte mich wie im Paradies! Wenn ich die Hitze und hohe Schwerkraft besser ertragen könnte, wäre ich heute noch dort.«

»In der Tat«, erwiderte T'Pina unverbindlich. Das Gespräch zielte nun in eine Richtung, die ihr nicht gefiel. »Wenn Sie mich jetzt entschuldigen würden, Mr. Deaver...«

»Beau«, sagte der Mann. »Und bleiben Sie bitte sitzen, Lady T'Pina. Es dauert bestimmt nicht lange, bis wieder ein Kind weint und Aufmerksamkeit verlangt.«

»Häufig sind es nicht die weinenden Kinder, die Aufmerksamkeit erfordern.« Die Vulkanierin schritt zu den Laufställen an den Fenstern, wo Kleinkinder im Sonnenschein spielten. Nacheinander berührte sie die Mädchen und Jungen mit einem Fiebersensor an der Stirn, sah dann auf die Schilder, um die individuellen Normaltemperaturen festzustellen. Als ihr Deaver folgte, fügte sie hinzu: »Wenn Sie wirklich ein Jahr lang auf Vulkan gewesen sind, sollten Sie eigentlich wissen, daß ich nicht den Titel ›Lady‹ verdiene.«

»Oh, *noch* nicht. Sie sind also jünger, als ich dachte.« Mit dem Handrücken strich er über die Wange eines schlafenden Kinds. »Was ein höheres Maß an Tapferkeit bedeutet. Warum haben Sie sich den Freiwilligen angeschlossen, die uns Parias helfen?« Instinktiv sammelte er verstreutes Spielzeug ein und legte es in die Laufställe zurück.

»Es ist eine notwendige Arbeit«, erläuterte T'Pina. »Ich habe nicht genug Erfahrung, um mich unter diesen besonderen Bedingungen in den Laboratorien nützlich zu machen. Deshalb ...«

»Deshalb riskieren Sie Ihr Leben?«

»Ich bin geschützt.«

»Vorhin hätte Ihnen Ziona fast die Maske vom Gesicht gezogen.« Ein kleiner Junge, der wenigstens zum Teil tellaritischer Abstammung zu sein schien, streckte die Arme aus und schluchzte leise. Deaver hob ihn hoch und schaukelte ihn in den Armen, drückte seine Wange kurz an die des Knaben. Dann kitzelte er das Kind und setzte es in den Laufstall zurück, als es lachte.

»Mit Thermometern oder Fiebersensoren läßt sich die Temperatur weitaus genauer bestimmen«, sagte T'Pina. »Solche körperlichen Kontakte sind nicht erforderlich.«

»Meine Mutter dachte immer anders darüber. Drei verschiedene Temperaturen — ihre eigene, die ihres Mannes und meine. Trotzdem wußte sie immer sofort Bescheid, wenn die Hühnersuppe zu kochen begann. Beziehungsweise Plomeek-Suppe, um ein vulkanisches Beispiel zu benutzen, Ma'am.«

»Ich kenne jene terranische Speise«, entgegnete T'Pina. »Und Ihr Vergleich mit Plomeek-Suppe ist durchaus gerechtfertigt. Die traditionelle Volksweisheit verband erhebliche Heilkräfte mit ihr, und inzwischen steht fest, daß sie antibiotische Eigenschaften besitzt. Allerdings ...«

»T'Pina!«

Leyne Sweet, von ihren menschlichen Freunden ›Sugar‹ beziehungsweise ›Zucker‹ genannt, eilte durch die Cafeteria. Der Umstand, daß sie alle anwesenden Kinder ignorierte, ihren Rufen überhaupt keine Beachtung schenkte, wies die Vulkanierin darauf hin, daß sie wichtige Neuigkeiten brachte. Auch Sugar arbeitete hier, weil es ihr an Erfahrung für die Tätigkeit in anderen Abteilungen des Hospitals mangelte. Wie T'Pina war sie fest entschlossen, den Opfern der Epidemie zu helfen.

Eine Strähne des dunklen Haars löste sich unter der Haube und fiel ihr ins Auge — aus einem Reflex heraus hob sie die Hand danach. »Nein!« riefen Beau Deaver und T'Pina wie aus einem Mund. Sie hielten Sugars Hand fest, bevor sie damit die Stirn berühren konnte.

Deavers Hand schloß sich über der T'Pinas am Unterarm der Krankenschwester. Trotz der schützenden Handschuhe spürte die Vulkanierin eine seltsame Kühle — und damit einher ging fast so etwas wie ein elektrischer Schlag.

Einige Sekunden lang starrten sie sich an.

Sugar bemerkte nichts. »O mein Gott«, hauchte sie, blickte auf ihre Hand und spreizte langsam die Finger, als T'Pina und Deaver zurückwichen. »Danke.« Sie sah T'Pina an, die sie seit vielen Jahren kannte. Sie waren als Nachbarn aufgewachsen. »Deine Mutter… Sie brach während der Arbeit zusammen. Die Ärzte glauben, sie hat sich mit der ersten oder zweiten Virusart angesteckt, nicht mit der dritten. Ihre Erholungschancen sind recht gut, aber…«

»Ich gehe zu ihr«, sagte die Vulkanierin und verbannte alle anderen Gedanken aus ihrem Bewußtsein.

T'Kar war erkrankt — ohne sie hatte T'Pina keine Familie mehr.

KAPITEL 24

Sorel untersuchte T'Kar mit einem Medoscanner. Er stellte hohes Fieber fest, doch ansonsten blieben die Anzeigen normal. »Haben Sie Schmerzen?« fragte er.

»Ich kann sie unter Kontrolle halten«, lautete die Antwort.

»Wir verabreichen Ihnen ein Breitband-Antibiotikum, und anschließend helfe ich Ihnen in die Heiltrance.«

T'Kar nickte schwach. Sie war Krankenschwester und verstand die Gefahren der Heiltrance unter den gegebenen Umständen.

Es gab keine freien Diagnoseliegen — sie standen allein jenen Patienten zur Verfügung, deren Zustand als kritisch bezeichnet werden mußte. Wenn sich T'Kar mit der Virusart B infiziert hatte, drohte ihr erst in drei Tagen echte Gefahr, und sie erhöhte ihre Widerstandskraft, wenn sie diese Zeit in der Heiltrance verbrachte.

Andererseits: Nur ein Diagnosebett warnte vor einem unmittelbar bevorstehenden totalorganischen Versagen. Die Patienten in dieser Abteilung wurden einmal pro Stunde untersucht. Häufiger konnte man sich nicht um sie kümmern — dafür fehlten Schwestern und Pfleger.

Wenn T'Kars Lungen versagten, starb sie innerhalb weniger Minuten, denn kein Vulkanier konnte die Heiltrance ohne Hilfe verlassen. Aus diesem Grund brachten Heiler die entsprechenden Patienten immer in automatischen Diagnosemodulen unter.

Und wenn T'Kar nicht an den Krankheitsvarianten A

oder B litt? Seit Tagen hatte sie ständigen Kontakt mit Nisus-Bürgern gemischter Herkunft ... Vielleicht handelte es sich um eine Mutation, die sich zu Anfang in das Tarngewand harmloser Symptome kleidete. Das pathologische Laboratorium war hoffnungslos überfordert; es würde Stunden dauern, bis man dort T'Kars Blutproben untersuchen konnte.

Sorels Reaktionen auf T'Kars Krankheit unterlagen nicht den Geboten der Logik. Während der Reise nach Nisus hatte er sie als interessante und intelligente Frau kennengelernt, die der plötzlichen Reife ihrer Tochter mit Weisheit und Verständnis begegnete. Er mochte auch T'Pina: Sie war jung, beherrschte sich jedoch gut, ohne dabei kühl oder unnahbar zu wirken.

Sorels Jugend lag lange zurück, doch als die Zeit seine von T'Zans Tod verursachten Wunden heilte, entdeckte er Empfindungen, die er nur von seiner damaligen Bindungspartnerin her kannte. Sie fokussierten sich nun auf T'Kar. Sie war keine normale Patientin für ihn; er brachte ihr solche Anteilnahme entgegen, als sei sie ein Mitglied der Familie.

Unter gewöhnlichen Umständen, auf Vulkan, wäre es angemessen gewesen, die Beziehung zu ihr zu vertiefen. Hier ein Heiler, dort eine Krankenschwester. Ein Witwer und eine Witwe. Beide stammten aus Alten Familien. Beide hatten erwachsene Kinder. Logik riet zu dieser Wahl. Wenn sie beide Bürger Vulkans gewesen wären, hätten Freunde und Verwandte alles unternommen, um sie zusammenzuführen.

Aber sie befanden sich auf Nisus, unter sehr *ungewöhnlichen* Umständen.

Außerdem: T'Kar würde hier bei ihrer Tochter bleiben, um die Arbeit fortzusetzen. *Und ich kehre früher oder später nach Vulkan zurück,* dachte Sorel.

Er erinnerte sich daran, daß noch andere Pflichten auf ihn warteten. »Ich komme wieder, sobald alle Analysen beendet sind«, sagte er und stand auf.

Bevor er das Zimmer verlassen konnte, trat T'Pina durch die Tür. Sie trug ebenfalls Schutzkleidung, wie Sorel. Und das war auch bei T'Kar der Fall gewesen.

Wenn sie sich mit der Virusart A oder B angesteckt hatte, so mochte die Infektion außerhalb des Hospitals erfolgt sein, woraus sich der Schluß ziehen ließ, daß die krankenhausinternen Sicherheitsmaßnahmen genügten. Wenn nicht ...

»Heiler ...«, begrüßte T'Pina Sorel und richtete ihre Aufmerksamkeit sofort auf T'Kar. »Ich bin hier, Mutter.«

»Es freut mich, daß Ihr gekommen seid, Tochter«, erwiderte die Kranke. »Eure Präsenz verschafft mir Trost.«

Sorel hatte gehen wollen, drehte sich jedoch wieder um, als er T'Kars Worte hörte. Die förmliche Ausdrucksweise deutete darauf hin, daß T'Pinas Mutter selbst schlichten Bemerkungen große Bedeutung beimaß — als bekäme sie nie wieder Gelegenheit, mit ihrer Tochter zu reden. Etwas stimmte nicht.

Langjährige medizinische Erfahrungen beantworteten Sorels unausgesprochene Frage. T'Pina verstand ebenfalls. Er sah es in ihren Augen, als sie erst ihn musterte und dann ihre Mutter.

Die Finger der jüngeren Frau — sie trug nach wie vor Handschuhe — berührten T'Kars Arm. »Heiler!« entfuhr es ihr. »Untersuchen Sie meine Mutter!«

Sorel eilte mit dem Medoscanner herbei.

T'Kars Körpertemperatur war vier Grad unter die vulkanische Norm gesunken und nahm weiter ab. Das fiebrige Schimmern verschwand aus den Augen, und Gräue verdrängte den blauen Glanz der Pupillen.

»Mutter!« rief T'Pina.

Der Puls raste, und das Herz schlug unregelmäßig. T'Kar schnappte nach Luft, keuchte, wurde schwächer ...

Sorel betätigte die Alarmtaste an der Wand, wandte

sich dann wieder der Patientin zu und drehte sie auf die Seite, um das Herz zu stimulieren. Es befand sich nicht unter dem Brustbein wie bei Menschen; deshalb waren solche Wiederbelebungsmaßnahmen bei Vulkaniern schwieriger.

Das Grün wich aus T'Kars Gesicht, verwandelte sich in ein unheilverkündendes, wächsernes Gelb. Sie verlor das Bewußtsein und atmete nicht mehr.

»Nein!« heulte T'Pina. »Du darfst nicht sterben, Mutter!«

Die Anzahl der Behandlungsgeräte im Hospital von Nisus war natürlich begrenzt, und angesichts der vielen Patienten wurden Kranke, für die keine Lebensgefahr zu bestehen schien, in Zimmern mit nur wenigen medizinischen Instrumenten untergebracht. Sorel wußte, daß keine Atemmaske zur Ausrüstung gehörte. T'Pina hielt sich nicht mit einer Suche danach auf, nahm die Schutzmaske ab und beugte sich vor, um ihrer Mutter Luft in die Lungen zu blasen.

»Nein!« platzte es aus Sorel heraus.

T'Pina schnaufte mehrmals. »Ich lasse sie nicht sterben!«

Es war bereits zu spät: T'Pina hatte sich nun ebenfalls dem Virus ausgesetzt. Sorel fuhr mit der Herzmassage fort, während T'Pina weiterhin für ihre Mutter atmete.

Mehrere Ärzte hasteten ins Zimmer: ein Mensch, ein Vulkanier und ein Tellarit. Mit geübtem Geschick hoben sie T'Kar hoch und legten sie in ein Diagnosemodul. Während der Terraner mit Hilfe des Tellariten die notwendigen Verbindungen herstellte, justierte der Vulkanier die Kontrollen auf vulkanische Werte.

T'Kar lag still. Die Maschine beatmete sie nun und stimulierte ihr Herz. Aber lebte sie noch?

Für den Heiler gab es nur eine Möglichkeit, Gewißheit zu erlangen, und dazu mußte er die Stirn der Kranken mit seiner ungeschützten Hand berühren.

Aber T'Kars Tochter wußte sicher Bescheid. Sorel

blickte zu T'Pina, beobachtete ihre ruhigen, zufriedenen Züge. »Ist sie ...«, begann er

»Nein. Meine Mutter lebt. Ich habe nicht ihr *Katra* aufgenommen.«

Eine halbe Stunde später schlug T'Kars Herz von alleine weiter. Sie bekam eine Diagnoseliege, die frei wurde, als ein anderer Patient starb, und sechzig Minuten später erlangte sie das Bewußtsein wieder.

»Wo ist T'Pina?«

»Sie riskierte die Ansteckung, als sie Ihnen das Leben rettete«, erklärte Sorel. »Man untersucht sie gerade. Wenn sich die ersten Symptome einstellen, verbindet man sie sofort mit einem Lebenserhaltungssystem. Wir lassen uns nicht noch einmal überraschen.«

Aber woher nehmen wir die erforderlichen Geräte? dachte der Heiler. *Wir haben einfach nicht genug Personal und Instrumente, um mit der Epidemie fertig zu werden.*

Als Sorel nach der Visite ins Computerlaboratorium zurückkehrte, fand er dort T'Mir und Daniel. Sie betrachteten eine schematische Darstellung der neuen Virusart. »Gleich wird sich herausstellen, ob der klingonische Immunitätsfaktor auch dieser Mutation den Garaus macht.«

Und tatsächlich: Als das Virus mit klingonischen Blutzellen in Kontakt geriet, starb es innerhalb kurzer Zeit. »Na bitte! Jetzt ist nur noch ein Patiententest nötig.«

»Wir haben eine Liste von Freiwilligen«, sagte T'Mir. »Ausschließlich Kranke im kritischen Zustand.«

»Hoffen wir, daß niemand von ihnen gegen Klingonen allergisch ist«, erwiderte Daniel. »Probieren wir das Serum bei drei Personen aus?«

Sorel nickte langsam. »Ein Mensch, ein Tellarit und ein Lemnorianer — in jedem Fall auf Eisen basierendes Blut.«

»In Ordnung«, sagte Daniel. Er sah vom Heiler zu T'Mir, und sein hoffnungsvolles Lächeln verblaßte. »Also los. Wenn wir alle Ärzte, Pfleger und Krankenschwestern schützen können, deren Blut auf Eisen basiert, so sind wir schon einen Schritt weiter. Dann gibt es wenigstens genug Personen, die sich um die Kranken kümmern können.«

Sie verabreichten das Serum. T'Mir blieb im Laboratorium, während Sorel und Daniel Patienten untersuchten. Es gab drei weitere Fälle von Infektionen mit der neuen Virusart — zwei von ihnen starben, bevor man die richtige Diagnose stellte. Als sie mehr als ein Dutzend Personen behandelt hatten, dabei von allen Seiten Klagen über zuwenig Lebenserhaltungsgeräte und zuwenig Pflegepersonal hörten, bemerkte Sorel Anspannung und Erschöpfung in den Zügen seines menschlichen Partners.

Er wußte, wie ernst Daniel seine Pflichten nahm: Um Leben zu retten, würde er bis zum Zusammenbruch arbeiten. Als sie die Intensivstation verließen, sagte Corrigan: »Wir sollten uns jetzt in der Sektion mit Patienten gemischter Herkunft umsehen und feststellen, ob ...«

Sorel unterbrach ihn. »Erst ißt du etwas und schläfst mindestens zwei Stunden. Eine ärztliche Verordnung, Daniel. Du vergißt, daß du nicht die physische Ausdauer eines Vulkaniers hast.«

Der Terraner lächelte humorlos. »Ich habe keinen Appetit.«

»Vielleicht sollte ich darauf bestehen, daß man deinen Blutzuckerspiegel untersucht.«

»Mit dem Bericht könntest du erst in drei Tagen rechnen. Na schön ... Mal sehen, was die Cafeteria anzubieten hat.«

Es war später Nachmittag, aber die normalen Zeitpläne spielten ohnehin keine Rolle mehr. Es gab nur synthetische Nahrung. Die beiden Männer bestellten ihre Mahlzeiten, passierten dann die Dekontaminierungsschleuse und erreichten ein kleines Zimmer, in dem man ohne Masken und Handschuhe essen konnte.

Und wenn selbst hier Ansteckungsgefahr drohte? Vielleicht trug einer von ihnen das Virus in sich …

Ähnliche Gedanken gingen auch Daniel durch den Kopf. »Wir sind noch nicht lange hier, Sorel, aber … Ist dir die wachsende Furcht vor persönlichen Kontakten aufgefallen?«

»Ich halte das für normal, Daniel — und auch für begrüßenswert, wenn man dabei die aktuelle Situation berücksichtigt. Trotz unserer Bemühungen kommt es zu weiteren Erkrankungen. Wenn die hiesigen Bürger übermäßig vorsichtig sind, breitet sich die Epidemie vielleicht weniger schnell aus.«

»Das meine ich nicht. Heute morgen habe ich mit T'Mir vor dem Zugang des Computerraums gesprochen. Wir unterhielten uns auf Vulkanisch. Ein Rigelianer näherte sich, starrte mich an und wollte wissen, warum ich nicht in der Quarantänestation war, zusammen mit den übrigen ›Ergoflin‹. Dieser rigelianische Ausdruck bedeutet vermutlich ›Personen gemischter Herkunft‹, aber es klang wie ein Schimpfwort.«

Sorel kannte das rigelianische Idiom ebensowenig wie Daniel. Die Standard-Sprachen auf Nisus waren Englisch und Vulkanisch. Translatoren wurden hier nicht so häufig benutzt wie an Bord von Raumschiffen; Daniel und Sorel konnten auf solche Geräte verzichten, da sie beide Sprachen beherrschten.

Corrigan schüttelte verwirrt den Kopf. »Man sollte meinen, daß ich selbst in Schutzkleidung auf den ersten Blick als Mensch zu erkennen bin.«

»Du siehst wie ein Terraner aus, aber für rigelianische Ohren hörte sich dein Vulkanisch wahrscheinlich völlig akzentfrei an. Nur ein Vulkanier wäre in der Lage, den Unterschied festzustellen.«

»Danke, aber darum geht es mir nicht. Der Rigelianer war sehr aggressiv. Als ich mich identifizierte, lenkte er seinen Zorn in eine andere Richtung. Er empörte sich darüber, daß man den Angehörigen verschiedener Völker erlaubt, gemeinsame Kinder zu haben. Angeblich will uns die Natur mit der Epidemie zeigen, daß wir den falschen Weg eingeschlagen haben. Er wußte natürlich nicht, daß T'Mir meine Frau ist. Wie dem auch sei, Sorel: T'Mir benutzte das mentale Band zwischen uns, um mich zu beruhigen. Andernfalls hätte ich den Rigelianer vielleicht verprügelt.«

»Das bezweifle ich«, erwiderte der Heiler. »Nach meiner Erfahrung neutralisieren zivilisierte Menschen ihre negativen Gefühle häufig, indem sie sich eine gewaltsame Reaktion vorstellen. Es erleichtert ihnen, die Selbstbeherrschung zu wahren.«

»Ach? Und wie viele zivilisierte Menschen kennst du?«

»Dich zum Beispiel. Und du bist starkem Streß ausgesetzt, wie wir alle — das gilt auch für den Rigelianer.«

»Ja, ich weiß. T'Mir und ich ließen ihn einfach stehen und gingen fort. Aber bestimmt hast auch du schon solche Bemerkungen gehört, wenn auch höflicher formuliert. Lieber Himmel, Sorel — ich frage mich, ob mehr dahintersteckt. Damit meine ich natürlich nicht die Vorurteile. Weißt du, manchmal führen die besten Absichten zu den schlimmsten Ergebnissen. Denk nur an die Eugenischen Kriege auf der Erde. Wir wollten unsere Spezies verbessern, genetische Defekte vermeiden und die allgemeine Lebenserwartung erhöhen. Statt dessen schufen wir Übermenschen, die versuchten, die Macht an sich zu reißen. Und es kam zu neuen Krankheiten, zu neuen genetisch verursachten Leiden.«

Daniel schauderte voller Abscheu und fuhr fort: »Sorel, wir helfen Leuten wie Sarek und Amanda, Kinder zu bekommen. Aber vielleicht sorgen wir dafür, daß sich jenes Grauen wiederholt, diesmal im galaktischen Maßstab. Vielleicht ist dieser Krankheitserreger, der in Kindern gemischter Herkunft mutiert, nur der Anfang ...«

Corrigan sah den Vulkanier an, und Furcht flackerte

in seinen Augen. »Du hast der Ehe zwischen deiner Tochter und mir zugestimmt, und ich habe T'Mir geheiratet, weil ich sie liebe. Angenommen, wir finden ein Heilmittel für die Krankheit. T'Mir und ich stehen trotzdem vor einer schwierigen Entscheidung: Wenn wir Kinder haben, dann müssen wir mit der Angst leben, daß es durch unsere Schuld zu einer neuen und möglicherweise noch viel schlimmeren Epidemie kommt.«

KAPITEL 25

Als der Erste Medo-Offizier der USS *Enterprise* an Bord zurückkehrte und alle Patienten aus der Krankenstation entließ — abgesehen von denen in der Quarantänestation —, rechnete Korsal damit, daß Kevin und er wieder nach Nisus geschickt werden sollten. Statt dessen trat Dr. McCoy zwischen ihre Betten, musterte Vater und Sohn.

Der menschliche Arzt wippte auf den Zehen, und sein Gesicht zeigte gemischte Gefühle. »Meine Mitarbeiter haben Ihnen viel Blut abgezapft«, sagte er schließlich.

»In der Tat«, bestätigte Korsal.

»Ist Ihnen der Grund dafür bekannt?« fragte McCoy.

»Vermutlich möchten Sie herausfinden, warum wir immun sind.«

»Konnten Sie inzwischen den Grund dafür feststellen?« fragte Kevin mit sichtlichem Interesse. »Haben Sie die Möglichkeit, unser Blut zu verwenden, um andere Leute zu schützen?«

McCoy runzelte die Stirn und blickte auf den Jungen hinab. »Entspricht das deinem Wunsch?«

»Natürlich! Alle meine Freunde sind in Gefahr, Doktor.« Plötzlich verstand Kevin. »Sie mißtrauen uns!«

Leonard wandte sich an Korsal. »Man hat mir mitgeteilt, daß Sie und Ihr Sohn bereit sind, uns zu helfen. Offenbar entspricht das der Wahrheit. Ja, wir verfügen inzwischen über ein Serum, und wenn wir auch weiterhin Blut von Ihnen bekommen, stellen wir mehr davon her.«

»Wie können wir Ihre Bemühungen unterstützen?« fragte Korsal.

»Sie möchten bestimmt nach Hause«, sagte McCoy. »Aber mir wäre es lieber, wenn Sie hierbleiben. Sie müssen medizinisch überwacht werden, und das Hospital auf Nisus hat sich in ein Tollhaus verwandelt.«

»Was erwarten Sie von uns?« erkundigte sich der klingonische Techniker.

»Nehmen Sie Arzneien, die Ihre Blutproduktion stimulieren. Und erlauben Sie uns, Ihnen noch mehr Blut abzuzapfen.«

»Einverstanden«, sagte Korsal. »Kevin?«

»Selbstverständlich. Äh, müssen wir wieder schlafen?« Dies war der erste wache Tag für den Jungen.

»Nein«, beruhigte ihn McCoy. »Aber du kannst nicht herumlaufen. Ich sorge dafür, daß man dir Unterhaltungsvideos bringt ...«

»Ein Computerterminal wäre uns lieber«, warf Korsal ein. »Kevin hat einige Lektionen nachzuholen, und ich muß arbeiten.«

»Fragen Sie Captain Kirk. Er wird Sie heute besuchen. Nun, was Ihren jüngeren Sohn betrifft ...«

»Karl?« Besorgnis erklang in Korsals Stimme, als er hinzufügte: »Ist alles in Ordnung mit ihm?«

»O ja. Als kein Zweifel mehr an seiner Immunität bestand, erklärte er sich dazu bereit, in der Quarantänestation für Kinder gemischter Herkunft zu arbeiten — sie wurden sofort isoliert, als wir Ihren Bericht erhielten. Nun, er ist selbst ein Kind, aber ...«

»Das sollten Sie ihm besser nicht sagen«, warnte Kevin. »Immerhin hat er das Kahs-wan hinter sich.«

»Kahs-wan? Das ist doch ein vulkanisches Ritual, oder?«

»Es handelt sich nicht um ein Ritual, sondern um einen Überlebenstest«, entgegnete Korsal. »Vergleichbar mit der entsprechenden klingonischen Prüfung, der sich jeder Junge unterziehen muß. Als Karl in das richtige

Alter kam, befanden sich nicht mehr genug Klingonen auf Nisus, um beim Test die Aufsicht zu führen. Ich bat um die Erlaubnis, ihn am Kahs-wan teilnehmen zu lassen, und die Vulkanier erhoben keine Einwände. Woraus folgt: Sie müssen Karl selbst fragen, Doktor. Er hat das Recht, eine eigene Entscheidung zu treffen.«

McCoy lächelte. »Das finde ich reizend — ein Klingone, der das Kahs-wan hinter sich bringt! Auf Nisus stehen die UMUK-Prinzipien wirklich hoch im Kurs, wie?«

»Ich glaube schon«, antwortete Korsal. »Obwohl mir diese Ausdrucksweise neu ist. Kehren Sie bald nach Nisus zurück, Doktor?«

»Vermutlich innerhalb der nächsten Stunde. Warum?«

»Wären Sie so nett, meiner Frau eine Nachricht zukommen zu lassen? Bestimmt hat sie gehört, daß es Kevin und mir gut geht, aber ich konnte nicht selbst mit ihr sprechen — für alle Kom-Kanäle des Schiffes gilt Prioritätsstatus.«

»Ja, natürlich«, sagte McCoy.

»Man hat mir nicht einmal gestattet, die Warnung in Hinsicht auf den Damm direkt zu übermitteln«, fügte Korsal hinzu. »Nun, Ihr Kommunikationsoffizier hat sie inzwischen sicher weitergeleitet.«

»Der Damm?« fragte McCoy verwirrt.

»Die Sicherheitsschleusen — deshalb waren wir in den Bergen, als uns der Sturm überraschte«, erklärte Korsal. »Wenn sie nicht repariert werden, könnten mehr große Eisschollen ins Reservoir geraten und die Turbinen beschädigen. Dann besteht die Gefahr, daß das Kraftwerk ausfällt.«

»Warum benutzen Sie auf Nisus keine Sonnen- oder Fusionsenergie?«

»Es ist ein Wasserplanet, wie die Erde«, erwiderte der Klingone. »Der Damm wurde ohnehin gebraucht, und deshalb war es einfacher, ein Wasserkraftwerk zu bauen. Ein Fusionsreaktor wäre weitaus aufwendiger gewesen. Außerdem: Die Atmosphäre filtert einen großen Teil des Sonnenlichts, und deshalb liefert es nicht genug Energie. Die relativ hohe Temperatur auf Nisus verdanken wir nicht etwa direkter Sonneneinstrahlung, sondern einem ausgeprägten Treibhauseffekt.«

»Nun, ich bin Arzt, kein Techniker.« McCoy schmunzelte. »Ich frage Lieutenant Uhura, ob sie die Warnung tatsächlich weitergeleitet hat. Wissen Sie, ich kann es nicht ausstehen, wenn plötzlich die Stromversorgung zusammenbricht — so etwas passiert immer während einer Operation.«

Die Mitarbeiter des Bordarztes verbanden Korsal und Kevin mit mehreren Geräten, die ihre Bio-Funktionen überwachten und das Stimulans verabreichten. Kurze Zeit später trat Arthur ein, um die ersten beiden Behälter mit Blut zu füllen, und dann kam der Captain.

Korsal hatte von James T. Kirk gehört und sich einen weitaus eindrucksvolleren Mann vorgestellt. Er sah nun einen durchschnittlich großen Menschen mit hellbraunem Haar, der ebenso nervös und abgespannt wirkte wie alle anderen.

Doch dann spürte der Klingone Kirks starke Persönlichkeit, als der Captain lächelte und sagte: »Ich möchte Ihnen beiden danken. Aufgrund Ihrer Hilfsbereitschaft haben wir nun einen Impfstoff für alle Personen, deren Blut auf Eisen basiert.«

»Und die anderen?« fragte Kevin. »Es bedeutet …«

»Es bedeutet, daß ungefähr die Hälfte aller Bürger von Nisus geschützt werden können«, unterbrach Korsal seinen Sohn. »Davon hören wir erst jetzt, Captain. Es tut mir leid.«

»Es tut Ihnen leid?«

»Wir haben auch vulkanische, rigelianische und orionische Freunde. Sie sind nach wie vor in Gefahr.« *Ebenso wie Seela.*

»Unser Blut würde ohnehin nicht genügen, Vater«, meinte Kevin.

»Das stimmt«, bestätigte Kirk. »Aber die Impfung des medizinischen Personals gewährleistet Behandlung und Pflege der Erkrankten. Und bei jenen Personen gemischter Herkunft, in deren Adern Blut auf Eisenbasis fließt, beugt das Serum weiteren Mutationen vor. Sie haben uns sehr geholfen, und dafür sind wir Ihnen dankbar.«

Korsal lächelte und achtete darauf, nicht die Zähne zu zeigen. »Sie danken uns für etwas, auf das wir keinen Einfluß haben — einen Blutfaktor.«

»Aber Sie sind bereit, selbst ein Opfer zu bringen, um andere Leute zu retten. Nun, kann ich Ihren Aufenthalt an Bord irgendwie angenehmer gestalten?«

»Ihre Besatzung behandelt uns so, als gehörten wir zur Familie des Imperators«, sagte Korsal.

»Da fällt mir ein — ich habe eine gute Nachricht für Sie.« Kirk sah Kevin an. »Kevin Katasai, es ist mir eine Ehre und ein Vergnügen, Ihnen folgendes mitzuteilen«, fuhr er fort und siezte den Jungen. »Man hat Sie für das Studium an der Starfleet-Akademie zugelassen. Soweit ich weiß, haben Sie Ihre Ausbildung auf Nisus bis Sternzeit 4100 beendet.«

»Das ist korrekt«, antwortete Kevin in einem Tonfall, der Korsal darauf hinwies, daß sein Sohn die betreffende Sternzeit schon vor einer ganzen Weile ausgerechnet hatte.

»Das nächste Studiensemester beginnt 4168«, sagte Kirk. »Ich empfehle Ihnen, sich bis dahin bei den jeweils zuständigen Stellen der Starfleet-Akademie zu melden.«

Korsal beobachtete, wie Freude in Kevins Augen funkelte, als er die Hand des Captains schüttelte. »Ich fühle mich sehr geehrt, Sir. Auch deshalb, weil diese Informationen von Ihnen stammen. Ich habe viel über Sie gelesen …«

»Und deshalb fangen Sie nun damit an, alle meine Rekorde zu brechen?« Kirk schmunzelte.

»Dazu wäre niemand imstande, Sir«, entgegnete Kevin. »Darüber hinaus strebe ich keine Kommando-Karriere an. Ich möchte Techniker werden, wie mein Vater. In Starfleet kann ich Raumschiffe entwerfen, die noch schneller und weiter fliegen als die *Enterprise.* Schiffe, die in nur wenigen Tagen viele hundert Lichtjahre entfernte Welten erreichen. Oder ... vielleicht sind sie gar nicht notwendig. Stellen Sie sich einen Transporter vor, der es ermöglicht, sich von Nisus direkt zu Erde zu transferieren!«

Einige Sekunden lang schwieg der Junge verlegen. »Bitte entschuldigen Sie, Sir. Es ist nur ... Ich bin so aufgeregt. Mein größter Wunsch geht nun in Erfüllung.«

»Ich kann Ihre Aufregung gut verstehen.« Kirk wandte sich an Korsal. »Akzeptieren Sie die Entscheidung Ihres Sohns?«

»Er hat ein Recht darauf. Das Studium an der Starfleet-Akademie kann ihm bestimmt nicht schaden. Ganz im Gegenteil: Sicher gereicht es ihm zum Vorteil, die Föderation außerhalb von Nisus kennenzulernen. In vielerlei Hinsicht ist er zu behütet gewesen.« Diesmal wirkte Korsals Lächeln gezwungen — zweifellos wurde Kevin an der Akademie mit offenen Vorurteilen konfrontiert.

Andererseits ... Starfleet Command hatte gewisse Vorurteile überwunden, wenn ein klingonischer Hybride an der Akademie studieren durfte. Korsal wußte, daß sein Sohn mutig genug war, sich allen Herausforderungen zu stellen. »Ich bin stolz auf Kevins Leistungen«, sagte er und fügte hinzu: »Captain, könnten Sie hier zwei Computerterminals installieren lassen? Während der vergangenen Tage hat mein Sohn einige Lektionen versäumt.«

»Ich dachte, die Schulen seien geschlossen«, erwiderte Kirk.

»Ja, aber die Schüler haben den Auftrag erhalten, sich

mit jenem Lehrstoff zu befassen, der von Computern vermittelt werden kann.«

Kevin nickte. »In Mathematik und Physik bin ich dem Lehrplan weit voraus. Wenn die Schulen wieder geöffnet werden, verbringen wir wahrscheinlich die ganze Zeit damit, über Literatur und Dichtkunst zu reden.«

Solche Themen wurden an den Schulen, die Korsal besucht hatte, nur am Rande behandelt. Er war sehr überrascht gewesen, als er feststellte, daß sie an den Bildungsinstituten der Föderation eine wesentlich größere Rolle spielten. Kevins Gesichtsausdruck gab zu verstehen, daß er ihre Erörterung für Zeitverschwendung hielt.

Kirk musterte den Jungen. »Du hältst nicht viel von Literatur und Dichtkunst?« fragte er und duzte ihn nun.

»Bei ihnen geht es nur um Erfundenes«, antwortete Kevin. »Reale Dinge sind mir lieber.«

Der Captain lachte. »Um etwas zu erfinden, braucht man Phantasie — die Voraussetzung für jeden guten Ingenieur. Kevin, jemand mußte sich Raumschiffe *vorstellen,* bevor sie entworfen und gebaut werden konnten. Außerdem geht es in der Literatur um *Personen.* Und wenn du genauer darüber nachdenkst: Dein ganzes Leben lang wirst du es mit irgendwelchen Leuten zu tun haben. Bei den Beziehungen mit ihnen gibt es viele verschiedene Möglichkeiten. Du kannst sie nicht alle selbst erleben, aber im Lauf der Jahrhunderte haben Schriftsteller sie in allen Einzelheiten beschrieben. Laß mich mal überlegen ... Hast du jemals *The Canterbury Tales** von Geoffrey Chaucer gelesen?«

»Nein, aber dieser Titel steht auf unserer Leseliste.«

»Mein Erster Offizier Spock liest das Buch, seit er sich

* The Canterbury Tales: 1827 erschienen sie unter dem deutschen Titel ›Canterburysche Erzählungen‹ — eine Sammlung von Versnovellen, die von 29 Teilnehmern einer Wallfahrt zum Grab des heiligen Thomas von Canterbury erzählen und durch eine Rahmengeschichte zusammengehalten werden. — *Anmerkung des Übersetzers.*

in der Isolation befindet — er meinte, sein Vater hätte darüber gesprochen, und deshalb wollte er sich eingehender damit befassen. Ich weiß also, daß jenes Werk in unserem Bibliothekscomputer gespeichert ist. Es sei dir zur Lektüre empfohlen, während du hier herumsitzt und nichts Besseres zu tun hast, als die Welt zu retten.«

»Die halbe Welt«, sagte Kevin. Und dann, etwas fröhlicher: »Ich würde mich viel lieber mit der Konstruktionsstruktur Ihres Warptriebwerks beschäftigen.«

Kirk lachte. »Laß uns einen Kompromiß schließen. Ich stelle einen Lehrkursus für dich zusammen, der sowohl die *Canterbury Tales* als auch Informationen über den historischen Hintergrund des mittelalterlichen Europa auf der Erde berücksichtigt. Später sprechen wir darüber, und dann kannst du mir erklären, was die Canterbury-Pilger und ihre Welt mit Nisus verbindet. Als Gegenleistung bitte ich unseren Chefingenieur darum, dir das Warptriebwerk zu *zeigen.* Abgemacht?«

»Ja.« Kevin nickte.

Korsal begriff nun, warum Kirk in dem Ruf stand, ein guter Diplomat zu sein. Er bat um ein zweites Terminal für sich, mit Zugriff auf die Epidemie-Daten. Wenn er ein Modell in bezug auf die Impfung der Personen erstellte, die mit dem Immunitätsfaktor im klingonischen Blut geschützt werden konnten — vielleicht erleichterte er damit einen effizienten Einsatz des Serums.

»Natürlich«, sagte Kirk. Er ging zum nächsten Wand-Interkom, doch bevor er Gelegenheit bekam, das Gerät einzuschalten, erklang die Stimme einer Frau aus dem Lautsprecher und nannte den Namen des Captains.

»Hier Kirk.«

»Uhura. Inzwischen gilt der Prioritätsstatus nicht mehr für alle Kom-Kanäle, und ich habe damit begonnen, persönliche Nachrichten weiterzuleiten. Eine stammt von dem klingonischen Techniker Korsal und betrifft den Damm ...«

»Khest!« entfuhr es Korsal. »Die Warnung ist noch

nicht übermittelt worden? Dann weiß niemand etwas von der defekten Sicherheitsschleuse!«

»Soll ich sie senden, Captain? Die Sicherheitsabteilung argwöhnt eine Art Code.«

»Die Mitteilung hat Vorrang vor allen anderen!« erwiderte Kirk scharf. Etwas ruhiger fügte er hinzu: »Von einem Code kann keine Rede sein. Die Nachricht ist genau das, was sie zu sein scheint — eine Warnung. Sie muß den genannten Empfänger sofort erreichen, außerdem alle anderen Techniker auf Nisus, die nicht im Hospital behandelt werden.«

Der Captain drehte sich zu Korsal um. »Es tut mir leid. Wenn ich Bescheid gewußt hätte ... Ist die Situation sehr ernst?«

»Offenbar kam es zu keinen weiteren Zwischenfällen, denn sonst wäre im Kraftwerk ein Alarm ausgelöst worden. Aber wenn Tauwetter einsetzt ... Dann könnten Eisschollen bis zum Reservoir gelangen und die Turbinen beschädigen. Nach dem Überprüfen der ersten Sicherheitsschleuse gerieten Kevin und ich in den Sturm — vielleicht sind auch die anderen zerstört. Alle müssen kontrolliert und gegebenenfalls repariert werden, sobald sich das Wetter bessert. Sonst produziert das Kraftwerk bald keinen elektrischen Strom mehr, und dann wäre der Kampf gegen die Epidemie verloren.«

KAPITEL 26

James T. Kirk verließ das Zimmer der beiden Klingonen und begegnete McCoy, der gerade durch die Dekontaminierungsschleuse der Quarantänestation trat. »Wie geht es Amanda?«

»Sie ist schwach, klammert sich jedoch am Leben fest. Ich habe sie mit dem Serum behandelt — jetzt können wir nur noch abwarten.«

»Bist du bei Spock und Sarek gewesen?«

»Ja. Hast du mit ihnen gesprochen, Jim?«

»Mit Spock. Wieso?«

»Ist dir dabei nichts aufgefallen?« fragte McCoy.

»Pille, ich muß noch immer das Problem lösen, Sendet und seine Freunde aus dem Maschinenraum zu holen, ohne die Türen aufzusprengen.«

»O ja. Habe ich ganz vergessen. Irgendwelche Fortschritte?«

»Noch nicht. Aber Scotty ist jetzt nicht mehr in der Krankenstation: Er findet bestimmt einen Weg, um auf dem Maschinendeck das eine oder andere Schott zu öffnen. Nun, was hat es mit Spock und Sarek auf sich?«

»Die *Zeit,* Jim. Du kennst ja das verdammte vulkanische Zeitgefühl. Sarek hatte nichts anderes zu tun, als sich um Amanda Sorgen zu machen. Der Translator weigerte sich, einige seiner Bemerkungen zu übersetzen, aber ich schätze, es paßt ihm nicht, daß er seit drei Tagen nur Däumchen drehen kann. Seit *drei* Tagen, Jim.«

»Was? Soll das heißen, weder Spock noch Sarek ...?«

»Du hast es erfaßt. Und der Grund dafür ist mir ein

Rätsel. Was Spock betrifft ... Nun, es läßt sich nie vorhersagen, wie er auf irgendeinen Mikroorganismus reagiert. Aber Sarek ist durch und durch Vulkanier, und er riskierte die Ansteckung gleich zweimal: einmal im Rahmen der allgemeinen Gefahr, und anschließend nach der Infektion seiner Frau. Lieber Himmel, sie hinterließ einen tiefen Kratzer in seiner Wange, wodurch das Virus direkt ins Blut geriet. Trotzdem ist er *nicht krank.*«

»Liegt es vielleicht an der seltenen Blutgruppe, die Sarek und Spock teilen?« fragte Kirk.

»T negativ?« McCoy zuckte kurz mit den Schultern. »Nun, ich kann kaum glauben, daß alle Vulkanier auf Nisus andere Blutgruppen haben.«

»Was ist mit den Vulkaniern in der wissenschaftlichen Kolonie, die bisher nicht erkrankt sind? Pille ...«

»Ich verstehe, was du meinst.« McCoy trat zum Interkom. »Uhura, verbinden Sie mich mit Sorel und Corrigan — Notfall-Priorität.«

Einige Sekunden verstrichen, und dann ertönte eine ruhige Stimme. »Hier M'Benga. Sorel und Dr. Corrigan behandeln Patienten.«

»Vielleicht können Sie mir weiterhelfen, Geoff. Bitte stellen Sie fest, ob Vulkanier mit der Blutgruppe T negativ infiziert worden sind.«

»Einen Augenblick. Die Informationen sind in einer anderen Datei gespeichert. Ah, hier haben wir sie. Insgesamt sechs Vulkanier mit T negativ. Ich vergleiche die Namen jetzt mit den Krankenlisten. T'Ara: Virusart B, wieder gesund. Skitra: Virusart B, tot. Suter: Virusart B, wieder gesund. T'Gra: Virusart C, Zustand kritisch ...«

McCoy seufzte. »Danke, Geoff. Offenbar habe ich mir von der speziellen Blutgruppe zuviel erhofft.«

»Aber warum ist Sarek immun?« fragte Kirk.

»Versuchen wir, es herauszufinden«, schlug McCoy vor.

Einige Minuten später waren sie beide im Laboratorium und trugen Schutzkleidung. Leonard schaltete einen

Bildschirm ein und zeigte Jim, wie der klingonische Immunitätsfaktor das Virus tötete. Ganz im Gegenteil zu Sareks Blut: Dort schien sich der Krankheitserreger sehr wohl zu fühlen und begann mit einer ungehinderten Reproduktion.

»Spocks Vater ist also *nicht* immun«, sagte Kirk.

»Und trotzdem gesund«, brummte McCoy. »Zum Teufel auch, wir können Sarek und Spock ruhig aus der Quarantänestation entlassen — wie sollen sie jemanden anstecken, wenn sie nicht infiziert sind? Und sie möchten bestimmt nicht isoliert bleiben, bis wir ein Heilmittel gefunden haben.«

Unmittelbar nach ihrer Entlassung bestanden die beiden Vulkanier darauf, Amanda zu besuchen, doch McCoy lehnte ab, erlaubte ihnen nur, durchs Fenster des Behandlungszimmers zu sehen. Sareks Frau ruhte blaß und reglos auf einer Diagnoseliege. Allein der Herzschlag-Indikator verriet, daß sie noch lebte.

Spock dachte darüber nach, warum er sich ebensowenig angesteckt hatte wie Sarek. »Ich möchte Korsals Bericht sehen«, sagte er. »Die grafischen Darstellungen des Mutationsmusters.«

McCoy wies darauf hin, daß sich der klingonische Techniker nach wie vor in der Krankenstation befand. Sie schritten durch die Dekontaminierungsschleuse des Quarantänebereichs, erreichten kurz darauf ihr Ziel. Die beiden Computerterminals waren installiert worden, und Korsal arbeitete an einer Konsole. Mit gerunzelter Stirn betrachtete er zahlreiche bunte Punkte auf dem Monitor und sah auf, als die Gruppe hereinkam.

»Captain Kirk, haben Sie damit begonnen, Material und Personen von Nisus zur *Enterprise* zu transferieren?«

»Ja — immerhin ist die Krankheit bereits an Bord. Allerdings dauerte es eine Weile, bis wir zum erstenmal Personen heraufbeamten.«

»Gestern fand der erste Transfer statt«, sagte McCoy.

Korsal nickte. »*Sie* kehrten aus der wissenschaftlichen Kolonie zurück. Wer sonst noch?«

»Sorel und Corrigan. M'Benga. Einige unserer Krankenschwestern. Und mehrere Laboranten.«

»Dann könnten inzwischen beide Virusgattungen an Bord sein«, murmelte Korsal.

»Es gibt jetzt vier Arten«, warf McCoy ein.

»Nein, ich schätze, man sollte besser von *Sub*arten sprechen. Als ich von Ihnen hörte, daß unser auf Eisen basierendes Blut nur Schutz für die Hälfte der Nisus-Bevölkerung gewährt, habe ich das Diagramm modifiziert: Rot für Eisen, Grün für Kupfer und Weiß für Silicium. Personen mit Blut auf Silicium-Basis litten nur an der Krankheitsvariante A.«

»Wie groß ist die entsprechende Population?« erkundigte sich McCoy.

»Es sind insgesamt siebenundvierzig Individuen«, erwiderte Korsal. »Und *kein* Hybride verbindet Silicium mit Kupfer oder Eisen. Sehen Sie sich das Ausbreitungsmuster an: Weiß zu Weiß, Rot zu Rot, Grün zu Grün. Aber nicht nur die Mutationen zu gefährlichen Krankheitserregern finden in Leuten gemischter Herkunft statt, sondern auch die Entwicklung der Subarten. Hier haben wir Form B.«

Das bunte Durcheinander beschränkte sich jetzt nur noch auf drei Farben, und dadurch ließen sich die Mutationen deutlicher erkennen: Rot zu Rot zu Rot zu Rot — bis das Virus einen roten *und* grünen Punkt erreichte, jemanden, dessen Abstammung sowohl Blut auf Eisen- als auch auf Kupfer-Basis vereinte, wie bei Spock. Von jener Person gingen drei Muster aus: Rot zu Rot zu Rot, Grün zu Grün zu Grün bei Art B, und in diesem Fall Grün zu Grün zu Grün bei Art C.

Spock starrte auf den Bildschirm, und Kirk beobachtete, wie er mehrmals schluckte. »Doktor ...«, sagte er monoton. »Ich glaube, Sie sollten mich wieder in der Quarantänestation unterbringen.«

McCoy musterte den Vulkanier, den *halben* Vulkanier, wirkte erst verblüfft und dann kummervoll. »Ja«, entgegnete er schließlich. »Ich fürchte, Sie haben recht, Spock. Hoffen wir, daß Sie noch nicht kontagiös geworden sind.«

KAPITEL 27

Sorel erlaubte T'Pina, ihre Mutter zu pflegen — immerhin hatte sie sich bereits der Ansteckungsgefahr ausgesetzt. Wie alle anderen, die nicht krank waren oder sich von einer Infektion erholten, hatte die junge Frau pausenlos gearbeitet. Der Heiler rechnete damit, daß sich die ersten Symptome vor Ablauf von achtundvierzig Stunden einstellten, doch nach dem ersten Tag schien sie noch immer gesund zu sein.

T'Kar litt auch weiterhin an gefährlich hohem Fieber und blieb bewußtlos. Auf Nisus herrschte kein Mangel an Wasser, und deshalb verordnete Sorel ein kaltes Bad. Auf Vulkan hätte man den Körper der Patientin mit speziellen Geräten abkühlen müssen.

Viele andere Kranke brauchten ebenfalls Hilfe. Seit seiner Ankunft in der wissenschaftlichen Kolonie hatte Sorel nicht geschlafen — für einen Vulkanier war das durchaus möglich —, aber allmählich stieß auch er an seine Grenzen.

Das Serum für Personen mit Blut auf Eisenbasis bedeutete noch mehr Arbeit: Die Ärzte und Heiler kümmerten sich um Patienten, suchten nach Impfstoffen beziehungsweise Heilmitteln für Ansteckungsgefährdete mit anderen Blutarten und verabreichten die Immunität gewährende Substanz.

Korsal und seine beiden Söhne konnten nur eine gewisse Menge Blut zur Verfügung stellen. Sorels Sorge galt vor allem dem kleineren Jungen: Seine Kraft wurde fürs Wachstum gebraucht, doch Arzneien konzentrierten sie nun auf die Blutproduktion. Aber ihnen blieb keine Wahl. Man schickte Karl Katasai zur *Enterprise* und unterzog ihn dort der gleichen Behandlung wie Korsal und Kevin.

Es gab Prioritäten für den Einsatz des Serums: Patienten im kritischen Zustand, Ärzte und Krankenschwestern, Hybriden, deren Blut auf Eisen basierte und die erste Symptome zeigten, schließlich die übrigen Bürger, wobei Kinder Vorrang hatten. Doch der Vorrat reichte nur für die ersten beiden Kategorien und einen Teil der dritten.

Wenigstens ist Daniel jetzt geschützt, dachte Sorel, als er das Serum seinem langjährigen Freund und Kollegen verabreichte.

»Im Gegensatz zu dir und T'Mir«, kommentierte Corrigan den unausgesprochenen Gedanken des Heilers.

Sorel hob verblüfft die Brauen — Daniels ESP-Faktor war praktisch gleich null. Der Mensch sah ihn an, blickte dann auf die Hand des Vulkaniers, die um seinen Arm geschlossen blieb. »Du bist *erschöpft*«, sagte er. »Andernfalls hättest du deine mentalen Schilde nicht so weit gesenkt.«

»Andernfalls hätte ich ...« Sorel unterbrach sich und holte tief Luft. »Entschuldige bitte, Daniel.«

»Wofür? Weil du mir bewiesen hast, daß ich zur Familie gehöre? Für einen solchen Schnitzer würdest du T'Mir sicher nicht um Verzeihung bitten.«

»Wenn wir nach Vulkan zurückkehren, solltest du dich einem neuen Test unterziehen«, sagte Sorel. »Die Bindung mit einer Vulkanierin scheint deinen ESP-Faktor erhöht zu haben.«

»Lenk nicht vom Thema ab. Wenn dir psychische Fehler unterlaufen, so sind auch physische möglich — und damit brächtest du nicht nur dich selbst in Gefahr, sondern auch Patienten. Ich beherzige deinen Rat und mache alle paar Stunden ein Nickerchen, aber du bist die ganze Zeit über wach gewesen. Sorel, du wirst erst dann wieder jemanden behandeln, wenn du mindestens sechs Stunden lang geschlafen hast. Das ist eine ärztliche Anweisung!«

Daniel hatte recht. Der Heiler fügte sich widerstrebend und benutzte eine Meditationstechnik, um einzuschlafen. Als er erwachte, fühlte er sich frisch und ausgeruht, wenn auch genauso besorgt wie vorher. Nicht ohne Grund: Es gab sieben neue Fälle der Krankheitsvariante D, ausnahmslos Personen mit Blut auf Kupferbasis. Ein Heilmittel existierte nicht; nur die Symptome konnten behandelt werden.

Kaltes Wasser und Eisbäder richteten nichts gegen das hohe Fieber T'Kars aus. Zweimal kam es zu Konvulsionen. T'Pina blieb an ihrer Seite, wechselte das Eis, wenn es schmolz. Ihre Augen verrieten Sorge und Kummer, doch das Gesicht verharrte in vulkanischer Ausdruckslosigkeit. Die Blässe war kein Anzeichen einer Infektion, sondern von Erschöpfung.

T'Pinas metabolische Werte entfernten sich nicht von der vulkanischen Norm, und das Fehlen von Symptomen überraschte Sorel. »Rufen Sie sofort um Hilfe, wenn Sie Fieber bekommen«, forderte er sie auf. Eine menschliche Krankenschwester, die sich um T'Kar kümmerte, erhielt von ihm den Auftrag, T'Pina in Abständen von jeweils einer halben Stunde zu untersuchen.

Jene Ärzte und Pfleger, die mit dem Serum geimpft worden waren, brauchten jetzt keine Schutzkleidung mehr zu tragen. Zufrieden beobachtete Sorel, wie sich Terraner, Lemnorianer, Caitianer und Hemaniten erholten.

Doch die frei werdenden Betten füllten sich rasch mit Vulkaniern, Orionern und Rigelianern. Zwei Drittel der Patienten starben innerhalb der ersten zwölf Stunden.

Im Computerraum zeigte McCoy dem vulkanischen Heiler neue Daten. »Sendet brachte nur eine Krankheit an Bord, die Personen mit Blut auf Eisenbasis bedrohte

— und für die wir inzwischen ein Heilmittel haben. Aber wir gaben allen anderen Arten und Subarten Gelegenheit, sich in der *Enterprise* auszubreiten!«

»Wir hatten keine Ahnung, Leonard.«

»Nein.« Der menschliche Arzt nickte. »Wir wußten nichts davon.« Voller Abscheu fügte er hinzu: »Bisher habe ich gehofft, daß Sendet die von ihm eingebrockte Suppe selbst auslöffeln muß.«

Sorel verstand diese terranische Redewendung. »Das meinen Sie nicht im Ernst«, widersprach er. »Sie wünschen niemandem, der Krankheit zum Opfer zu fallen.«

»Nein«, bestätigte McCoy. »Ich habe genug Leute gesehen, die sich ansteckten und starben.«

Das Interkom summte. Der Bordarzt betätigte eine Taste, drückte dabei fester zu, als es notwendig war. »Hier McCoy.«

»Gardens, Krankenstation der *Enterprise.* Doktor, vielleicht sollten Sie an Bord zurückkehren. Bei Mr. Spock haben wir gerade totalorganisches Versagen diagnostiziert.«

KAPITEL 28

James T. Kirk war gesund, gehörte weder zum Medo-Personal noch zu den Leuten gemischter Herkunft — woraus folgte, daß sein Name ganz unten auf der Impfungsliste stand. Er saß an Bord der *Enterprise* fest. Alle Personen, die nach Amandas Ansteckung durch Sendet und vor ihrer Unterbringung in der Quarantänestation mit Sareks Frau in Kontakt gerieten, waren inzwischen mit dem Serum behandelt worden. Es schien zu klappen: Niemand erkrankte, abgesehen von Spock.

Da sein Name auf der Prioritätsliste fehlte, durfte Kirk seinen Ersten Offizier Spock nicht besuchen. McCoy wies ihn darauf hin, er sei kein Arzt und könne dem bewußtlosen Vulkanier ohnehin nicht helfen. Aber aus irgendeinem Grund gewann der Captain den irrationalen Eindruck, daß ihn sein Freund brauchte, daß er imstande war, zusätzlichen Überlebenswillen in ihm zu wecken.

Für Amanda bestand inzwischen keine Gefahr mehr. Sie erholte sich langsam, und die Krankheit ihres Sohns erfüllte sie mit großer Sorge. Sarek verbrachte viel Zeit bei ihr, und McCoy sah darin kein großes Risiko. »Alle Mitarbeiter der Medo-Sektion sind geimpft«, erklärte der Bordarzt. »Bei uns kann sich Sarek also nicht anstecken. Entweder hat er sich das Virus bereits von Spock eingefangen, oder er ist sicher — es sei denn, der auf Kupferblut spezialisierte Mikroorganismus gelangte durch unsere Unachtsamkeit an Bord.«

»So wie Sendet den ersten Krankheitserreger zu uns brachte«, erwiderte Kirk grimmig.

»Es wird sich bald herausstellen«, sagte Leonard. »Wir filtern die Luft nicht nur in den Quarantänebereichen, sondern in der ganzen Krankenstation. Sorel und die anderen Vulkanier bleiben derzeit auf dem Planeten. Sie haben einen Test entwickelt, der über eine Infektion Auskunft gibt, bevor sich die ersten Symptome einstellen.« Der Bordarzt rieb sich müde die Augen. »Das Serum hat unsere Situation zumindest *ein wenig* verbessert. Ich frage mich, warum wir trotzdem mehr zu tun haben als vorher ...«

»Das Problem ist nur zum Teil gelöst«, meinte Kirk. »Und wir benötigen den Impfstoff in größeren Mengen.«

»Ich kann Korsal und seinen Söhnen nicht für unbegrenzte Zeit Stimulanzien verabreichen«, brummte McCoy. »Sie sind weniger gefährlich als jene Arzneien, die ich damals bei Spock verwendete, als wir viel Blut für Sareks Herzoperation brauchten. Aber sie erhöhen die Blutproduktion auch nur um fünfundzwanzig und nicht um zweihundert Prozent, so wie die rigelianischen Medikamente.«

»Die rigelianischen Mittel ...«, begann Kirk.

»Wirken nur bei Personen mit Blut auf Kupferbasis«, beendete McCoy den Satz.

Der Captain schüttelte den Kopf. »Pille, hast du dir jemals gewünschst, daß es in unserer Nähe von Klingonen wimmelt?« Plötzlich fiel ihm etwas ein. »He, einen Augenblick. Vielleicht können wir da nachhelfen.«

»Wie?« McCoys Frage bewies, wie müde und abgespannt er war.

Kirk verließ das Büro des Bordarztes, eilte zur Korsal und seinen beiden Söhnen. Als er dort den kleineren Jungen musterte, rief er: »Pille! Komm her!«

Karl schlief, doch die laute Stimme des Captains weckte ihn nicht. Der Vater und Kevin waren sofort an seiner Seite. »Was ist los mit ihm?« fragte Korsal, als McCoy hereinkam.

Leonard betrachtete die Anzeigen der Bio-Indikatoren über dem Bett. Für Kirk bedeuteten sie nichts, denn er hatte keine Ahnung, welche Werte bei einem klingonisch-terranischen Hybriden normal sein mochten.

Der Arzt hob das rechte Lid des Reglosen und leuchtete ins Auge. Daraufhin bewegte sich der Junge, stieß Leonards Hand beiseite, rollte sich auf die andere Seite und schlief weiter.

»Keine Sorge«, sagte McCoy. »Er ist nur erschöpft. Das Stimulans wird sofort abgesetzt — es belastet ihn zu sehr.«

Korsals Blick wechselte zwischen seinem Sohn und dem Arzt hin und her. Kirk bemerkte gemischte Gefühle im Gesicht des Klingonen. »Hat ihm die Behandlung wirklich nicht geschadet?«

»Sehen Sie zu den Indikatoren«, erwiderte McCoy. »Sie sind so justiert, daß schon ein ganzes Stück über der Gefahrenzone Alarm gegeben wird. Ich nehme an, in einigen Minuten wäre eine Warnung erfolgt. Korsal, mit Ihrer Hilfe konnten wir vielen Personen das Leben retten. Glauben Sie, wir bedanken uns dafür, indem wir Ihren Sohn in Gefahr bringen?«

»Nein. Ihre Vorsichtsmaßnahmen sind mir nicht entgangen. Aber jetzt sinkt die Produktion des Serums um ein Drittel.«

»Kommt darauf an«, warf Kirk ein.

Korsal starrte ihn an und runzelte die Stirn. »Wie meinen Sie das?«

»Das Imperium hat Sie sicher nicht auf einem Föderationsplaneten zurückgelassen, ohne es Ihnen zu ermöglichen, einen Kom-Kontakt herzustellen.«

»Ich erstatte regelmäßig Bericht, doch meine Aufgabe besteht darin, wissenschaftliche Daten zu sammeln und weiterzuleiten.«

»Wie dem auch sei: Sie können sich mit Ihrer Heimat in Verbindung setzen, oder?«

»Ja. Warum?«

»Der Grund für meine Frage sollte Ihnen eigentlich klar sein! Selbst Klingonen ignorieren keinen medizinischen Notruf. Als Sie erfuhren, daß wir aus klingonischem Blut einen Impfstoff gewinnen können ... Warum haben Sie nicht sofort Freiwillige nach Nisus gerufen? Sie kennen uns sicher gut genug, um zu wissen, daß wir Ihren Artgenossen keine Falle stellen würden.«

Korsal erwiderte den Blick des Captains mit unerschütterlicher Gelassenheit. Kevin riß verblüfft die Augen auf und wandte sich an seinen Vater. »Ich wußte gar nicht, daß du einen direkten Kontakt zum Imperium herstellen kannst. Warum hast du bisher darauf verzichtet, diese Möglichkeit wahrzunehmen?«

Korsal kehrte langsam zu seinem Bett zurück und setzte sich. »Ich kann tatsächlich eine Nachricht senden, die den nächsten imperialen Außenposten in etwa zwei Tagen erreicht. Aber ich hielt es für besser, nicht über die gegenwärtige Situation auf Nisus zu berichten. Captain, wissen Sie eigentlich, um was Sie mich bitten?«

»Um Hilfe von Klingonen. Wollen Sie etwa behaupten, daß die menschlichen Vorurteile gerechtfertigt sind? Wenn ein Klingone am Straßenrand einen verblutenden Terraner sähe — würde er ihn ausrauben und dann dem Tod überlassen?«

»Jim!« protestierte McCoy.

Korsal sah auf, und diesmal zeigte sein Lächeln die Spitzen der Zähne — eine Warnung. Kirk hatte diesen klingonischen Gesichtsausdruck häufig gesehen, aber noch nie bei Korsal.

»Sie sind Soldat, Captain«, sagte der Techniker. »Damit unterscheiden Sie sich von den übrigen Angehörigen Ihres Volkes. Auch ich nehme eine Außenseiterrolle ein — weil ich *kein* Soldat bin. Trotzdem ist mir die militärische Denkweise vertraut.

Wenn ich dem Imperium einen medizinischen Notruf übermitteln würde, wäre es sicher bereit, Hilfe zu schikken«, fuhr Korsal fort. »Aber denken Sie daran: Die betreffenden Klingonen kehren sicher mit einem vollständigen Bericht zurück. Haben Menschen jemals einen biologischen Krieg geführt, Captain?«

Die Eugenischen Kriege. In Kirks Magengrube krampfte sich etwas zusammen. »Wir sehen darin ein besonders abscheuliches Verbrechen«, antwortete er.

»Was bedeutet, daß Terraner Gelegenheit bekamen, entsprechende Erfahrungen zu sammeln. Bei Klingonen gilt so etwas ebenfalls als verwerflich und unehrenhaft. Andererseits: Wenn dem Militär eine bestimmte Waffe zur Verfügung steht ...«

»... so wird sie früher oder später eingesetzt.« Kirk nickte widerstrebend. »Eine bittere Weisheit.«

»Und Bestandteil der Realität«, betonte Korsal. »Verstehen Sie jetzt, Captain? Das Virus ist zu tödlichen Arten und Subarten mutiert. Es bedroht alle Völker der Föderation — aber Klingonen sind immun. Mit anderen Worten: Es stellt eine Waffe dar, die Sie nicht gegen uns verwenden können.

Sie sind alles andere als naiv und dumm, James Kirk. Stellen Sie sich die Konsequenzen vor. Wir Klingonen glauben zwar an die Ehre der direkten Konfrontation, aber bestimmt gibt es einige Generäle — einer genügt! —, die bereit wären, eine offensive Strategie auf der Basis des Virus zu entwickeln. Sobald es sich auf den Föderationswelten ausbreitet ...«

»Kein Heilmittel für die vielen Bürger mit Blut auf Kupferbasis«, murmelte McCoy. »Was Menschen und andere Völker mit auf Eisen basierendem Blut betrifft ...«

»Nur der klingonische Immunitätsfaktor könnte sie vor dem Tod bewahren«, sagte Kirk. »Wozu wären planetare Regierungen bereit, um das Leben von Myriaden Bürgern zu retten?« Er unterdrückte ein Schaudern.

»Außerdem könnten sich Terraner und andere in ... Vampire verwandeln — ich glaube, so heißt der richtige Ausdruck«, fügte Korsal hinzu. »Vampire, die Klingonen auflauern ...«

»O Gott«, hauchte McCoy. »Er hat recht. Vermutlich würden wir nicht davor zurückschrecken, imperiale Schiffe zu überfallen, um uns den Impfstoff zu beschaffen — mit der Rechtfertigung, daß Klingonen für die interstellare Epidemie verantwortlich sind.«

Übelkeit stieg in Kirk empor. »Ich wußte nicht, daß es Klingonen gibt, die einen Krieg verhindern wollen.«

»Ein biologischer Krieg ist grauenvoll«, entgegnete Korsal. »Normale Klingonen streben ein solches Entsetzen sicher nicht an. Aber um eine terranische Redensart zu zitieren: Ausnahmen bestätigen die Regel.«

»Ja, ich weiß.« Kirk seufzte. »Es tut mir leid, Korsal. Dem Himmel sei Dank, daß Sie sich alles gründlich überlegt haben.«

»Extrapolation fällt in den Zuständigkeitsbereich des Wissenschaftlers«, lautete die Antwort.

»Vater ...«, sagte Kevin. »Jetzt verstehe ich, warum du keine Einwände gegen mein Studium an der Starfleet-Akademie erhoben hast.«

Korsal sah zu seinem Sohn, und als er schwieg, fuhr Kevin fort: »Ich habe eigentlich damit gerechnet — immerhin hättest du bald entscheiden müssen, ob du ins Imperium zurückkehrst oder in der Föderation bleibst. Angenommen, du wärst bereit gewesen, dich wieder auf einem klingonischen Planeten niederzulassen und fürs Imperium zu arbeiten. Angenommen, ich würde trotzdem an der Starfleet-Akademie studieren ... Dann könnten wir uns irgendwann als Feinde begegnen. Jetzt ist alles anders. Bevor meine Studienzulassung kam, brach die Epidemie aus — und wir sind immun. Du lehnst es aus gutem Grund ab, das Imperium darüber zu informieren. Und deshalb kannst du nie wieder heimkehren.«

KAPITEL 29

Es behagte Leonard McCoy nicht, Spock dem Medo-Personal der Krankenstation zu überlassen, als er sich wieder zur wissenschaftlichen Kolonie beamte. Dort sprach er sofort mit Sorel. »Ich brauche einen vulkanischen Heiler. Meine Güte, ich habe Spock häufig behandelt, wenn er erkrankte oder verletzt wurde, aber diesmal bin ich mit meinem Latein am Ende. Körpertemperatur und Blutdruck verändern sich dauernd, tanzen wie ein Jo-Jo auf und ab. Er hatte Nasenbluten. Wenn er das Bewußtsein wiedererlangt, übergibt er sich dauernd — obwohl sein Magen völlig leer ist. Er kann nicht einmal Wasser bei sich behalten. Beim letztenmal hat er Blut erbrochen. Derzeit bekommt er eine Transfusion, aber es sieht verdammt schlecht für ihn aus.«

Sorel trug Schutzkleidung — was McCoy daran erinnerte, das es noch immer keinen Impfstoff für Vulkanier gab. »Wir haben vereinbart, daß sich niemand mit Blut auf Kupferbasis an Bord der *Enterprise* beamt, Leonard«, erwiderte der Heiler. »Sind noch andere Vulkanier erkrankt, abgesehen von Spock?«

»Nein.«

»Nehmen Sie Dr. M'Benga mit. Ein mentaler Kontakt ist für die Behandlung nicht nötig. Geoffrey kann sich ebensogut um Spock kümmern wie ich.«

McCoy beugte sich der Logik und begann mit der Suche nach dem menschlichen Arzt. M'Benga schlief auf einer Couch, und als er die Lider hob, offenbarte er müde, blutunterlaufene Augen. Leonard beschrieb Spocks Symptome, und sein Kollege sprang sofort auf. »Das vulkanische Intervallsyndrom!« entfuhr es ihm. »Wenn wir nichts dagegen unternehmen, bluten in einigen Stunden seine Schleimhäute — und dann erhalten ihn keine Transfusionen mehr am Leben.«

»Wie sollen wir vorgehen?« fragte McCoy.

»Mit Antigerinnungsmitteln und Druck an bestimmten Stellen. Ich zeige es Ihnen.«

»*Anti*gerinnungsmittel?« wiederholte McCoy. Er fürchtete plötzlich, daß sich M'Benga von tiefer Erschöpfung zu fatalen Fehlern verleiten ließ.

»Gerinnung in den Kapillargefäßen preßt das Blut durch die Schleimhäute. Vulkanier sind keine Menschen, Leonard.«

»Spock ist zur *einen Hälfte* Mensch«, erinnerte McCoy.

»Aber nicht in physiologischer Hinsicht. In seiner anatomischen Struktur existieren nur wenige terranische Aspekte. Spock ist der erste vulkanisch-menschliche Hybride; in den Medo-Seminaren der Akademie haben wir uns gründlich mit diesem einzigartigen Fall befaßt. Ich freue mich über die Chance, ihn zu untersuchen — obwohl mir weniger ernste Umstände lieber wären.«

Die vor dem Transfer notwendigen Dekontaminierungsverfahren schienen eine Ewigkeit zu dauern, aber anschließend konnten die beiden Ärzte sicher sein, daß von ihnen keine Ansteckungsgefahr ausging.

M'Bengas Wissen beeindruckte McCoy. Geoffrey überprüfte die von den Bio-Indikatoren angezeigten Werte, verordnete Arzneien und sorgte dafür, daß die Temperatur im Zimmer um einige Grad stieg. »Jetzt müssen wir nacheinander Druck auf die Hauptadern ausüben, um das Blut durch die Kapillargefäße zu zwingen — damit es dort nicht gerinnt. Durch den normalerweise sehr geringen vulkanischen Blutdruck ergeben sich bei solchen Krankheiten zusätzliche Probleme. Mit den plötzlichen Veränderungen versucht der Körper, die Kapillargefäße zu reinigen.«

M'Benga drückte auf die erste Hauptader, ließ sie einige Sekunden später wieder los — daraufhin floß das Blut schneller, wie Wasser, das sich hinter einem Damm gestaut hatte und plötzlich einen Durchlaß fand. Systematisch behandelten sie den ganzen Körper, übten immer wieder Druck aus, bis ihre Finger taub wurden. Trotzdem setzten sie ihre Bemühungen fort, um Spocks Leben zu retten.

Schließlich hielt M'Benga inne, nahm eine kleine Blutprobe und untersuchte sie im Laboratorium. »Alles in Ordnung«, sagte er. »Normale Konsistenz. Wenn das Herz stark genug bleibt, ist diese Krise überstanden.«

Doch Spock war auch weiterhin bewußtlos und blaß. Er atmete unregelmäßig, und McCoy ahnte, daß die Krankheit noch weitere Überraschungen parat hielt.

KAPITEL 30

Nach dem Gespräch mit McCoy trat Sorel in T'Kars Zimmer. Die Vulkanierin litt ebenfalls am Intervallsyndrom; ihre Tochter und eine terranische Krankenschwester kümmerten sich um sie.

Dieses letzte Symptom der Krankheit konnte den Tod für viele Vulkanier auf Nisus bedeuten: Es gab einfach nicht genug Medo-Personal. Zwei Personen waren für die Behandlung notwendig, die etwa sechzig Minuten dauerte, und eine von ihnen mußte sich mit der vulkanischen Anatomie auskennen, um der anderen zu zeigen, worauf es ankam.

So sehr wir uns auch bemühen, dachte Sorel. *Der Tod setzt seinen Siegeszug fort.* Viele menschliche, lemnorianische und caitianische Freiwillige halfen den Pflegern, aber ihnen fehlte eine medizinische Ausbildung. Angesichts der jüngsten Virus-Subarten hielten sich alle in Bereitschaft, die zumindest ansatzweise mit der vulkanischen Biologie vertraut waren, doch ihre Anzahl genügte nicht.

Hinzu kam: Die kritische Phase der Krankheit wurde mit jeder Mutation länger. T'Kar rang nun seit drei Tagen um ihr Leben, und …

Seit *drei Tagen!*

Sorel wich vom Diagnosemonitor zurück und starrte T'Pina an. Sorge projizierte einen Schatten auf das Gesicht der jungen Frau, und sie versuchte vergeblich, ihn aus ihren Zügen zu vertreiben. Die Augen lagen tief in den Höhlen, und darunter hatten sich olivgrüne Ringe gebildet, deutlicher Hinweis auf Schlafmangel.

Aber sie war nicht krank. Aufgrund von Erschöpfung mochte sie einem Zusammenbruch nahe sein, doch eins stand fest: Sie hatte sich nicht angesteckt.

»Wie lange?« fragte Sorel die Schwester.

»Neunundvierzig Minuten.«

»Ich nehme eine Blutprobe.« Alle Ärzte und Heiler waren nun mit Tricordern ausgestattet, um solche Untersuchungen sofort durchzuführen, anstatt die Proben ins Laboratorium zu schicken. Kurz darauf nickte Sorel. »T'Kar hat die Krise überstanden.« *Aber wie viele stehen ihr noch bevor?*

»T'Pina … Legen Sie sich hin und versuchen Sie zu schlafen. Auch von Ihnen möchte ich eine Blutprobe.«

Sie runzelte die Stirn. »Warum? Es geht mir gut.«

»Gerade *deshalb* ist eine Untersuchung notwendig«, erwiderte Sorel. »Kind, schon seit zwei Tagen müßten Sie ebenso krank sein wie Ihre Mutter — sogar noch länger, denn Sie sind überarbeitet und haben daher weniger Widerstandskraft. Dennoch weist nichts auf eine Infektion hin. Lassen Sie mich den Grund dafür feststellen.«

T'Pina fügte sich.

Sorel kehrte in den Computerraum zurück, wo seine Tochter T'Mir arbeitete. »Unterzieh diese Probe dem gleichen Test wie zuvor das klingonische Blut«, sagte er.

Sie betrachtete die Phiole mit der grünen Flüssigkeit, musterte dann ihren Vater und schien ihn für übergeschnappt zu halten. »Bitte erfüll mir den Wunsch, Kind.« Plötzlich erinnerte sich Sorel daran, daß er T'Pina ebenso angesprochen hatte, als sei sie seine Tochter.

Wie nannte Daniel so etwas? Eine Freudsche Fehlleistung? Hielt sein Unbewußtes T'Kar und T'Pina bereits für Familienmitglieder?

Er setzte sich und stützte das Kinn auf die Hand, während T'Mir den Test vorbereitete. Heiler und Ärzte lernten schon nach kurzer Zeit, in einer schwierigen Situation jede Gelegenheit zu nutzen, um ein wenig auszuruhen. Sorel verdrängte alle Gedanken an die Epidemie, leerte sein Bewußtsein und entspannte sich.

Vor seinem inneren Auge sah er T'Kar an Bord der *Enterprise:* würdevoll, stolz und sehr attraktiv. In ihren blauen Augen, so völlig anders als die dunklen Pupillen der meisten Vulkanier, schimmerte eine stumme Botschaft …

»Vater!« platzte es aus T'Mir heraus. »Sieh nur, Vater! Ein zweiter Immunitätsfaktor!«

Sorel hob den Kopf — seine Tochter starrte auf den Monitor.

T'Mir hatte der Probe von T'Pinas Blut die gefährlichste Virusart hinzugefügt. Wie im klingonischen Blut gab es ein organisches Molekül, das sich mit dem Mikroorganismus verband und seine Reproduktion unterbrach. Vater und Tochter beobachteten, wie der Krankheitserreger erst inaktiv wurde und dann starb.

KAPITEL 31

Ein zweites, schmaleres Bett stand nun neben dem T'Kars. T'Pina hatte sich darauf ausgestreckt, fand jedoch keine Ruhe. *Meiner Mutter geht es sehr schlecht, aber ich habe mich nicht angesteckt,* dachte sie immer wieder. *Warum?*

Trotz der vulkanischen Ausbildung regte sich Furcht in T'Pina — sie fürchtete, daß T'Kar starb. Die ältere Frau brauchte dringend Flüssigkeit, war jedoch nicht imstande, Wasser mit dem Mund aufzunehmen. Wenn die Ärzte versuchten, Blut, Plasma oder Nährstoffe in ihre Adern zu leiten, begann sofort eine neue Phase des Intervallsyndroms.

T'Pina wollte ihre Mutter auf keinen Fall verlieren — nicht so kurz nach dem Tod des Vaters! Sie hatte den mentalen Rekonvaleszenzprozeß hinter sich, und die Heiler meinten, es seien keine seelischen Wunden zurückgeblieben. Dennoch erinnerte sie sich an jene bedrückenden Gefühle, die sie schon einige Stunden vor T'Kars Nachricht geplagt hatten. Sevel — tot. T'Pina spürte noch einmal seine Präsenz, als T'Kar Vulkan erreichte, um das *Katra* den Vorfahren zu bringen. Doch nie wieder konnte sie ihren Vater um Rat bitten, Kraft von ihm schöpfen, sich von seiner Weisheit leiten lassen.

Ihr blieb die weise und starke T'Kar.

T'Pina gab einem irrationalen Impuls nach, stand auf und trat zu T'Kars Liege. »Du darfst nicht sterben, Mutter«, flüsterte sie, obgleich T'Kar überhaupt nichts hörte. »Bitte, Mutter ...«

»Sie wird nicht sterben, T'Pina — und das hat sie Ihnen zu verdanken.«

Sorel kam herein und preßte einen Injektor an T'Kars Schulter.

T'Pina sah den Heiler an, und neue Hoffnung regte sich in ihr. »Probieren Sie eine neue Arznei aus?«

»Beobachten Sie die Bio-Indikatoren«, erwiderte Sorel.

Zuerst verharrten die Anzeigen im kritischen Bereich — bis sich der Herzschlag plötzlich stabilisierte, stärker wurde und zur vulkanischen Norm zurückkehrte! T'Pina betrachtete die übrigen Werte. T'Kars viel zu niedrige Körpertemperatur stieg, ohne daß Fieber daraus wurde.

Die junge Frau richtete einen erstaunten Blick auf Sorel. »Sie haben ein Heilmittel gefunden!«

Er nickte und sah weiterhin zum Diagnosemonitor. »T'Kar bestätigt, daß wir hoffen dürfen.«

Der Blutdruck nahm zu, wurde wieder normal. Die Krise war vorbei.

T'Kar bewegte sich und hob die Lider. »T'Pina?« hauchte sie.

»Ich bin hier, Mutter.« Sie schloß die Finger um T'Kars Hand. »Du hast es überstanden.«

»Ja«, brachte die ältere Vulkanierin hervor. »Bin ... durstig.«

T'Pina gab ihr rasch zu trinken. T'Kar war so schwach, daß ihr Kopf anschließend aufs Kissen sank.

»Schlafen Sie«, riet Sorel. »Ruhen Sie sich aus. Dann geht es Ihnen bald besser.«

Er wandte sich an T'Pina. »Kommen Sie, Kind. Sie haben Ihrer Mutter das Leben gerettet, aber viele andere Patienten brauchen ebenfalls Ihr Blut.«

»Mein Blut?«

»Es weist einen ähnlichen Immunitätsfaktor auf wie das klingonische Blut — ein Molekül, das den Krankheitserreger tötet. Damit sind wir in der Lage, ein neues Serum herzustellen.«

T'Pina reagierte nicht darauf. Äußerlich erweckte sie den Anschein von perfekter vulkanischer Kontrolle, doch in Wirklichkeit war sie einfach nur benommen, als der Heiler sie zum Laboratorium führte. Unterwegs betraten sie zwei andere Zimmer, um kritische Patienten mit den übrigen im Injektor enthalten Serumdosen zu behandeln.

Einer von ihnen hatte sich so sehr verändert, daß T'Pina ihn nicht sofort wiedererkannte: Beau Deaver, bewußtlos, das Gesicht eingefallen, an Wangen und Kinn ein mehrere Tage alter Bart, die Haut in den Augenwinken leichenhaft farblos und verschrumpelt.

Wie bei T'Kar reagierte sein Körper sofort: Die Bio-Indikatoren kletterten in den Norm-Bereich, als das Herz schneller und stärker schlug und der Mann wieder regelmäßig atmete. Sorel wartete nicht, bis er erwachte, überließ ihn einer Krankenschwester und setzte den Weg zum Laboratorium fort.

Dort zapfte er T'Pina erneut Blut ab, um mehr Serum daraus zu gewinnen. »Wieviel kann ich Ihnen zur Verfügung stellen?« fragte sie.

»Zumindest *etwas* muß in Ihren Adern bleiben«, entgegnete der Heiler. »Dies genügt, um weitere zehn Patienten zu retten.«

»Aber Hunderte von Personen sind krank und brauchen dringend Hilfe«, wandte T'Pina ein.

»Wir warten auf eine Nachricht von der *Enterprise*«, erwiderte Sorel.

Unmittelbar nach diesen Worten erhellte sich der Kom-Bildschirm, und McCoys strahlendes Gesicht erschien darauf. »Es funktioniert! Bei Gott, es klappt tatsächlich. Spock ist erwacht, und der Kerl nervt wie vor seiner Krankheit. Woher stammt das Serum?«

»Aus T'Pinas Blut«, antwortete Sorel. »Sie schien immun zu sein, und deshalb nahmen wir eine Untersuchung vor. Dabei fanden wir einen Hämoglobinfaktor, der dem im klingonischen Blut ähnelt. Hier ist er.« Er betätigte eine Taste und übertrug die Ergebnisse der Computeranalyse.

T'Pina beobachtete eine bereits vertraute schematische Darstellung des Virus. Der Mikroorganismus verband sich mit Zellen, die vermutlich zu ihrem Blut gehörten, doch im Anschluß daran begann keine wuchernde Reproduktion. Ganz im Gegenteil: Der Krankheitserreger stellte seine bisherigen Aktivitäten ein und starb.

»Ich *wußte,* daß ich so etwas wie den klingonischen Blutfaktor schon einmal gesehen habe«, sagte McCoy. »Aber bisher konnte ich mich nicht entsinnen, wo.«

»Ich bin nachlässig gewesen«, meinte Sorel. »Auch mir erschien das Molekül vertraut. Ich hätte mich daran erinnern sollen — dieser Faktor fehlt im normalen vulkanischen Blut. Es gibt ihn nur bei T'Pina.«

»Wenn Sie eine Erklärung dafür hören möchten, Sorel ...«, ließ sich McCoy vernehmen. »Sie haben es nicht mit vulkanischem Blut zu tun, sondern mit romulanischem.«

KAPITEL 32

Während der nächsten Stunden war Sorel viel zu beschäftigt, um darüber nachzudenken, wieso T'Pina Romulanerin sein konnte. Die erste Priorität bestand darin, Patienten mit dem aus ihrem Blut gewonnenem Serum zu behandeln. Eine vergleichsweise leichte Aufgabe. Doch es gab ein zentrales Problem: T'Pina konnte nicht unbegrenzt Blut liefern.

Glücklicherweise fand Leonard McCoy die Lösung: eine rigelianische Arznei, die eine enorme Beschleunigung der Blutzellen-Produktion bewirkte. Der Starfleet-Arzt hatte bereits Erfahrungen damit gesammelt und konnte es sich daher sparen, entsprechende Informationen von den Medo-Computern anzufordern.

Im Nisus-Hospital existierte ein für Rigelianer bestimmter Vorrat jenes Medikaments, und McCoy beamte sich einmal mehr zur wissenschaftlichen Kolonie, um den Wirkstoff für T'Pina vorzubereiten.

»Ich mußte ihn einmal bei Spock verwenden«, erklärte er. »Er ist nur zur Hälfte Vulkanier, aber die menschlichen Faktoren in seinem Blut blieben ohne Einfluß auf die Substanz — vielleicht gilt das auch für romulanische Moleküle. Hoffentlich kommt es bei T'Pina nicht zu schädlichen Nebenwirkungen.«

Während sie arbeiteten, fragte Sorel: »Wie konnten Sie den romulanischen Ursprung des Blutfaktors erkennen, Leonard?«

»Nun, vor etwa einem Jahr begegnete die *Enterprise* einem romulanischen Kreuzer«, erwiderte McCoy. »Niemand in der Föderation hatte jemals einen Romulaner gesehen, und wir wollten natürlich soviel wie möglich herausfinden. Nach der Zerstörung des Schiffes bargen wir mehrere Leichen — was angesichts der vielen Fallen im Wrack alles andere als einfach war. Ich führte Autopsien durch. Abgesehen von dem besonderen Blutmolekül hätte es sich um Vulkanier handeln können.«

»Nur jener Faktor unterscheidet Vulkanier von Romulanern?« überlegte Sorel laut.

»So hat es den Anschein. Möglicherweise ist er sogar künstlicher Natur. Spock glaubt, daß die Romulaner von Vulkaniern abstammen. Das gleiche Volk, aber eine andere Philosophie. Wie bei den Anhängern von T'Vet.«

Der Heiler nickte. »Bitte weisen Sie T'Pina darauf hin. Sie trachtet danach, sich nichts anmerken zu lassen. Äußerlich wirkt sie ruhig und gefaßt, aber in ihrem Innern ... Die mentalen Schilde sind so stabil, daß ich ohne eine Mentalverschmelzung keinen telepathischen Kontakt herbeiführen kann. Sie lehnte eine geistige Verbindung ab, beharrt auf Meditationen und meint, ich solle meine Zeit nicht mit ihr verschwenden. Wenn Sie mit ihr sprechen würden ...«

»Ich verstehe«, entgegnete McCoy. »Nun, Spocks Gedanken bleiben mir natürlich verborgen, aber ich weiß, wann er es mit der vulkanischen Selbstbeherrschung übertreibt. Ja, ich rede mit T'Pina. Obgleich die Mutter ihr weitaus mehr helfen könnte. Äh, ich nehme an, sie wurde adoptiert, stimmt's? Oder wäre es möglich, daß ihr Vater ...?«

»Nein, Sevel ist kein Romulaner gewesen.« Diese absurde Vorstellung amüsierte Sorel. »Und Sie haben recht: T'Pina ist ein Adoptivkind. Niemand kennt ihre leiblichen Eltern.« Er erzählte Leonard alles, was er über die junge Frau wußte.

»T'Pina war also das einzige Kind, das nicht identifiziert werden konnte?«

»In der Tat.«

»Und Ihnen sind keine Vulkanier mit diesem speziellen Blutfaktor bekannt?«

»Als T'Pina meine Patientin wurde, habe ich in allen medizinischen Aufzeichnungen nachgesehen«, antwortete Sorel. »Seit ich sie zum erstenmal als Kleinkind untersuchte, ist mein Medo-Computer darauf programmiert, mir sofort alle Personen mit vergleichbaren Blutfaktoren zu melden. Ursprünglich beabsichtigte ich, auf diese Weise Verwandte zu lokalisieren. Es gab nie einen Grund für mich, jene Programmanweisung zu löschen. Leonard, Ihr Bericht hätte eigentlich eine Reaktion des Computers auslösen müssen.«

McCoy lächelte. »Bisher hatten Sie nicht viel mit Starfleet zu tun, oder? Wenn es um Klingonen beziehungsweise Romulaner geht, werden alle neuen Informationen geheimgehalten — für den Fall, daß sie einen strategischen Wert besitzen. Andererseits: Falls die Romulaner Kuckuckseier ins vulkanische Nest legen, ist zu erwarten, daß Hinweise auf den seltenen Blutfaktor durch zivile Kanäle weitergeleitet werden und irgendwann Ihren Computer erreichen.«

»Kuckuckseier?« wiederholte Sorel verwirrt. Daniel hätte ihm sofort eine Erklärung angeboten, aber er war nicht zugegen, kümmerte sich um Patienten.

»Terranische Vögel, die ihre Eier in fremde Nester legen«, sagte McCoy. »Aber bei intelligenten Wesen ergibt das keinen Sinn. Ganz gleich, welches Blut in T'Pinas Adern fließt — sie *ist* Vulkanierin. Welchen Nutzen hätte sie für die Romulaner? Kinder, die beim Feind aufwachsen, erfüllen wohl kaum den gleichen Zweck wie erwachsene Spione.«

»Sie haben recht, wenn Sie T'Pina als Vulkanierin bezeichnen«, erwiderte Sorel. »Und wenn sich romulanische Agenten auf Vulkan befinden und für das Reich spionieren ... Ich kann mir kaum vorstellen, daß nie jemand von ihnen medizinisch untersucht wurde. T'Pinas Herkunft bleibt also ein Rätsel.«

McCoy musterte den Heiler, erkannte seine Empfindungen ebenso mühelos wie Daniel. »Und Rätsel bilden unwiderstehliche Herausforderungen für Vulkanier. Ich fürchte jedoch, dieses kann nicht gelöst werden. Unzureichende Daten.«

Kurze Zeit später war die Arznei vorbereitet, und die beiden Ärzte machten sich auf die Suche nach T'Pina. Es überraschte weder McCoy noch Sorel, daß die junge Frau ihrer Mutter Gesellschaft leistete.

T'Kar schlief, und die Bio-Indikatoren zeigten normale Werte an. Abgesehen von der Blässe deutete nichts mehr auf die gefährliche Krankheit hin.

»Kommen Sie, T'Pina«, sagte Sorel. »Wir müssen Ihnen jetzt das Medikament verabreichen.«

»Mutter ist nicht erwacht«, protestierte sie. »Ich hatte noch keine Möglichkeit, ihr zu erzählen ...«

»... daß Sie Romulanerin sind?« fragte Leonard McCoy. »Ihnen sollte eigentlich klar sein, wie unwichtig das ist. Von Sorel hörte ich, daß Sie adoptiert wurden. Sie wissen also, daß in Ihrem Fall keine Blutsverwandtschaft existiert, was jedoch nichts an einer stark ausgeprägten Mutter-Tochter-Beziehung ändert. Sie wird auch weiterhin von Bestand bleiben; Ihre Abstammung spielt dabei überhaupt keine Rolle.«

T'Pina nickte langsam. »Es wäre unlogisch, etwas anderes anzunehmen«, sagte sie leise.

»Zum Teufel mit der Logik!« McCoy gestikulierte ausladend. »Vielleicht gefällt es Ihnen nicht, das Wort ›Liebe‹ zu benutzen, um Ihre eigenen Gefühle und die T'Kars zu beschreiben. Wie wär's mit Begriffen wie ›Loyalität‹ und ›Familie‹? In der vulkanischen Kultur nehmen sie einen hohen Stellenwert ein.«

»Ja«, bestätigte T'Pina, doch ihr subtiles Mienenspiel ließ vermuten, daß sie die verblüffenden Neuigkeiten in bezug auf ihre Herkunft noch nicht ganz verarbeitet hatte.

»Bitte legen Sie sich jetzt hin, damit wir Sie mit dem

Stimulans behandeln können«, wandte sich Sorel an die junge Frau. »Vielleicht sind Sie imstande, eine Zeitlang zu meditieren.«

»Eine Zeitlang?«

»Die Nebenwirkungen beginnen nicht sofort«, erläuterte McCoy. »Nach einigen Stunden müssen Sie mit physischer Schwäche rechnen, die auch das Bewußtsein beeinflußt. Vielleicht spüren Sie dann Benommenheit und die Neigung zu irrationalem Verhalten. Wie dem auch sei: Machen Sie sich deshalb keine Sorgen. Sie erholen sich, sobald das Mittel abgesetzt wird.«

»Ja, Doktor.« T'Pina blickte noch einmal zu ihrer Mutter und straffte die Schultern. »Viele Patienten schweben in Lebensgefahr, und mein Blut kann sie retten. Ich bin bereit.«

Als sie den Raum verlassen wollten, summte das Interkom, und eine Stimme erklang: »Notruf für T'Pina, auf allen Kanälen. Bitte melden Sie sich, T'Pina.« Sorel hörte, daß die gleiche Aufforderung aus den Lautsprechern im Flur tönte.

Leonard McCoy näherte sich dem Anschluß und hieb mit der Faust auf die Aktivierungstaste. »T'Pina ist hier bei uns«, knurrte er. »Was kann so verdammt wichtig sein, daß Sie die Behandlung von Patienten stören?«

Normalerweise hätte so etwas überhaupt nicht möglich sein dürfen. Wer auch immer mit T'Pina sprechen wollte: Er durchbrach die Sicherheitssperren des Kommunikationssystems und veranlaßte einen Rundruf, der alle Zimmer im Hospital betraf. Sorel erlebte so etwas nun zum erstenmal.

»Ich muß unbedingt mit T'Pina sprechen«, verlangte die Stimme.

Statisches Knistern folgte, und im Hintergrund hörte der Heiler James Kirk: »... sofort unterbrechen ...«

Stille.

»*Enterprise?*« fragte McCoy. »Was ist bei euch los, Jim?«

»Wir kontrollieren alle Kom-Kanäle«, verkündete die erste Stimme. »T'Pina?«

»Es ist Sendet.« T'Kars Adoptivtochter trat ans Interkom heran. »Ich möchte nicht mit Ihnen reden, Sendet«, sagte sie fest.

»Ich brauche Sie, T'Pina!« stieß der junge Vulkanier heiser hervor. Unmittelbar darauf schien er sich zu fassen, und der rauhe Klang verschwand aus seiner Stimme. »Es wird Zeit für mich. Sie gehören zu uns, sind jung und stark, stammen aus einer guten Familie. Bitte kehren Sie zur *Enterprise* zurück, um sich mit mir zu binden. Mein Leben steht auf dem Spiel.«

Das versetzte T'Pinas Selbstbeherrschung den letzten und entscheidenden Schlag. Sorel beobachtete, wie ihre Wangen grün glühten — und dann lachte sie!

Es war ein völlig humorloses, kehliges und bitteres Lachen, das an Hysterie grenzte. Sorel trat näher, aber T'Pina hob die Hand, atmete mehrmals tief durch und zwang sich zur Ruhe.

»Das Leben vieler Personen hängt von mir ab, und Sie sind nicht auf mich allein angewiesen. Wählen Sie eine andere Bindungspartnerin. Und wenn das *Pon farr* vorbei ist, sollten Sie an folgendes denken: Sie glauben, über andere Vulkanier urteilen zu können, legen dabei die Maßstäbe von Kraft und Herkunft an — aber T'Kar und Sevel sind nicht meine *leiblichen* Eltern. Bis heute wußte ich nichts von meiner Abstammung, und niemand störte sich daran. Nur Leute wie Sie halten solche Dinge für wichtig. Alle anderen akzeptieren mich so, wie ich *bin*, ohne danach zu fragen, wessen Blut in meinen Adern fließt.«

»Ich nehme mir ein Beispiel daran«, versprach Sendet. »Mir geht es allein um Sie selbst. Sie sind stark und intelligent, durch und durch Vulkanierin ...«

»Narr!« zischte T'Pina. »Wenn ich ganz und gar Vulkanierin wäre, gäbe es keine Möglichkeit für mich, Erkrankte vor dem Tod zu bewahren. Eine Ironie des

Schicksals, Sendet: Ich trage das Heilmittel für Vulkanier in meinem Blut — weil ich Romulanerin bin!«

Es drang keine Antwort aus dem Interkom-Lautsprecher. Nach einigen Sekunden vernahm Sorel eine leisere Stimme: »Sendet, was haben Sie ...«

Das Geräusch eines umkippenden Stuhls, ein dumpfes Knurren, dann ein Kampf.

Wieder folgte kurze Stille. »Dr. McCoy?« meldete sich Uhura.

»Hier bin ich. Was geschieht bei Ihnen?«

»Die vulkanischen Rebellen — oder vielleicht nur Sendet — öffneten vom Maschinenraum aus alle Kom-Kanäle und neutralisierten die Sicherheitssperren im Kommunikationssystem von Nisus. Alle Interkom-Anschlüsse und entsprechenden Konsolen empfingen die Signale.«

»Wir haben die Situation jetzt unter Kontrolle«, teilte Kirk mit. »Scotty hat die Türen geöffnet. Satat, Sendet und ihre Gefährten werden gerade im Arrestbereich untergebracht.«

»Na endlich.« McCoy seufzte. »Äh, was Sendet betrifft ...«

»Ich weiß, Pille. Und ich zweifle ebenso wie du daran, daß es sich um einen Fall von *Pon farr* handelt. Möchtest du zurückkehren und ihn hier in der Krankenstation untersuchen?«

»Ist M'Benga noch an Bord? Soll er sich um ihn kümmern. Wir verabreichen T'Pina jetzt das Stimulans, und ich möchte ihren Zustand persönlich überwachen, bis ich sicher bin, daß keine gravierenden Nebenwirkungen entstehen.«

»In Ordnung«, erwiderte Jim. »T'Pina?«

»Ja, Captain Kirk?« Die junge Frau sprach nun wieder ruhig.

»Im Namen all jener Personen, die Sie bereits gerettet haben und noch retten werden — danke.«

»Keine Ursache«, antwortete T'Pina automatisch und

bewies damit, in einem multikulturellen Ambiente aufgewachsen zu sein.

Als Kirk die Verbindung unterbrach, flüsterte es vom Bett her: »T'Pina?«

»Mutter!« Sie eilte sofort zur Liege.

T'Kar war noch immer sehr schwach, und es fiel ihr sichtlich schwer, die Hände zu heben. Sie preßte die Unterarme aneinander, winkelte sie dann an, und T'Pina wiederholte die Geste. Die Finger berührten sich zum vulkanischen Gruß zwischen Mutter und Tochter. »Hast du alles gehört?« fragte T'Pina.

»Es war ... laut genug«, erwiderte T'Kar. »Stimmt es? Du bist ...«

»Romulanerin, ja.«

T'Kar runzelte die Stirn. »Wie ist das möglich?«

T'Pina stand auf. »Ich weiß es nicht«, sagte sie leise. Und: »Ich muß jetzt gehen, Mutter.«

»Bitte, bleib noch etwas. Laß uns darüber reden.«

»Andere Patienten benötigen mein Blut«, entgegnete T'Pina steif. »Heiler, Doktor ...«

»Bitte begleiten Sie T'Pina und beginnen Sie mit der Behandlung«, wandte sich Sorel an McCoy. »T'Pina hat recht. Wir dürfen nicht noch mehr Zeit verlieren. Das Leben von vielen Patienten steht auf dem Spiel.«

Als der Starfleet-Arzt T'Pina aus dem Zimmer führte, trat Sorel zu T'Kar, die sich aufzusetzen versuchte. Er drückte sie sanft aufs Polster zurück. »Nein, Sie müssen nach wie vor ausruhen. T'Pina ist bei Dr. McCoy gut aufgehoben. Er verabreicht das rigelianische Blutstimulans nicht zum erstenmal.«

Einige Sekunden lang blieb T'Kar mit geschlossenen Augen liegen. Dann hob sie die Lider. »Ich hätte T'Pina gern darauf hingewiesen, daß sie nach wie vor meine Tochter ist, ganz gleich, welches Blut in ihren Adern fließt.«

»Sie können morgen mit ihr sprechen«, erwiderte Sorel. »T'Pina hat einen großen Schock erlitten und braucht Gelegenheit, ihn in der Meditation zu überwinden. Das gilt auch für Sie, T'Kar. Unter den gegenwärtigen Umständen müssen wir jene Techniken nutzen, die wir als Kinder gelernt haben.«

»Ich möchte mit ihr reden.«

Sorel sah in offen blickende, blaue Augen. »Morgen. Ruhen Sie sich zunächst aus. Ich empfehle Ihnen die Meditationstrance. Wenn Sie dabei meine Hilfe benötigen ...«

»Nein, Heiler«, antwortete T'Kar so kühl wie ihre Tochter. »Ich komme auch allein zurecht.« Sie entspannte sich und schloß die Augen.

Sorel straffte enttäuscht die Gestalt. Schon seit Tagen sprach ihn T'Kar mit dem Namen an. Er hatte gehofft ...

Ich muß ebenfalls meditieren, überlegte er. Als T'Kar nach der schweren Krankheit das Bewußtsein wiedererlangte, erfuhr sie von der romulanischen Abstammung ihrer Tochter. Kein Wunder, daß sie jetzt nur an T'Pina dachte.

KAPITEL 33

Korsal erwachte nach unruhigem Schlaf und sah, wie der wuschelköpfige Medo-Techniker Arthur einen dünnen Schlauch entfernte, durch den das Blut des Klingonen in mehrere Behälter geflossen war. Die Transfusionsvorrichtung mit dem Stimulans befand sich nicht mehr neben dem Bett. »Was machen Sie da?« fragte er.

»Doktor Gardens meint, Sie sollten sich einige Tage lang erholen«, antwortete der junge Mensch. »Wir können Sie nicht ständig mit dem Zeug vollpumpen. In der vergangenen Nacht wurden die Verbindungen gelöst. Es dauert noch etwas, bis die Substanz ganz aus Ihrem Körper verschwindet, und bis dahin fühlen Sie sich weiterhin schwach.«

»Bestimmt haben Sie nicht genug Serum!« protestierte Korsal.

»Tja, aber wenn Sie plötzlich abkratzen, stehen wir mies da, oder?«

Korsal begriff, daß Arthur recht hatte. Er fühlte sich tatsächlich sehr schlecht: übler Geschmack im Mund, der Gaumen trocken, die Muskeln steif. Der Kopf führte ein seltsames Eigenleben und schien fortzuschweben, wenn der Rest des Körpers ruhte. Doch wenn sich der Klingone bewegte, bestand der Lohn aus dumpfem Schmerz hinter der Stirn.

»Trinken Sie das«, sagte Arthur und reichte ihm einen Plastikbecher, der blaue Flüssigkeit enthielt.

Korsal roch daran. »Um was handelt es sich?«

»Um ein Heilmittel für fast jede Krankheit. Stammt aus dem privaten Vorrat von Blauauge. Kippen Sie's einfach runter.«

Der Klingone schmeckte einen ausgezeichneten Brandy und vermutete, daß mit ›Blauauge‹ der Bordarzt McCoy gemeint war. Er fragte nicht, auf welche Weise Arthur das alkoholische Getränk beschafft hatte.

Der Brandy half, aber die Kopfschmerzen beeinträchtigten auch weiterhin Korsals Wahrnehmung. Kevins Bett war leer, doch es dauerte nicht lange, bis der Junge zurückkehrte, seinen Vater begrüßte und das Computerterminal einschaltete.

Korsal schwieg die meiste Zeit über und dachte daran, daß Patienten starben, weil Kevin, Karl und er nicht genug Blut spenden konnten. Karl lag im dritten Bett des Zimmers und bekam noch immer das Stimulans — bei ihm hatte die Behandlung später begonnen. Allem Anschein nach überwand Kevin die Nachwirkungen viel schneller als sein Vater, und er befaßte sich nun mit dem von Kirk vorbereiteten Lehrstoff.

Es dauerte nicht lange, bis der Captain eintraf, um einen Eindruck von den Fortschritten seines Schülers zu gewinnen. Korsal war noch immer zu benommen, um an die eigene Arbeit zu denken. Er setzte sich auf und hörte zu, als Kevin die Engländer des vierzehnten Jahrhunderts mit der Bevölkerung von Nisus verglich.

»Die Canterbury-Pilger kamen aus verschiedenen sozialen Schichten — abgesehen von der herrschenden Klasse —, und es waren praktisch alle Berufe vertreten. Einige von ihnen zeichneten sich durch einen ziemlich schlechten Charakter aus. Nun, zwar stritten sie sich häufig, aber eine gemeinsame Sache vereinte sie: die Absicht, nach Canterbury zu reisen und sicher heimzukehren. Wenn sie unterwegs Räubern begegneten, wollten sie sich zusammenschließen und gegen sie kämpfen. Allerdings blieben solche Konfrontationen aus«, fügte Kevin enttäuscht hinzu.

»Chaucer starb, bevor er sein Werk fertigstellen konnte«, sagte Kirk. »Ich bin sicher, andernfalls wäre es auch zu einem Überfall gekommen. Und vermutlich hätte er der Frau von Bath einen sechsten Ehemann gegeben. Was sonst noch?«

»Die Pilger sind wie wir, weil sie ein gemeinsames Ziel anstreben und es nur erreichen können, indem sie zusammenarbeiten. Herkunft und unterschiedliche Anschauungen spielen dabei keine Rolle.«

Kirk lächelte und sah zu Korsal. »Sie haben einen sehr intelligenten Sohn.«

»Ich bin stolz auf ihn«, sagte der Klingone, doch tief in seinem Innern regte sich Sorge, die Kevin und Karl galt. Ihm fehlte noch immer die Kraft, sich auf die Pläne für bessere Sicherheitsschleusen zu konzentrieren, um den Damm und das Kraftwerk auf Nisus zu schützen, und nun rückte ein anderer Gedanke in den Fokus seiner Aufmerksamkeit: *Ich kann nicht ins Imperium zurück. Welche Konsequenzen ergeben sich dadurch für meine Söhne?*

Kirk verließ das Zimmer, und nach einer Weile trat Arthur ein. »Möchten Sie Besucher empfangen?«

»Hängt davon ab, wer zu uns will«, erwiderte der Klingone.

»Angeblich Ihre Frau und ihr Onkel.«

Dann stimmte es also. Während er döste, hatte er aufgeregte Stimmen in anderen Räumen der Krankenstation gehört; sie erzählten von einem Heilmittel für Personen mit Blut auf Kupferbasis. Wenn Seela und Borth an Bord gebeamt worden waren … Daraus ließ sich nur der Schluß ziehen, daß keine Gefahr für sie bestand.

Korsal senkte die Lider. »Um meine Frau zu sehen, muß ich vermutlich Borths Präsenz ertragen.«

Seela umarmte ihren Mann, ohne ein Wort zu sagen. Als sie zu Kevin und Karl ging, musterte Korsal den unwillkommenen Besucher. »Warum sind Sie hier? Riskieren Sie keine Ansteckung?«

»Alle Orioner auf Nisus wurden geimpft«, entgegnete Borth. »Eine diplomatische Gefälligkeit gegenüber Bürgern, die nicht zur Föderation gehören.«

Und diesen Vorteil hast du sofort ausgenutzt, stimmt's? fuhr es Korsal durch den Sinn. *Obgleich Vulkanier und Rigelianer sterben, weil es nicht genug Serum gibt!* Doch er verbarg seinen Ärger. Zweifellos war Borth mit einer bestimmten Absicht gekommen.

Der Orioner nahm auf einem Stuhl Platz und beugte sich vor. »Sie glauben, gewonnen zu haben, nicht wahr, Korsal?«

»Ich wußte gar nicht, daß eine Art Wettkampf stattfindet, Borth.«

In den gelben Augen gleißte es. »Das Spiel geht weiter — ob Sie am Brett sitzen oder nur eine Figur darauf sind. Durch diese Epidemie geraten Föderation, klingonisches Imperium und romulanisches Reich aneinander — und die Orioner werden als Sieger aus dem Konflikt hervorgehen.«

»Da irren Sie sich«, knurrte Korsal leise. »Sie unterschätzen unsere Intelligenz.«

»Wessen Intelligenz?« zischte Borth. »Die der Klingonen? Die Föderation meinen Sie gewiß nicht! Der Völkerbund besteht nur aus erbärmlichen Sklavenspezies. Möchten Sie dazugehören?«

»Ich bin Klingone«, sagte Korsal und gestand nicht ein, daß er tatsächlich überlegt hatte, die Staatsbürgerschaft der Föderation zu beantragen. Immerhin konnte er nicht in die Heimat zurück. Was bedeutete der Begriff ›Heimat‹ überhaupt? *Nur auf Nisus hatte ich das Gefühl, zu Hause zu sein.*

»Nein, Sie sind kein Klingone«, widersprach Borth. »Sie sind ebenso schwach wie alle anderen Föderationsbürger. Aber wenn ich das Virus sowohl dem Imperium als auch dem Reich verkaufe — wie werden Sie dann von Ihren Freunden behandelt?«

Dem Reich? Dann *gab* es also einen Romulaner auf Nisus, dessen Blut Immunität gewährte. Korsal erinnerte sich vage an entsprechende Bemerkungen, doch bisher hatte er geglaubt, sie seien Teil einer Fiction. Romulaner auf einem Planeten der Föderation?

»Oh, bestimmt läßt man Sie am Leben — Sie und Ihre Mischlingssöhne«, fuhr Borth spöttisch fort. »Weil man Ihr Blut braucht. Man bringt Sie in irgendeinem Laboratorium unter, wie ein Versuchstier. Zusammen mit anderen Klingonen, die man wegen ihres Immunitätsfaktors entführte.«

Zorn verlieh Korsal zusätzliche Kraft, und seine Hand schloß sich fest um Borths Schulter. Wenn sie allein gewesen wären, hätte er den Orioner vielleicht erwürgt. »Glauben Sie etwa, ich lasse zu, daß Sie den Krankheitserreger verkaufen? Eher bringe ich Sie um.«

»Dann sollten Sie mich jetzt sofort töten«, erwiderte Borth kühl. »Ich verlasse Nisus bald — zusammen mit allen anderen.«

»Was?«

»Narr! Solche Interspezies-Verbindungen schwächen nicht nur die Föderation, sondern auch das klingonische Imperium. Wir Orioner verkaufen Frauen an beide Seiten, verwässern damit ihr Blut. Wenn der Föderationsrat einen ausführlichen Bericht über die Nisus-Seuche erhält, beschließt er vermutlich, die Fortsetzung der multikulturellen Kooperation zu verbieten. Was wird dann aus Ihnen, Korsal? Egal, was auch geschieht — Sie haben in jedem Fall verloren. Es sei denn ...«

»Es sei denn?«

Borth sah zu Seela, die neben Karls Bett stand und mit den Fingerkuppen über die Stirn des schlafenden Jungen strich. »Als ich Ihnen erlaubte, Seela zu heiraten ...«

In Wirklichkeit sah die Sache ganz anders aus. Korsal hatte seine Frau von Borth gekauft, um zu verhindern, daß ihr Onkel sie nach Orion zurückschickte, um sie dort auf dem Sklavenmarkt feilzubieten — aufgrund ihrer Schönheit und Tanzkünste hätte sie sicher einen hohen Preis erzielt. Vor der Heirat gab Korsal die Orionerin frei.

»Seela hat damit nichts zu tun!« fauchte der Klingone. »Sie wurde von Ihnen *verkauft* — nur ein Geschäft. Sie scheren sich nicht um ihr Schicksal.«

»Im Gegensatz zu Ihnen«, sagte Borth. »Nun, Seela ist erstaunlich loyal. Seit der Heirat habe ich keine nützlichen Informationen von ihr bekommen.«

Als Seela ihren Namen hörte, kehrte sie zu Korsal zurück und setzte sich auf die Bettkante. Unter anderen Umständen hätte ihre Präsenz Korsals Sinn für die Realität getrübt, aber diesmal nicht. Statt dessen fühlte er die stumme Unterstützung seiner Frau. Alle Freunde hatten ihn davor gewarnt, eine Orionerin zu heiraten, doch er überhörte die mahnenden Stimmen. Aufgrund der Erfahrungen mit Seela war er sicher, die richtige Entscheidung getroffen zu haben: Sie manipulierte ihn nur dann, wenn das seinem Wunsch entsprach.

»Ich weiß, warum Sie es mir ermöglichten, Seela zu heiraten, Borth«, brummte er. »Aber Sie haben sie unterschätzt. Ihre Nichte weiß ganz genau, was Sie sind.«

»Sie ist nur eine Frau. Eine Ware. Wie dumm von Ihnen, sie als eine Person zu behandeln.« Der Orioner zögerte kurz. »Nun, Sie können Seela und Ihre Söhne in Sicherheit bringen, bevor Ihre ganze Familie in die Gefangenschaft der Föderation gerät. Begleiten Sie mich nach Klinzhai. Berichten Sie dort über die Epidemie. Seien Sie ein Held. Geben Sie dem Imperium eine neue Waffe gegen seine Feinde. Gegen *Ihre* Feinde.«

»Nein.« Korsal stellte überrascht fest, daß Seela dieses Wort gleichzeitig mit ihm aussprach.

»Nein, Onkel«, fügte sie hinzu. »Was auch immer geschieht: Wir helfen nicht dabei, einen interplanetaren Krieg auszulösen.«

»Sie hatten Ihre Chance.« Borth schüttelte Korsals Hand ab. »Ich ergreife jetzt alle notwendigen Maßnahmen — zum Wohle von Orion.«

Als Borth gegangen war, wandte sich Korsal an seine Frau. »Er kann sich nicht mit dem Imperium in Verbindung setzen, da ihm der Kommunikationscode unbekannt ist. Woraus folgt: Er hat keine andere Wahl, als nach Klinzhai zu fliegen. Und daran muß ich ihn hindern.«

»Ja, du hast recht«, bestätigte Seela.

Korsal musterte sie und erinnerte sich, daß sie ihn dann und wann um einen Gefallen gebeten hatte — immer per Kommunikator, um zu vermeiden, ihn mit ihren Pheromonen zu beeinflussen. Beim dritten oder vierten Mal wurde ihm klar, wie sehr sie sich sein Vertrauen wünschte. Sie kämpfte gegen ihren kulturellen Hintergrund an, gegen ihre Abhängigkeit von Männern und den instinktiven Einsatz von Erotik, um bestimmte Ziele zu erreichen.

»Borth hat doch sicher von dir erwartet, daß du mich dazu verleitest, seinen Standpunkt zu teilen«, sagte Korsal.

»So lauteten seine Anweisungen. Außerdem sollte ich den Kom-Code in Erfahrung bringen. Aber ich nehme keine Befehle mehr von ihm entgegen. Korsal, bis ich dich kennenlernte, wußte ich nicht, daß ein Mann gleichzeitig stark und ehrenhaft sein kann. Ganz gleich, was auch passieren mag — ich bleibe bei dir.«

»Vater ...«, erklang Kevins Stimme vom zweiten Bett. »Was *wird* geschehen?«

Korsal seufzte. »Etwas, womit Borth nicht rechnet, denn sonst wären wir längst tot: Ich spreche mit dem Captain. Es gibt keine andere Möglichkeit. Wie soll ich Borth sonst daran hindern, seine Pläne zu verwirklichen?«

Seela verabschiedete sich schließlich, und daraufhin versuchte Korsal, den Captain zu erreichen. Der Kommunikationsoffizier teilte ihm mit, Kirk sei derzeit beschäftigt. »Dann verbinden Sie mich bitte mit seinem Stellvertreter«, sagte Korsal.

»Mr. Spock befindet sich nicht auf der Brücke. Ich lasse ihn für Sie ausrufen.«

Während der Klingone wartete, trat ein unangekündigter Besucher ein: jener Terraner, der die Transporterkontrollen bedient hatte, als Kevin und Korsal an Bord gebeamt wurden.

»Ich bin Chefingenieur Montgomery Scott«, stellte sich der Mensch vor. »Wir sind uns schon einmal begegnet, aber wahrscheinlich erinnern Sie sich nicht daran — immerhin waren Sie halb erfroren.« Korsal bemerkte eine gewisse Wachsamkeit in Scotts Augen, obwohl er sie zu verbergen trachtete. *Er sieht in erster Linie einen Klingonen in mir.*

»Sie haben uns das Leben gerettet«, stellte Korsal fest. »Mein Sohn und ich danken Ihnen dafür.«

»Ihr Blut bewahrte viele Personen vor dem Tod«, erwiderte Scott. Es klang ein wenig steif. »Captain Kirk gab mir zu verstehen, daß er Kevin eine Tour durch den Maschinenraum versprochen hat.«

»O ja!« entfuhr es Kevin. »Vater ...«

»Keine Sorge. Ich kümmere mich um alles andere. Du kannst den Chefingenieur ruhig begleiten.«

Der Junge schob das Terminal beiseite, stand auf und suchte nach seinen Schuhen. Scott musterte ihn. »Angeblich hast du eine Studienzulassung für die Starfleet-Akademie erhalten«, sagte er skeptisch.

»Ja.« Kevin nickte. »Ich möchte dem Beispiel meines Vaters folgen und Techniker werden. Vielleicht kann ich die Materie-Antimaterie-Wandler, wie man sie an Bord von Raumschiffen verwendet, für den planetaren Einsatz modifizieren.«

»Die Kälte des Alls ist zur Kühlung notwendig«, sagte Korsal. »Nur der Weltraum gewährleistet den sicheren Betrieb derartiger Aggregate.«

»Aye«, ließ sich Scott vernehmen. »Komm jetzt, Junge. Ich erkläre dir den Grund dafür.«

Die Stimme einer Frau drang aus dem Wand-Interkom und den beiden aktivierten Computerterminals. »Notfall-Kommunikation für Korsal.«

»Hier Korsal.«

Das Gesicht von Emily Torrence erschien auf dem Bildschirm. »Sind Sie arbeitsfähig? Fragen Sie den zuständigen Arzt ...«

»Ich bin soweit in Ordnung«, erwiderte der Klingone ungeduldig. »Was ist los?«

»Tauwetter«, sagte Torrence knapp. Dieser Hinweis genügte.

»Eis?«

»Ein neues Problem. Der Fluß ist zu einem Rinnsal geworden: Im Paß oberhalb des Bereichs, wo Sie mit dem Schweber verunglückten, hat sich ein Eisdamm gebildet, und dahinter staut sich das Schmelzwasser ...«

»Wenn jene Wassermassen ganz plötzlich einen Weg ins Tal finden ...« Korsal schauderte unwillkürlich.

»Wir schicken alle abkömmlichen Techniker in die Berge, aber sie genügen nicht. Die Epidemie hat sieben unserer besten Leute umgebracht.«

»Seien Sie unbesorgt, Teuerste«, sagte Scott, der nun hinter Korsal stand. »Ich stelle eine Einsatzgruppe zusammen, und anschließend beamen wir uns sofort zu Ihnen. Haben Sie Sonar-Sondierungen des Eisdamms vorgenommen? An einigen Stellen müssen wir mit Phasern Löcher in die Barriere brennen, um den Druck allmählich zu reduzieren — und so zu verhindern, daß der ganze Damm auf einmal nachgibt.« Der Chefingenieur sah zu Kevin. »Tut mir leid, Junge. Leider bleibt uns nichts anderes übrig, als die Tour durch den Maschinenraum zu verschieben.«

»Ja, natürlich!« Kevin wandte sich darauf an seinen Vater. »Wir schließen uns der Einsatzgruppe an, nicht wahr?«

Doch als Korsal und sein Sohn Scott in den Korridor folgten, begegneten sie Dr. Gardens. »Was soll das bedeuten?« fragte sie.

»Wir transferieren uns auf den Planeten, um eine Überflutung zu verhindern«, erklärte der Klingone.

Der Chefingenieur eilte weiter, und die Ärztin sah ihm nach. »Mr. Scott kümmert sich darum?«

»Ja.«

»Dann werden Sie nicht auf Nisus gebraucht. Zurück ins Bett. Kevin, dein Gesicht glüht regelrecht — zuviel Aufregung.«

Korsal schnaufte. »Doktor, wir sind keine Gefangenen an Bord dieses Schiffes!«

»Nein, aber Sie sind die einzige Quelle für das dringend benötigte Eisenbasis-Serum. Sie dürfen sich nicht in Gefahr bringen. Lieber Himmel, Sie können sich nicht einmal eine Erkältung leisten. Wenn Sie hierbleiben, behandeln wir Sie in vierundzwanzig Stunden wieder mit dem Stimulans, um weitere Infizierte zu retten. Falls Sie sich auf den Planeten beamen, riskieren Sie Verletzungen oder Schlimmeres. Selbst wenn Sie dort alles mit heiler Haut überstehen: Sicher kehren Sie erschöpft zurück, und dann dauert es länger, bis wir Ihnen Blut abzapfen können — was vielen Patienten das Leben kosten würde.«

Korsal wußte, daß Dr. Gardens recht hatte, und er widersprach ihr nicht. Die Ärztin fuhr etwas sanfter fort: »Montgomery Scott gehört zu den besten Ingenieuren der Föderation. In kritischen Situationen und unter Zeitdruck ist er vielleicht sogar *der* beste. Wenn es eine Möglichkeit gibt, die drohende Überflutung zu verhindern — Mr. Scott findet sie bestimmt.«

KAPITEL 34

Spock befand sich noch immer in der Krankenstation, als der tobende Sendet eingeliefert wurde. Offenbar glaubte er, vom *Pon farr* gezwungen zu sein, sich mit einer Partnerin zu binden — oder zu sterben. Doch kurze Zeit später wiesen die diagnostischen Indikatoren darauf hin, daß er an der Nisus-Krankheit litt.

Die Blutuntersuchungen lieferten einen noch deutlicheren Hinweis: Sendet hatte sich mit dem Krankheitserreger C angesteckt. Das Paranoia-Symptom aktivierte die größte Angst des Infizierten: Als ungebundener Mann fürchtete er, in einer Gruppe mit nur wenigen Frauen keine Bindungspartnerin zu finden.

Auch Spocks Mutter wurde nach wie vor in der Krankenstation behandelt, und sie brauchte kein vulkanisches Gehör, um Sendets laute Stimme zu vernehmen. Inzwischen hatte sich Amanda fast ganz von der Krankheit erholt. Als ein rapide sinkender Geräuschpegel die Vermutung zuließ, daß der vulkanische Rebell ohnmächtig geworden war, besuchte sie ihren Sohn und nahm auf der Kante seines Bettes Platz.

»Spock...« Sie zögerte, aber er wußte, worüber Amanda mit ihm sprechen wollte.

»Ja, Sendet erinnert mich daran, daß ich ebenfalls ungebunden bin. Allerdings halte ich es für sinnlos, dieses Thema zu erörtern. Bis mir das *Pon farr* droht, habe ich bestimmt eine Partnerin gefunden.«

Spocks Mutter lächelte traurig. »Ich hatte gehofft, daß du auf Vulkan eine passende Frau kennenlernst.«

»Ich bin gleich mehreren geeigneten Frauen begegnet. Nun, meine erste Ehe litt unter langen Trennungsphasen, und diese könnten auch eine zweite ruinieren, solange ich den Dienst in Starfleet fortsetze. Mir bleibt genug Zeit, Mutter. Du hast aus freiem Willen geheiratet. Bitte gib mir die gleiche Möglichkeit.«

Amandas Lächeln wirkte jetzt nicht mehr ganz so kummervoll, zeigte mehr Wärme. »Wenn du so darüber denkst, brauche ich mir keine Sorgen zu machen. Ich nehme an, die Anhänger von T'Vet halten sich nicht mehr im Maschinenraum auf, oder?«

»Nein. Mr. Scott hat die Türen geöffnet, und angesichts der Nisus-Epidemie verzichteten Satat und seine Gefährten darauf, Widerstand zu leisten. Ich vermute, daß bald weitere von ihnen behandelt werden müssen. Übrigens: Dr. McCoy hat mir mitgeteilt, daß ich morgen wieder meine Pflichten als Erster Offizier wahrnehmen kann.«

»Und ich werde noch heute entlassen«, sagte Amanda. »Verdankst du dein Leben tatsächlich einem Serum, das man aus *romulanischem* Blut gewann?«

»Ja. Es stammt von T'Pina. Ich habe die Aufzeichnungen überprüft, aber sie enthalten keine Erklärung dafür, wieso man auf jener vulkanischen Kolonialwelt auch ein romulanisches Kind fand.«

»Spielt es eine Rolle?« fragte Amanda. »Spock... Vielleicht gaben Satat und Sendet der Krankheit den richtigen Namen: UMUK-Epidemie. Sieh nur, was geschieht. Die Seuche breitet sich dort aus, wo unendliche Mannigfaltigkeit kombiniert wird, aber gleichzeitig bietet sie auch ein Heilmittel! Klingonen und Romulaner sind unsere Rettung...«

»Mutter...«, warf Spock ein. »Imperium und Reich haben uns keine Hilfe angeboten. Korsal ist der einzige Klingone auf Nisus, und seine Söhne sind Hybriden. T'Pinas Wesen wurde voll und ganz von der vulkanischen Kultur geprägt. Du hast genug diplomatische Erfahrung, um zu wissen, daß die derzeitige Situation nicht als Fundament für eine zukünftige Zusammenarbeit dienen kann. Ganz im Gegenteil: Wir haben es mit einem tödlichen Geheimnis zu tun, von dem die Klingonen und Romulaner nichts erfahren dürfen. Sie sind immun gegen die Krankheit und könnten sie als Waffe gegen uns verwenden.«

Am nächsten Tag trat Spock wieder den Dienst an. Kirk hieß ihn willkommen, aber seine Freude hielt sich in Grenzen — die Lage war noch immer viel zu ernst. Nach der Impfung des Medo-Personals stand das Eisenbasis-Serum nur den kritischen Patienten zur Verfügung, und trotzdem reichte es nicht aus. Dr. McCoy regte sich darüber auf, daß die Orioner von Nisus diplomatischen Druck ausgeübt hatten, um Dosen des knappen Kupferbasis-Serums für Personen zu bekommen, die überhaupt nicht krank waren. Hinzu kam: Bei den klingonischen Gästen an Bord stellten sich Nebenwirkungen ein, und deshalb mußte die Behandlung mit dem Blutstimulans unterbrochen werden.

Außerdem bestand nicht die geringste Hoffnung, daß eine junge Frau selbst mit Hilfe der rigelianischen Arznei genug Blut spenden konnte, um alle vom Virus bedrohten Personen zu retten.

Die Immunitätsfaktoren waren zu spät entdeckt worden. Um die Epidemie wirkungsvoll zu bekämpfen, benötigte Nisus Hilfe — von Feinden, die nicht erfahren durften, was in der wissenschaftlichen Kolonie geschah.

Die *Enterprise* blieb auch weiterhin in der Umlaufbahn des Planeten, und deshalb gab es für Spock nicht viel zu tun. Er hatte jede Menge Zeit, um nachzudenken. Als er hörte, daß der Chefingenieur auf Nisus eine Überflutung verhindern wollte, bot er an, die Landegruppe zu begleiten.

»Sie sind mir immer willkommen, wenn's um etwas Technisches geht«, sagte Scott.

Sie beamten sich an den Rand einer Schlucht in den Bergen. Es war ein sonniger Frühlingstag, warm genug sogar für Spock — er brauchte keine dicke Kleidung zu tragen.

Doch die Wärme bedeutete nun Gefahr.

Scott starrte auf den Eisdamm im Canyon, beobachtete das sich dahinter stauende Schmelzwasser. »Herr im Himmel«, hauchte er.

Zwei tellaritische Ingenieure hatten bereits Messungen vorgenommen und brachten die ermittelten Daten. »Warum hat man uns nicht schon gestern hierhergeschickt?« fragte einer von ihnen ungehalten. »Die Barriere könnte jeden Augenblick nachgeben. An einigen Stellen ist sie recht dünn. Wenn wir jetzt damit beginnen, Abflußkanäle anzulegen ...«

»Aye«, brummte Scott. »Ganz gleich, was wir auch unternehmen — der Damm bricht. Wir sind zu spät gekommen.«

Er klappte seinen Kommunikator auf. »Captain! Die Eisbarriere könnte praktisch jeden Augenblick instabil werden. Ich bleibe hier und versuche, den Druck zu verringern, aber Sie sollten der Stadt einen Evakuierungsbefehl übermitteln. Darüber hinaus schlage ich vor, daß Sie Mr. Spock und die anderen an Bord beamen. Ihre Hilfe muß darauf beschränkt bleiben, mir viel Glück zu wünschen.«

Spock aktivierte sein eigenes Kom-Gerät. »Captain, bitte transferieren Sie mich zur Stadt. Und stellen Sie weitere Einsatzgruppen zusammen. Wir müssen mit einer Überflutung rechnen.«

»In Ordnung«, antwortete Kirk. »Uhura, warnen Sie die Kolonie.«

Spock trat vom Chefingenieur fort, der die Phaser-Ausrüstung vorbereitete, um einen Teil des Eisdamms zu schmelzen.

Scott kam nicht mehr dazu, seine Instrumente einzusetzen — ein Riß bildete sich in der weißen Barriere.

Die Mitte gab zuerst nach, und Wasser spritzte durch den Spalt.

Dann knirschte es auch im Rest des Damms. Eine hohe Woge aus Schmelzwasser donnerte durch die Schlucht, riß alles mit — und verflüchtigte sich für Spock, als ihn der Transporterstrahl erfaßte und in die *Enterprise* zurückholte.

KAPITEL 35

Seit einigen Stunden regte das rigelianische Stimulans T'Pinas Blutproduktion an, und das Mittel blieb nicht ohne Folgen für ihre Psyche. Mehrmals verlor sie das Bewußtsein. Wenn sie sich wach glaubte, erschien ihr die Welt seltsam verzerrt: Sie konnte nicht zwischen Realität und Halluzinationen unterscheiden. Manchmal fühlte sie sich völlig normal – bis sie etwas sagte, das fremdartig klang und überhaupt keinen Sinn ergab.

Immer leistete ihr jemand Gesellschaft, doch die meisten Personen erkannte sie nicht. Einmal sah sie ihre Mutter, aber wie aus weiter Ferne, am Ende eines langen Tunnels, der sich zwischen ihnen erstreckte. »Du bist meine Tochter«, hörte sie T'Kars hohle Stimme. »Blut hat bisher keine Rolle gespielt — warum sollte sich jetzt etwas daran ändern?«

T'Pina wollte antworten, aber kein Laut entrang sich ihrer Kehle. Worte verloren plötzlich ihre Bedeutung. Sie wußte nur, daß sie ihre Mutter enttäuscht hatte, daß ihr ein Fehler unterlaufen war, der nicht korrigiert werden konnte. Es lag an ihrem Blut ... an ihrem Blut ... an ihrem Blut ...

T'Pina erwachte, als jemand nach ihrer Hand griff. Sie spürte kühle Finger, vielleicht die eines Menschen ...

Die Hand gehörte weder einem Arzt noch einer Krankenschwester, und sie wich nicht fort. Jemand versuchte, sie zu trösten, begriff T'Pina, auf eine bei Terranern und anderen Völkern gebräuchliche Weise. Einige Sekunden lang blieb sie reglos liegen, und dann öffnete sie die Augen.

Ein Mann saß neben ihr auf dem Bett. Er trug einen Pyjama, darüber einen Morgenmantel — also ein Patient. T'Pina erkannte Beau Deaver und erinnerte sich vage daran, ihn an jenem Tag gesehen zu haben, als man den Immunitätsfaktor in ihrem Blut fand. Das Gedächtnis zeigte ihr einen blassen, todkranken Deaver ...

Er lebte ganz offensichtlich, obgleich er noch immer ausgezehrt wirkte. Er hatte sich rasiert, aber allem Anschein nach waren seitdem einige Stunden vergangen, denn der Bart bildete schon wieder einen Schatten auf den Wangen. Das schwarze Haar war ein wenig gewachsen, vermittelte dadurch einen zottigen Eindruck und wies jetzt noch mehr Ähnlichkeit mit dichtem Pelz auf.

Er lächelte, und in seinen dunkelbauen Augen funkelte es amüsiert. »Sie haben geträumt«, sagte er.

»Warum ... sind Sie hier?« fragte T'Pina.

»Sie haben mir das Leben gerettet«, erwiderte Deaver. »Muß mich schließlich dafür revanchieren, oder? Passe auf, daß Sie sich nicht verletzen, während Sie das Stimulans bekommen. Dazu braucht man keine medizinische Ausbildung. Tja, Ihre Freunde wechseln sich ab: Dauernd behält Sie jemand im Auge. Ach, werden Sie doch nicht vulkanisch«, fügte Beau hinzu und schloß die Finger etwas fester um T'Pinas Hand, als sie den Arm zurückzuziehen versuchte. »Der Heiler meinte, das Zeug hindere Sie daran, logisch zu sein. Entsprechende Versuche sind also reine Zeitverschwendung.«

»Ich bin keine Vulkanierin«, sagte T'Pina und schloß die Augen. Sie hatte sich jetzt mit dieser Erkenntnis abgefunden. »Warum sollte ich auf Logik Wert legen?«

Deaver schmunzelte. »In dem Fall möchte ich die gute Gelegenheit nutzen und Sie bitten, mit mir auszugehen. Sobald die Epidemie überstanden ist und wir das Hospital verlassen haben. Sobald die Restaurants öffnen.«

T'Pina hob die Lider. Es fiel ihr schwer, den Mann zu verstehen. Die Worte ergaben durchaus einen Sinn, aber sie begriff nicht, welche Absichten er verfolgte. »Was wollen Sie von mir?« erkundigte sie sich schlicht.

»Ich möchte Ihre Präsenz bei einem romantischen Abendessen genießen. Wir könnten ein Konzert oder eine Theatervorstellung besuchen, und anschließend — wer weiß?«

T'Pina runzelte verwirrt die Stirn. »Warum?«

»Weil ich Sie sehr attraktiv finde«, erklärte Deaver. »Weil Sie mutig sind. Und weil es Ihnen nützen könnte, mit jemandem zu reden, der sein ganzes Leben als Außenseiter verbracht hat.«

»Weshalb bezeichnen Sie sich als Außenseiter?«

»Nun, ich bin nicht das, was ich zu sein scheine. Auf den ersten Blick betrachtet, mag man mich für einen Menschen halten, aber in meinen Adern fließt grünes Blut.« Deaver lachte leise. »Dadurch habe ich im Lauf der Jahre einige Kämpfe gewonnen. Manche Typen sind so baff, wenn mir Erbsensuppe aus der Nase läuft, daß ich sie mit ein paar Fausthieben zu Boden schicken kann.«

»Nehmen Sie oft an Schlägereien teil?« fragte T'Pina. Sie konnte sich nur auf einige Ausführungen des Mannes konzentrieren.

»Jetzt nicht mehr. Aber früher, in meiner vergeudeten Jugend, verging kaum eine Woche, ohne daß ich jemandem ein blaues Auge verpaßte.« Beau zuckte mit den Schultern. »So war's damals: Entweder schlug ich zuerst zu, oder es erwischte mich. Als ich später 'ne ordentliche Schule besuchte, fiel's mir schwer zu lernen, daß man Probleme nicht überall auf diese Weise löst. Ich mußte mich völlig umstellen.«

T'Pina überlegte, wie es sein mochte, in einer von Gewalt geprägten Umgebung aufzuwachsen. Deaver lächelte süffisant. »Oh, es gibt viele Welten in der Galaxis, auf denen man nicht nur Grütze im Kopf braucht, sondern auch Fäuste. Und vielleicht ein Messer im Stiefel.«

T'Pina drehte den Kopf. »Entschuldigen Sie bitte. Ich wollte meine Überraschung nicht so deutlich zeigen.«

»Ich dachte, Sie hätten die Logik für eine Weile aufgegeben«, spottete Deaver. Die junge Frau sah ihn wieder an und beobachtete, wie seine Lippen ein sanftes, gutmütiges Lächeln formten. »He, man hat Sie mit Medikamenten vollgepumpt. Selbst die wandelnde Statue namens Sorel ist der Ansicht, daß Sie derzeit nicht voll zurechnungsfähig sind. Nichts von dem, was Sie sagen, kann Ihnen zur Last gelegt werden, okay?«

T'Pina fühlte sich noch immer alles andere als normal, und deshalb nickte sie, wiederholte den menschlichen Ausdruck: »Okay.«

»Aber wenn Sie möchten, daß ich ...« Seltsamerweise unterbrach sich Deaver und brachte den Satz nicht zu Ende.

In seinen dunkelblauen Augen fiel T'Pina etwas auf, das ihr labiles inneres Gleichgewicht störte. Als Beau ihren Blick bemerkte, verschwand der sonderbare Glanz aus den Pupillen. Er schirmte seine Emotionen ebensogut ab wie ein Vulkanier. »Fast wäre ich zu weit gegangen, nicht wahr? Meine schlimmste Angewohnheit. Ich gehe immer bis an die Grenze — und manchmal darüber hinaus.«

Dieser Hinweis verwirrte T'Pina noch mehr, und instinktiv löste sie die Hand aus dem behutsamen Griff des Mannes. Er rührte sich nicht von der Stelle, musterte sie ruhig. Irrationale Schuldgefühle prickelten in der jungen Frau, und aus irgendeinem Grund hielt sie es für angebracht, sich zu entschuldigen — aber wofür?

Sie unterdrückte diese unerklärliche Reaktion, besann sich auf jene Worte, deren Bedeutungsinhalt sie erfaßte. »Wer über die Grenzen hinausgeht, kann zu einem guten Wissenschaftler werden. Oder zu einem hervorragenden Mathematiker«, fügte T'Pina hinzu, als sie sich an Deavers Beruf erinnerte. »Wenn Sie dieser Neigung allein bei der Arbeit nachgeben ...«

»Dann entwickle ich vielleicht eine Gleichung, die das ganze Universum beschreibt — aber ich hätte keinen Spaß mehr am Leben«, erwiderte Deaver.

»Ich dachte, die Mathematik macht Ihnen ›Spaß‹.«

»Sie haben *zugehört!*« entfuhr es Beau. Selbst in ihrem derzeitigen Zustand stellte T'Pina fest, daß es viel zu begeistert klang.

»Natürlich«, bestätigte sie. »Ich höre immer zu.«

»Aber Sie *erinnern* sich auch daran«, sagte Deaver mit ungetrübter Freude. »Ich ...«

Eine Stimme aus dem Interkom unterbrach ihn.

»Dies ist ein Notfall-Alarm. Das Hospital muß evakuiert werden, weil die Gefahr einer Überschwemmung besteht. Die Patienten bleiben bitte in ihren Zimmern, bis sie Instruktionen bekommen. An das Medo-Personal: Notfall-Prozedur Drei. Ich wiederhole: Notfall-Prozedur Drei.

Ambulatorische Patienten: Folgen Sie den Ärzten, Krankenschwestern und Pflegern zu den gekennzeichneten Sicherheitszonen. Stationäre Patienten: Versuchen Sie nicht, die Verbindungen mit den Kontroll- und Behandlungsgeräten zu lösen. Man wird Ihnen helfen.«

Die Nachricht wurde wiederholt.

»Überschwemmung?« fragte Deaver. »Schon seit Tagen hat es nicht mehr geregnet.«

T'Pina hatte den größten Teil ihres Lebens auf Nisus verbracht und wußte Bescheid. »Das Tauwetter. Manchmal bildet das Eis in den Bergschluchten Dämme, hinter denen sich Schmelzwasser staut. Wenn die Barrieren dem Druck nicht mehr standhalten, kommt es zu einer mehr oder weniger hohen Flutwelle. Während ich hier zur Schule ging, fand zweimal eine Evakuierung statt, aber in beiden Fällen war die Überschwemmung nicht sehr schlimm.«

»Da fällt mir ein Stein vom Herzen!« Deaver seufzte. »Trotzdem ...«

Ein rigelianischer Pfleger kam herein und schob eine Rollbahre vor sich her. »Ah, Mr. Deaver«, sagte er. »Sie sind ambulatorischer Patient. Gehen Sie im Korridor nach links und folgen Sie dem Verlauf der blauen Linien ...«

»Ich helfe Ihnen, T'Pina zu transportieren.«

»Aber Sie gehören nicht zum Medo-Personal ...«, wandte der Rigelianer ein.

»Wollen Sie es deshalb auf eine Auseinandersetzung ankommen lassen?« Beau sprach nun in einem drohenden Tonfall. »Oder halten Sie es für besser, diese junge Dame mit dem kostbaren Blut in Sicherheit zu bringen?«

T'Pina versuchte sich aufzusetzen — und erlitt sofort einen Schwindelanfall. »Bleiben Sie liegen!« befahl Deaver. Und zu dem Pfleger: »Beeilen Sie sich; wir dürfen keine Zeit verlieren. He!« Er schnappte unwillkürlich nach Luft, als der Rigelianer den dünnen Schlauch vom Nadelstutzen in T'Pinas Armbeuge zog — grüne Flüssigkeit strömte daraus hervor. »Soll sie etwa verbluten?«

»Das Stimulans wirkt noch immer und beschleunigt die Blutproduktion«, erwiderte der Rigelianer. Er griff nach einem zweiten Schlauch, verband die Nadel mit einem Behälter an der Bahre.

Anschließend wechselte er das Gefäß, das mit dem Transfusionsmodul im anderen Arm verbunden war. »Diese Lösung enthält keine Arzneien mehr und dient nur dazu, den Flüssigkeitsverlust der Patientin auszugleichen.«

Als der Pfleger T'Pina auf die Bahre legen wollte, faßte Deaver sofort mit an und bewies dabei geübtes Geschick. Der Rigelianer nickte anerkennend und lehnte Beaus Hilfe nicht mehr ab.

Auf dem Weg durch das Labyrinth aus Korridoren

verlor T'Pina schon nach kurzer Zeit die Orientierung. Irgendwann erreichten sie einen Lift, und dann folgten weitere Flure. Schließlich passierten sie eine breite Tür und gelangten nach draußen; dort warteten Dutzende von Patienten auf Bahren und in Rollstühlen.

Zwei Bodenwagen nahmen Kranke auf und rollten fort. Ein Schweber landete und startete wieder, als in ihm kein Platz mehr frei war. T'Pina rückte in der Schlange immer weiter nach vorn, und hinter ihr verließen weitere Patienten das Gebäude. Irgendwo fand ein Gespräch statt, in dem es um die Sinnlosigkeit des Versuchs ging, kontagiöse Infizierte von anderen Patienten zu trennen. T'Pina konnte nicht feststellen, von wem die Bemerkungen stammten.

Ein anderer Schweber trug zwei Kranke fort, doch dann hielt ein Bodenwagen, und T'Pina kam an die Reihe, zusammen mit einem bewußtlosen Vulkanier.

Die Pfleger erwiesen sich als zwei Terraner: einer groß und blond, der andere klein, mit lockigem schwarzem Haar und blauen Augen — fast so blau wie die Beau Deavers.

Was für ein seltsamer Gedanke, fuhr es T'Pina durch den Sinn. Der größere Mann überprüfte den ID-Anhänger an ihrem Handgelenk. »Mit dieser Dame mußt du besonders vorsichtig sein, Dave«, sagte er. »Ihr Blut kann Immunität gewähren.«

»Ich bin immer vorsichtig«, erwiderte der andere Mensch. »Warum kritisierst du dauernd meinen Fahrstil?«

»Weil ich möchte, daß die Patienten ihr Ziel mit heiler Haut erreichen«, antwortete der erste Pfleger. Zusammen mit seinem Kollegen hob er den Vulkanier ins Fahrzeug, schnallte den Reglosen dort an und sah ernst auf ihn hinab. »Eigentlich müßte er sich inzwischen erholen. Vielleicht kam es zu irgendwelchen Komplikationen.«

»Bringen wir ihn zum Medo-Camp«, sagte der Mann

namens Dave. »Sollen sich die Heiler um ihn kümmern.«

Sie wandten sich T'Pina zu, und an ihrer Seite fanden sie einen hilfsbereiten Beau Deaver. »Entschuldigen Sie bitte, aber wir transportieren nur nichtambulatorische Patienten«, meinte Dave. »Wenn Sie zur anderen Seite des Hospitals gehen ... Dort stehen Busse bereit.«

»Ich habe eine medizinische Ausbildung hinter mir«, entgegnete Deaver. »Ich kenne mich mit dem Sanitätsdienst aus.« Und zu dem rigelianischen Assistenten, den er begleitet hatte: »Überlassen Sie T'Pina ruhig mir.«

Der Rigelianer zögerte nur kurz. »Wechseln Sie die Blut- und Flüssigkeitsbehälter, wenn sie sich füllen beziehungsweise leeren«, sagte er. »In etwa fünf Stunden sinkt T'Pinas Blutproduktion auf ein normales Maß. Nun, bis dahin sind wir vielleicht alle ins Hospital zurückgekehrt.« Er lächelte. »Danke. Es gibt andere Patienten, die meine Hilfe brauchen, aber Sie wissen ja, wie wichtig diese Frau ist.« Sein mahnender Blick galt auch den beiden terranischen Pflegern.

Kurz darauf schlossen sich die Türen des Wagens, und die Fahrt begann. Dave saß am Steuer, und sein blonder Kollege drehte sich um, beobachtete die beiden Kranken. Deaver hockte zwischen ihnen. Sein Blick blieb auf T'Pina gerichtet — bis der Krankenwagen um eine Ecke raste und plötzlich bremste.

»Was, zum ...«, begann Deaver zornig. Doch er unterbrach sich sofort und erblaßte. »O mein Gott!«

Das Fahrer wendete und gab Gas.

»Das Wasser kommt auch durch diese Straße!« rief Dave. Er schaltete die Sirene ein, drehte das Lenkrad von rechts nach links, ohne die Geschwindigkeit zu verringern.

»Der Damm ist gebrochen!« brachte der andere Pfleger hervor. »Und wir sind nicht schnell genug, um der Flutwelle zu entkommen. Hoffentlich können Sie schwimmen.« Die letzten Worte galten Deaver und den beiden Patienten.

Beau rüttelte den Vulkanier an der Schulter. »Wachen Sie auf, verdammt!« Der Mann blieb bewußtlos.

T'Pina stemmte sich auf den Ellbogen hoch, als der Krankenwagen in Richtung Hospital fuhr. Durchs Rückfenster sah sie ...

Eine riesige Wasserwand, die rasch zu ihnen aufholte!

Wenige Sekunden später war die Flutwelle heran und überholte den Wagen.

Das Fahrzeug wurde wie ein Spielzeug angehoben, von einer Seite zur anderen geworfen ...

Beau hielt sich an den beiden Bahren fest.

Es krachte, als der Wagen gegen eine Mauer prallte.

Über T'Pina wölbte sich ein Teil der Karosserie nach innen. Der zweite Patient stieß gegen Deaver, und beide Männer sanken auf die junge Frau.

Wasser strömte durchs geborstene Dach.

Sie sanken!

»Ich sitze hier fest!« rief der blonde Pfleger.

»Ganz ruhig«, erwiderte Deaver. »Ich zerschneide die Gurte.«

Anschließend versuchten die beiden Terraner, in den engen Fond des Krankenwagens zu gelangen.

Das Wasser schwappte zu T'Pinas Bett und darüber hinweg, als sie nach einem Weg nach draußen suchten. Die junge Frau zerrte an den Riemen der Bahre.

Deaver war unter dem noch immer bewußtlosen Vulkanier gefangen und bemühte sich, T'Pina zu erreichen, aber für seine breiten Schultern gab es einfach nicht genug Platz. »Einen Augenblick!« Er tastete an den Gurten des vulkanischen Patienten entlang, fand den ersten Verschluß. »Können Sie sich um ihn kümmern?« fragte er die Pfleger.

»Ich denke schon«, brummte der blonde Terraner. »Achten Sie auf das scharfkantige Metall!«

Es befand sich nur noch wenig Luft im Wagen. Der Mann atmete tief durch, kletterte über Deaver hinweg, drehte sich um und griff nach seinen Armen, als Dave ihn nach oben zog. Eine heftige Erschütterung erfaßte das Fahrzeug, schleuderte die beiden Pfleger und den Vulkanier ins Freie.

Deaver nahm ein Skalpell und befreite T'Pina von den Riemen.

Das Wasser strömte über sie hinweg. T'Pina richtete sich auf, keuchte und verharrte in der letzten Luftblase unterm Dach.

»Können Sie schwimmen?« fragte Deaver.

»Ja.«

»Halten Sie sich an mir fest und treten Sie mit den Beinen. Lassen Sie auf keinen Fall los, klar? Holen Sie jetzt noch einmal tief Luft.«

T'Pina füllte ihre Lungen mit kostbarem Sauerstoff. Unmittelbar darauf stieß sich Deaver ab und zog die junge Frau mit. Sie fühlte, wie sich die Nadeln aus ihren Armbeugen lösten, verschwendete jedoch keinen Gedanken daran, konzentrierte sich allein darauf, Beaus Hand festzuhalten, als sie durch schwarzes Wasser tauchten.

Sie konnte nichts sehen. Sie konnte nicht atmen. Sie konnte oben nicht von unten unterscheiden.

Die einzige Wirklichkeit bestand aus dem eiskalten Wasser um sie herum.

T'Pina erinnerte sich an Deavers Hinweise, trat und überlegte, ob sie nun nach oben glitten oder von einer fatalen Strömung in den Tod getragen wurden. Die Kälte entfaltete eine lähmende Wirkung ...

Warum war es so dunkel?

Taubheit erfaßte T'Pinas Glieder. Kurz darauf stieß sie gegen etwas — Äste, die versuchten, sie von Deaver zu trennen.

Sie schloß die Finger noch fester um seine Hand und spürte wachsenden Druck in den Lungen. Vorsichtig ließ sie ein wenig Luft entweichen und widerstand der Versuchung zu atmen.

Von einem Augenblick zum anderen geriet sie in einen Strudel!

T'Pina drehte sich um die eigene Achse, und die vulkanische — beziehungsweise romulanische — Kraft nützte ihr nichts mehr: Sie verlor den Kontakt zu Deaver. Andere Objekte sausten durch die Dunkelheit heran und prallten gegen sie, während Beau von ihr fortglitt.

Die junge Frau war dem gnadenlosen Zerren der Strömung hilflos ausgeliefert.

Sie konnte Deaver weder sehen noch fühlen. Ihre Lungen drohten zu platzen, und die Kältc dehnte sich weitcr in ihr aus, betäubte selbst die Gedanken ...

Finsternis umhüllte ihr Ich.

KAPITEL 36

Wenige Minuten nach dem Bruch des Eisdamms stand Spock auf dem flachen Dach der Handelskammer von Nisus. Es handelte sich um das größte Gebäude in der Stadt, und die *Enterprise* verwendete es als Retransfer-Zentrum. Der Erste Offizier leitete die Rettungsbemühungen, beobachtete die Evakuierung und begriff schon nach kurzer Zeit, daß Besatzungsmitglieder der *Enterprise* keinen wesentlichen Beitrag leisten konnten, um die vielen tausend Bürger in Sicherheit zu bringen. Trotzdem mußten sie es versuchen.

Auf den Gleitflächen zu beiden Seiten der Straßen wimmelte es von Flüchtlingen, die zu den nächsten Hügeln unterwegs waren. Schweber und Gleiter flogen über sie hinweg. Von den Bergen her näherte sich die Wasserwand, donnerte dem Reservoir entgegen. Nur die Personen am Rand der Stadt durften hoffen, rechtzeitig die Hügel zu erreichen.

Niemand wußte, wie hoch die Flutwelle sein mochte, wenn sie durchs Tal mit der Kolonie raste. Spock veranlaßte eine Warnung, und Helfer begannen damit, den Flüchtlingsstrom in Richtung der Handelskammer und anderer großer Gebäude umzuleiten — inzwischen stand fest, daß die meisten Nisus-Bürger keine Gelegenheit mehr hatten, die Stadt zu verlassen.

Spock sah, wie der Transporterstrahl sowohl Einsatzgruppen als auch Ausrüstungen materialisieren ließ. Viele Leute waren schon an die Zusammenarbeit bei Notfällen gewöhnt, zum Beispiel einige medizinische

Assistenten, die abseits des Transfer-Bereichs eine Behandlungsstation errichteten.

Landegruppe Sieben traf ein, sechs Personen, die verschiedene Abteilungen des Schiffes repräsentierten: Maschinenraum, Computer-Wissenschaften, Medizin, Ökonomie, Sicherheit und Lagerverwaltung. Kirk nannte dieses Team manchmal »UMUK-Gruppe«, weil sich Fähigkeiten und Eigenschaften der einzelnen Mitglieder so sehr voneinander unterschieden. Gleichzeitig kam die Bezeichnung einem Scherz gleich: Die Angehörigen der Landegruppe Sieben stritten sich häufig und erweckten dabei den Eindruck, sich nicht einmal über die banalsten Dinge einigen zu können.

Trotz ihrer Meinungsverschiedenheiten waren sie ebenso tüchtig wie alle anderen. Rogers, ein dicklicher, braunhaariger Mann, leitete das Team. Er und seine Leute eilten zu dem Wasserfahrzeug, das unmittelbar nach ihnen im Transferfeld erschien. Eine hastige Montage fand statt. Der große und außerordentlich kräftige Sicherheitsoffizier hielt die einzelnen Teile, und zwei Frauen verschraubten sie.

Unterdessen bereitete der dritte Mann den Bordcomputer vor, arbeitete dabei mit fast vulkanischer Konzentration. Das letzte Mitglied der Gruppe — ein kleiner, unscheinbarer Mann — reichte seinen Kollegen immer die richtigen Werkzeuge und Instrumente.

Während der Montage kam es zu vier verbalen Auseinandersetzungen. Trotzdem war das Fahrzeug fertig, bevor die nächste Einsatzgruppe und ihre Ausrüstung auf dem Dach materialisierten.

»Menschen«, erklang eine ruhige Stimme hinter Spock. »Manchmal frage ich mich, wie sie genug Kooperation lernten, um eine Zivilisation zu schaffen.«

Spock drehte sich um. »Was machst du hier, Vater?«

Sarek trug eine ausgeliehene Starfleet-Uniform und schien sich nicht mit der Rolle des Beobachters begnügen zu wollen.

»Soweit ich weiß, werden hier alle gesunden und abkömmlichen Personen gebraucht«, erwiderte Spocks Vater. »Als ich den Captain darauf hinwies, daß ich sowohl gesund als auch abkömmlich bin, beugte er sich der Logik.«

»Der Logik? Hältst du es für logisch, einen Vulkanier mit einer Flutkatastrophe zu konfrontieren? Kannst du schwimmen?« Spock suchte nach einem Vorwand, um seinen Vater zur *Enterprise* zurückzuschicken.

»Natürlich kann ich schwimmen. Ich habe es von deiner Mutter gelernt, auf der Erde.«

Damit hätte ich eigentlich rechnen sollen, dachte Spock. Er fragte sich, ob Amanda die nächste Einsatzgruppe begleiten würde.

Sarek erriet seine Überlegungen. »Amanda wartet in der Krankenstation der *Enterprise,* um dort transferierten Flutopfern zu helfen.«

Spock musterte seinen Vater, und deshalb bemerkte er, wie Sareks Lippen einen dünnen Strich bildeten — er versuchte, ruhig und gefaßt zu bleiben, als er über die Stadt blickte. Der Erste Offizier drehte sich um. Die dreißig Meter hohe Wasserwand hatte nun das Reservoir erreicht und setzte den Weg fort.

Sie wogte über den Damm, donnerte ins Tal, krachte auf die ersten Gebäude hinab. Wenn alle Bewohner der Kolonie die Anweisungen achteten, hielt sich niemand in der Nähe des Damms auf. Doch das Wasser unterlag keinen solchen Beschränkungen — es rauschte weiter.

Spock hob seinen Kommunikator. »An die Piloten aller zur Verfügung stehenden Schweber und Gleiter — starten Sie. Wasserfahrzeuge, in Bereitschaft halten.«

Hilflos beobachteten Sarek und sein Sohn, wie das Wasser am Fuß des Damms zunächst Teiche und kleine Seen bildete. Aber es strömte immer mehr aus dem Reservoir, und innerhalb kurzer Zeit entstand eine neue hohe Welle, die sich der Stadt näherte. In den Wohnvierteln schufen höhere Gebäude Kanäle, die für eine stärkere Strömung sorgten; in den schmalen Straßen türmten sich die Fluten auf.

Dutzende von Schwebern und auch einige Shuttles nahmen in Not geratene Personen auf — aber es wurden viel mehr gebraucht! Spock und Sarek waren zu weit entfernt, um Einzelheiten zu erkennen, sahen nur, wie Gleiter wieder aufstiegen, um nicht von der heranrasenden Flutwelle erfaßt zu werden. Ein Schweber blieb zu lange unten, um jemanden zu retten: Das Wasser schleuderte ihn fort, schmetterte ihn an eine Mauer.

Sarek wandte sich ab und schritt zu seiner Landegruppe, die einen kleinen Gleiter montierte. Geschickt begann er damit, die Kommunikationssysteme und den Navigationscomputer zu justieren. Die Maschine bot nur zwei Personen Platz, und an der Außenseite befanden sich einige Rettungskapseln. Zwei Besatzungsmitglieder der *Enterprise* nahmen an den Kontrollen Platz und starteten.

Sarek schritt am Rand des Daches entlang und hielt im steigenden Wasser nach Überlebenden Ausschau. Sein Sohn trat zu ihm.

»Können wir den in Gebäuden festsitzenden Personen irgendwie mitteilen, daß sie an Ort und Stelle bleiben sollen, wenn sie genug Luft haben?« fragte Spocks Vater schließlich.

»Ich weise Uhura an, auf allen Kom-Kanälen eine entsprechende Mitteilung zu senden. Doch durch die Überflutung könnten viele Kommunikatoren ausgefallen sein.«

Spock übermittelte die Anweisung, und Uhura bestätigte sie.

Sarek sah seinen Sohn an, blickte dann wieder über die Stadt. Crewmitglieder der *Enterprise* und Nisus-Bürger holten Bedrohte aus dem Wasser, von Dächern, aus Fenstern. Auf einem Gebäude halfen Tellariten und Andorianer mehreren Menschen aus einem Treppenhaus, kümmerten sich dann um einen Hemaniten. Ein Lemnorianer — offenbar hatte er die anderen Leute von unten angehoben — folgte ihnen und kletterte nach oben. Ein Wasserfahrzeug, in dem Chekov und Sulu saßen, nahm die Gruppe auf.

»UMUK in Aktion«, sagte Sarek so leise, daß sich seine Stimme fast in dem akustischen Durcheinander verlor. Spock hörte ihn dennoch, und als er nickte, fuhr sein Vater fort: »Deine Entscheidung, Starfleet-Offizier zu werden, hätte mich nicht überraschen sollen. Die Flotte ist ebenso das Ergebnis von Mannigfaltigkeit wie du selbst. Es wäre auch denkbar gewesen, daß du Nisus wählst.«

»Oder die vulkanische Akademie«, sagte Spock. »Eine terranische Redensart lautet: Glück und Regenbogen sieht man nicht über dem eigenen Haus ...«

»... sondern nur über anderen«, beendete Sarek den Satz. »Ich verstehe das ›Glück‹ nicht, aber ich kenne die menschliche Neigung, es fernab der Heimat zu suchen, meistens ohne Erfolg. Gelegentlich vergesse ich, daß du zur einen Hälfte Mensch bist und ein Recht darauf hast, auch diesen Teil deines Erbes zu nutzen.«

»Du vergißt auch, daß mir meine Mutter immer ein Beispiel bot«, erwiderte Spock. »Denk daran, Vater: Sie *hat* ihr Glück gefunden, und zwar viele Lichtjahre von ihrem Geburtsort entfernt.«

Der Hauch eines Lächelns berührte Sareks Lippen. »Und ich begegnete ihr auf einer für *mich* fremden Welt. Du bist sowohl Amandas Sohn als auch meiner. Ich hoffe, du zögerst nie wieder, nach Hause zurückzukehren.«

»Vater, ich kehre nach Vulkan zurück, sobald mein Dienst bei Starfleet beendet ist.« Das entsprach der Wahrheit — obwohl Spock nicht wußte, wann er diese Entscheidung getroffen hatte.

»Darüber wird sich deine Mutter sehr freuen«, kommentierte Sarek, und in seinen Augen sah Spock deutliche Zufriedenheit. Logik spielte jetzt keine Rolle. Die Versöhnung der Familie hatte während der Reise nach

Babel begonnen, setzte sich fort, als Spock und Sarek auf Vulkan eine Mentalverschmelzung herbeiführten, um Amanda zu retten. Jetzt gab es keine Kontroversen mehr, nur noch Harmonie.

Stumm blickten Vater und Sohn über die von einer Flutkatastrophe heimgesuchte Stadt.

KAPITEL 37

Als T'Pina das Bewußtsein wiedererlangte, beugte sich Beau Deaver über sie. Ihre Kleidung war naß, und sie spürte eisige Kälte.

»Wo sind wir?« fragte die junge Frau und drehte den Kopf. Sie lag auf kaltem Metall, das nur wenige Zentimeter weit aus schwarzem Wasser ragte.

»In einer Luftblase«, erklärte Deaver. »Die Strömung trug uns in ein Gebäude. Der Wasserdruck hat offenbar die Fensterscheiben splittern lassen. Ich weiß nicht, um welches Gebäude es sich handelt oder wie hoch das Wasser steht. Aber wir sind hier sicher — bis uns die Luft ausgeht.«

Das matte Licht stammte aus den mit Batteriestrom gespeisten Notlampen. T'Pina und Deaver lagen auf Stahlschränken; nur ein Meter trennte sie von der Dekke. Der Platz genügte nicht einmal, um sich aufzusetzen, doch wenigstens hatte sich hier Luft gesammelt — und ihnen das Leben gerettet.

»Was unternehmen wir jetzt?« erkundigte sich T'Pina.

»Kommt darauf an«, sagte Deaver. »Der Wasserstand müßte bald sinken. Vielleicht ist es am besten, wenn wir hierbleiben. Es sei denn, wir sind im Erdgeschoß«, fügte er hinzu. »Die Kapazitäten der Kanalisation sind wahrscheinlich voll ausgelastet. Der Rest muß über dem Boden ablaufen, was ein oder zwei Tage dauern könnte. Was das Licht betrifft ... Ich habe keine Ahnung, wie lange der Batteriestrom reicht. Nun, ich schlage vor, wir ruhen uns etwas aus und suchen dann nach einem

Treppenhaus. Selbst wenn es überflutet ist … Wir könnten dort nach oben schwimmen.«

T'Pina schauderte bei der Vorstellung, ins eisige Wasser zurückzukehren. »Sie frieren!« stieß Deaver hervor. Er schob sich näher, hüllte die junge Frau in einen Kokon der Wärme, indem er die Arme um sie schlang. Doch bald fröstelte sie erneut, und ein seltsames Prikkeln auf der Haut gesellte sich hinzu.

»Was ist los?« fragte Beau.

»Ich … weiß nicht«, antwortete T'Pina. »Ich fühle mich sehr sonderbar und habe großen Durst, aber …«

»Dieses Wasser dürfen Sie nicht trinken!« sagte Deaver sofort. Dann seufzte er. »Nun, wahrscheinlich macht's keinen Unterschied. Auf dem Weg hierher haben wir bestimmt was davon geschluckt.«

»Ich habe Durst«, wiederholte T'Pina. »Gleichzeitig fühle ich mich aufgedunsen, so als …«

Deaver griff nach ihrem linken Arm und stellte fest, daß kein Blut mehr aus der Armbeuge tropfte. Der rigelianische Pfleger hatte ihn aufgefordert, das Blut auch weiterhin fließen zu lassen und den Flüssigkeitsverlust auszugleichen. *Jetzt könnte ich seine Hilfe gut gebrauchen,* dachte Beau kummervoll.

»Wir haben zwei Möglichkeiten«, sagte er. »Erstens: Wir warten einfach ab und hoffen, daß der Blutdruck nicht hoch genug wird, um Gefäßschäden oder gar einen Schlaganfall zu verursachen. Zweitens: Wir sorgen dafür, daß Sie etwas Blut verlieren — in der Hoffnung, Sie dadurch nicht zu sehr zu schwächen.«

T'Pina war ebenso ratlos wie ihr Begleiter. »Wenn wir die zweite Alternative wählen, geht Blut verloren, aus dem man das dringend benötigte Serum gewinnen könnte.«

»Aber wenn Sie sterben oder so krank werden, daß man Sie nicht mit dem Stimulans behandeln kann … Dann gäbe es kein Serum mehr.«

Mit jeder verstreichenden Sekunde fühlte sich T'Pina

seltsamer. Vage dachte sie daran, daß der starke Akzent aus Deavers Stimme verschwand, wenn die Situation ernst genug wurde. »Vielleicht wären Sie tatsächlich in der Lage gewesen, an der vulkanischen Akademie zu lehren«, flüsterte sie.

Beau holte zischend Luft. »Himmel, die Zeit drängt!« Er suchte in den Hemdtaschen. »Hab's noch!« sagte er erleichtert und holte das Skalpell hervor, das er im Schweber verwendet hatte, um Gurte und Riemen durchzuschneiden. »Ist jetzt nicht mehr ganz so scharf wie vorher.« Deaver lächelte schief. »Meine Güte, ich hoffe nur, wir machen keinen Fehler.«

Es war nicht möglich, das Skalpell zu sterilisieren. Beau hielt das Messer an T'Pinas Ader und drückte kurz zu — sofort spritzte Blut aus der kleinen Wunde, verriet einen für Vulkanier viel zu hohen Druck.

»Besser?« fragte Deaver und schluckte, als er sah, wieviel Blut aus der angeschnittenen Ader strömte.

»Besser ...«, hauchte T'Pina.

Der Mann schlang erneut die Arme um sie.

KAPITEL 38

Die Rettungsaktion war inzwischen voll im Gang. Spock stand noch immer auf dem Dach der Handelskammer von Nisus, teilte seine Aufmerksamkeit zwischen der Arbeit und entsetzter Faszination, die dem immer noch steigenden Wasser galt. Es fiel ihm schwer, weitere Besatzungsmitglieder der *Enterprise* in den Einsatz zu schicken, während er selbst in Sicherheit blieb. Hinter ihm griff Miss Nordlund nach der Komponente eines Luftwagens und ächzte, als sie sich aufrichtete.

Spock nahm ihr den Gegenstand ab. »Was ist los?«

»Mein Rücken, Sir«, lautete die Antwort. »Manchmal protestiert er.«

Nordlund war eine kräftig gebaute Frau und hatte sich das lange, fast schneeweiße Haar zusammengesteckt. Spock wußte, daß sie trotz der Schmerzen weiterarbeiten würde, und deshalb sagte er: »In diesem Zustand können Sie niemanden aus dem Wasser holen.«

»Aber ich möchte helfen, Sir«, wandte sie ein. Die Blässe wich aus ihrem Gesicht, und sie schien sich zu erholen, als sie keine schwere Last mehr trug.

»Dann vertreten Sie mich.« Spock reichte Nordlund den Kommunikator.

Zusammen mit Sarek beendete er die Montage des Luftwagens und setzte sich dann an die Kontrollen.

Das Wasser reichte jetzt bis zum dritten Stock der Handelskammer. Spock hielt Ausschau, sah jedoch nur Angehörige der Einsatzgruppen, die aus Fenstern starrten und zu entscheiden versuchten, wann sie mit den Booten aufbrechen sollten.

Der Erste Offizier startete und flog zum Hospital, erinnerte sich an Bodenfahrzeuge, die Patienten zum Medo-Camp am Berghang transportiert hatten.

Das Krankenhaus war nahezu überflutet. Auf dem Dach standen einige Leute, denen derzeit keine konkrete Gefahr drohte. Spocks Sorge galt in erster Linie den Objekten im Wasser.

Ab und zu fiel es ihm schwer, den Kurs des Luftwagens zu kontrollieren: Über Dächern, die stundenlang Sonnenschein empfangen hatten, gerieten Sarek und er in starken Aufwind, und über dem kalten Wasser mußten Fallwinde ausgeglichen werden. Der krasse Temperaturunterschied führte zu gefährlichen Turbulenzen.

In dem Chaos aus Hitze und Kälte lieferten die Sensoren unzuverlässige Werte. Es dauerte sicher noch eine Weile, bis es wieder Sinn hatte, mit Ortungsinstrumenten nach Überlebenden zu suchen. Bis dahin mußten sie sich allein auf die Augen verlassen.

In einem tiefer gelegenen Bereich der Stadt kreuzten sich zwei Hauptstraßen. Dort strömte das Wasser aus zwei verschiedenen Richtungen aufeinander zu, wodurch ein Strudel entstand. »Sieh nur!« Sarek streckte den Arm aus und deutete auf ein blaugrünes Etwas in den schäumenden Fluten. Als sie näher kamen, erkannte Spock drei Personen: Zwei trugen blaue Uniformen des Hospital-Personals, die dritte einen grünen Patienten-Coverall. Der Erste Offizier reduzierte die Flughöhe. »Bitte übernimm du die Kontrollen, Vater.«

»Ich bin mit dieser Maschine nicht vertraut«, erwiderte Sarek, legte einen Sicherheitsharnisch an und befestigte ein Seil am Gürtel. »Du fliegst, und ich steige aus, um den Überlebenden zu helfen.«

Als Sarek die Luke öffnete, fauchte böiger Wind und drohte, die beiden Vulkanier aus der Pilotenkanzel zu zerren. Spocks Vater zögerte nur ein oder zwei Sekunden lang, bevor er nach draußen kletterte und sich dort an einer Rettungskapsel festhielt.

Der Patient im grünen Coverall stammte ganz offensichtlich von Vulkan und war ohnmächtig — in so kaltem Wasser hätte selbst ein gesunder Vulkanier nach kurzer Zeit das Bewußtsein verloren. Spock bediente immer wieder Höhen- und Seitenruder, damit das dicht über dem Wasser schwebende Aircar nicht ins Trudeln geriet.

Das überlastete Triebwerk heulte, untermalt vom zischenden Wind. Spock sah, daß einer der beiden in Blau gekleideten Männer versuchte, Sarek etwas mitzuteilen, aber sein Vater verstand ihn offenbar nicht. Gemeinsam brachten sie den Vulkanier in der Rettungskapsel unter.

Als alle an Bord waren, beschleunigte Spock und lenkte den Luftwagen nach oben. Über den Turbulenzen überließ er die Kontrollen Sarek, beugte sich durch die Luke auf seiner Seite und half den beiden Menschen, die Haltegurte anzulegen.

Dann steuerte er die Maschine zum Handelszentrum zurück — es dauerte zu lange, um die beiden erschöpften Terraner zum Medo-Camp zu bringen.

In der Behandlungsstation auf dem Dach hatte man inzwischen mit der Arbeit begonnen. Zwei von McCoys medizinischen Assistenten, Arthur und Westplain, holten die drei Passagiere aus den angeflanschten Rettungskapseln und hüllten sie in Decken. Der Vulkanier war noch immer bewußtlos. Dr. Gardens untersuchte ihn mit einem Medoscanner und gab Anweisung, ihn an Bord der *Enterprise* zu beamen.

Westplain — ein hochgewachsener, schlaksiger Mensch mit kastanienbraunem Haar; er hatte ein wettergegerbtes Gesicht, obgleich er die meiste Zeit an Bord des Raumschiffs verbrachte — beugte sich über die anderen beiden Männer. Einer von ihnen setzte sich plötzlich auf, griff nach dem Arm des Assistenten und stieß hastig einige Worte hervor. Westplain versuchte erst, ihn zu beruhigen, doch dann hörte er zu, und seine Miene zeigte wachsende Besorgnis.

Spock und Sarek wollten wieder starten, als der Medo-Assistent zu ihnen eilte und aufgeregt winkte. Spock öffnete die Luke, und Westplain sah in die Pilotenkanzel. »Jene Männer waren am Transport der Patienten beteiligt«, sagte er. »In ihrem Wagen befanden sich drei Kranke, als sie von der Flutwelle überrascht wurden: der Vulkanier dort drüben, ein Nisus-Wissenschaftler und die junge Frau mit dem romulanischen Blut — T'Pina!«

KAPITEL 39

T'Pina lag in Beau Deavers Armen und fühlte sich noch immer sonderbar. Durch den Blutverlust verschwand das Empfinden von Aufgedunsenheit, aber sie fror nach wie vor und hatte Durst. Außerdem gingen ihr verworrene Gedanken durch den Kopf.

Mühsam konzentrierte sie sich auf die aktuelle Lage. »Wir sollten jetzt versuchen, die Oberfläche zu erreichen, Mr. Deaver.«

»Noch nicht«, erwiderte Beau. »Erst müssen wir sicher sein, daß es Ihnen gutgeht. Außerdem: Das Wasser ist nicht kalt genug, um mich umzubringen, aber bei Vulkaniern sieht die Sache anders aus.«

»Bei Romulanern«, murmelte T'Pina.

»Der Unterschied besteht nur aus einem kleinen Blutfaktor«, sagte Deaver.

Die junge Frau spürte seinen Blick und hielt an ihrer Selbstbeherrschung fest. »Brechen Sie auf. Holen Sie Hilfe.«

Der Mann schüttelte langsam den Kopf. »Noch nicht«, wiederholte er. »Vielleicht steigt das Wasser noch. Wenn ich unterwegs in eine starke Strömung gerate ...«

T'Pina schauderte plötzlich.

»Kommen Sie.« Deaver drückte sie an seine breite Brust, zog den nassen Morgenmantel über sie beide. »Nein, das genügt nicht. Drehen Sie sich um.«

»Ich soll mich umdrehen?«

»Auf die Seite, mit dem Rücken zu mir. Ja, so ist es

richtig, braves Mädchen«, fügte er hinzu, als T'Pina seiner Aufforderung nachkam.

Beau umarmte sie und zog die Knie an. Es dauerte nicht lange, bis T'Pina trotz ihres völlig durchnäßten Hospital-Coveralls die Wärme des orionischen Hybriden fühlte. Seine Körpertemperatur war nicht so hoch wie die vulkanische — oder romulanische — Norm, aber er hielt die Kälte von ihr fern.

»Gut — Sie zittern nicht mehr«, sagte er und rückte noch etwas näher. »Wenn ich Ihnen einen guten Rat geben darf: Machen Sie es sich nicht *zu* bequem. Wir sollten vermeiden, daß Sie einschlafen.«

»Ich bleibe wach«, versprach T'Pina, als ihr die Augen zufielen.

Deaver ging kein Risiko ein. »Sprechen Sie mit mir. He, ich habe Ihnen von meiner scheußlichen Vergangenheit erzählt. Jetzt sind Sie dran.«

»Ich ... weiß nichts von meiner ... scheußlichen Vergangenheit.«

»Plötzlicher Gedächtnisschwund, wie?«

»Ich ... habe keine Ahnung, wer ... ich bin.«

»Unsinn«, sagte Beau. »Sie sind das kleine Mädchen, das Nisus gerettet hat.«

»Kein Kind ...«, protestierte T'Pina leise. Deavers Arme versteiften sich, und am Nacken spürte sie eine Bewegung in seinem Gesicht, als er lächelte.

»Nein«, bestätigte er. »Ich weiß, daß Sie kein Kind sind. Aber ich bemühe mich, ein Gentleman zu sein und die gegenwärtige Situation nicht auszunutzen.«

»Nicht auszunutzen?«

»Allein, eine schöne Frau in den Armen. Wenn jemand herausfindet, daß ich nur mit Ihnen geredet habe, ist mein Ruf ruiniert.«

T'Pina schwieg und verglich Deavers Bemerkung mit jenen Witzen und Anspielungen, die sie häufig von Nichtvulkaniern gehört hatte — ohne sie jemals zu verstehen. Die biologischen Aspekte der Reproduktion waren ihr kein Geheimnis, aber sie fragte sich nach wie vor, was Küsse und ähnliche Berührungsrituale, die sie aus Büchern sowie Video-Aufzeichnungen kannte, damit zu tun hatten.

Andererseits ... Sie war jetzt auch physisch gereift und begann zu verstehen, daß gewisse Verbindungen existierten. T'Pina erinnerte sich an ihre peinliche Reaktion auf Sendet. Aber er war ein ungebundener Mann ihrer Spezies, oder zumindest ihrer Kultur. Warum erwartete Beau Deaver, daß sie auf ihn reagierte?

Als sie an Sendet dachte, entsann sie sich an den Empfang in der *Enterprise,* an Sarek und Amanda, Dr. Corrigan und T'Mir. Es war also möglich. Weitere Reminiszenzen: der Tag, an dem sie Deaver kennengelernt hatte – er half ihr bei den Kindern, und sie empfand seine Präsenz als angenehm.

Kann ich mich in einem normalen geistigen und körperlichen Zustand zu einem Mann hingezogen fühlen, der völlig anders ist?

Und: *Unterscheiden wir uns wirklich so sehr? Bin ich nicht ebenso ein Außenseiter wie er?*

»Bleiben Sie wach«, sagte Deaver, als sie auch weiterhin schwieg. »Erzählen Sie mir mehr von sich. Sie sind medizinische Assistentin, nicht wahr?«

»Ja«, erwiderte T'Pina. »Ich werde einige Jahre lang im Nisus-Hospital arbeiten und dann über eine Spezialisierung entscheiden. Anschließend strebe ich eine angemessene Weiterbildung an.«

»Eine ›angemessene‹ Weiterbildung«, murmelte Deaver. »Gab es in Ihrem Leben irgendwann einmal etwas Unangemessenes?«

»Ja.«

»Tatsächlich? Und was?«

»Ich brachte es fertig, als Romulanerin geboren zu werden.«

Beau lachte leise. Menschen waren sonderbar, und dieser menschlich-orionische Hybride erschien ihr geradezu rätselhaft. T'Pina wußte nicht, warum er ihre Antwort so amüsant fand.

Als sie ihn darauf ansprechen wollte, fragte er: »Verändern sich dadurch nicht Ihre Pläne?«

»Wie meinen Sie das?«

»Sie sind neugierig, oder? Und Neugier ist die einzige Emotion, die sich Vulkanier erlauben.«

T'Pina war tatsächlich neugierig — bisher hatte sie nur keine Zeit gefunden, über ihre Herkunft nachzudenken.

Vielleicht lag es daran, daß die bewußtseinstrübende Wirkung des Blutstimulans allmählich nachließ: Sie dachte nun über die Hintergründe ihrer romulanischen Abstammung nach. »Wie soll ich Klarheit gewinnen?« wandte sie sich an Deaver. »Die Romulaner sind Feinde der Föderation.«

»Fragen Sie Korsal«, entgegnete Beau.

»Korsal? Den klingonischen Techniker? Warum sollte er etwas über mich wissen?«

»Nun, *er* weiß bestimmt nicht, wie Sie als Kleinkind auf einen vulkanischen Kolonialplaneten gelangten. Aber die Klingonen unterhalten Beziehungen zu den Romulanern. Vielleicht kann Korsal durch klingonische Kanäle Erkundigungen einziehen und Antworten von den Romulanern bekommen.«

T'Pina musterte den Mann. »Woher beziehen Sie Ihre Informationen, Mr. Deaver?«

»Bitte nennen Sie mich Beau — immerhin kennen wir uns jetzt gut genug.«

»Sie weichen meiner Frage aus.«

»Oh, die Logik ist zurückgekehrt. Schade. Benebelt und benommen gefielen Sie mir besser — Sie waren viel netter.«

»Ich habe Sie gefragt, woher Sie wissen, daß es zwischen Klingonen und Romulanern Kontakte gibt.«

»Nun, ich könnte Ihnen vorschlagen, die Orioner um Auskunft zu bitten, aber ich schätze, die Klingonen verdienen mehr Vertrauen. Wenigstens machen sie keinen Hehl aus ihrer Feindseligkeit.«

»Oh.« So etwas wie Verlegenheit regte sich in T'Pina. Dann begriff sie. »Soll das heißen, auch die Orioner stehen mit den Romulanern in Verbindung?«

»Orioner nutzen jede Gelegenheit für profitable Geschäfte«, sagte Deaver. »Sie bieten alles an, was Geld einbringt: Waffen, Drogen, Sklaven und so weiter. Einmal hätten sie mich fast verkauft.«

»Was?«

»Sie wissen sicher, daß Frauen für Orioner Handelsware sind.«

»Es ist allgemein bekannt.«

»Nun, auf den Randwelten der Föderation gibt es einen gewissen Markt dafür, der ein Risiko lohnt. Doch auf orionischen Planeten werden nicht nur Frauen verkauft, sondern auch Männer und Kinder. Tja, ich war damals nur ein kleiner Junge, aber offenbar hatte ich schon etwas von dem Charme, der mich heute auszeichnet. Ein Händler namens Zefat glaubte, daß sich mit mir ein hoher Preis erzielen ließe, als exotisches Spielzeug für einen reichen Orioner oder vielleicht für eine klingonische Familie. Er überredete meinen Vater zu einem Spiel mit gezinkten Karten. Die Spielleidenschaft meines Vaters war immer eine seiner größten Schwächen.«

Deaver starrte ins Leere.

T'Pina glaubte, ihren Ohren nicht trauen zu können. »Sie meinen, Ihr Vater beteiligte sich an einem Glücksspiel — mit Ihnen als Einsatz?«

»Ja. Und er verlor.«

»Aber wie ...?«

»Meine Mutter«, erwiderte Beau Deaver. »Orionische Frauen sind nicht dumm — orionische Männer sorgen nur dafür, daß sie unwissend und ungebildet bleiben. Doch mein Dad ließ Mum machen, was sie wollte, solange sie ihm jederzeit zu Diensten war. Sie lernte, den

Bordcomputer nicht nur als Ablage für Rezepte zu benutzen. Als sie herausfand, daß Dad mich beim Spiel verloren hatte, begann sie mit der Suche nach mir. Sie besorgte sich Informationen von anderen Orionerinnen, und der Computer stellte ihr alle der Föderation bekannten Daten über Zefat zur Verfügung.«

T'Pina spürte ein leichtes Zittern in Deavers Armen. Offenbar handelte es sich um schmerzliche Erinnerungen. »Sie schaffte es, an Bord von Zefats Schiff zu gelangen. Er vermutete, sie wollte ihn erpressen, und Mum ließ ihn in diesem Glauben. Holte mich aus meinem Zimmer und führte eine Konfrontation mit dem Händler herbei.

Zefat plante, sie einfach umzubringen — um sie loszuwerden und mir eine Lektion zu erteilen. Aber er unterschätzte meine Mutter. Sie wußte inzwischen, wer seine Feinde waren. Mit den Föderationsdaten und Informationen der anderen Frauen beschrieb Mum den betreffenden Personen in allen Einzelheiten, auf welche Weise Zefat sie betrogen hatte; als Gegenleistung für diese Hinweise verlangte sie Hilfe bei meiner Befreiung. Der Händler bekam es mit drei seiner schlimmsten Gegner zu tun.«

»Ihre Mutter war sehr mutig«, sagte T'Pina.

»Ja.« Deaver nickte. »Immer. Wenn Orioner etwas Niederträchtiges anstellen, denke ich an sie, um mich meiner Herkunft nicht zu sehr zu schämen.«

»Aber Sie sind doch gar kein ...« T'Pina unterbrach sich und verstand plötzlich. »Sie sind ebensowenig Orioner wie ich Romulanerin.«

Beau lächelte. »Genau darauf wollte ich hinaus.«

»Ich dachte, Sie seien Mathematiker und kein Psychologe.«

»Ich bin ein Alleskönner«, sagte Deaver. Unruhe erfaßte T'Pina, und sie rutschte ein wenig zur Seite. »Was ist los?«

»Ich weiß nicht recht«, brachte die junge Frau hervor.

»Es fällt mir schwer ... zu atmen.« Sie schluckte mehrmals. »Vielleicht liegt es an den Nachwirkungen des Stimulierungsmittels.«

»Oder die Luft wird allmählich knapp«, murmelte Deaver.

T'Pina drehte sich mühsam um. »Wir dürfen nicht länger warten. Wir müssen versuchen, die Oberfläche zu erreichen.«

»Ja, Sie haben recht«, sagte Beau. »Allerdings ...« Seine Stimme verklang.

»Was ist los?« T'Pina musterte den Mann.

»Nun«, begann er, »ich kann nicht ... Vielleicht sollte ich es Ihnen zeigen.« Er hob den Morgenmantel, und darunter kam eine lange Wunde im Oberschenkel zum Vorschein. T'Pina schnappte unwillkürlich nach Luft und vergaß ihre eigenen Schmerzen.

»Offenbar habe ich mich verletzt, als uns die Strömung durch ein Fenster trug«, erklärte Deaver. »Tut verdammt weh. Und ich fürchte, im Wasser nützt mir das Bein kaum etwas.«

»Warum haben Sie nichts davon gesagt?« fragte die junge Frau.

Beau lächelte. »Zu welchem Zweck? Um Ihnen einen weiteren Grund zu geben, sich Sorgen zu machen? Nein, ich habe gehofft, daß uns jemand findet, daß wir nicht noch einmal schwimmen müssen. Wir sind ein tolles Paar, stimmt's?« Er legte seiner Begleiterin die Hand auf die Schulter. »Brechen wir auf?« fügte er hinzu und deutete zum dunklen Wasser.

T'Pina atmete tief durch und nickte.

KAPITEL 40

Spock steuerte den Luftwagen dorthin, wo sie den bewußtlosen Vulkanier und die beiden Pfleger aufgenommen hatten. Unten war Landegruppe Sieben mit ihrem Wasserfahrzeug unterwegs.

Der Erste Offizier aktivierte das Kommunikationssystem. »Gruppe Sieben.«

»Hier Chevron«, tönte es aus dem Lautsprecher. Chevron war ein Computertechniker, und er verstand es fast so gut wie Spock, elektronische Anlagen auf Trab zu bringen.

»Wir wissen jetzt, wo der Krankenwagen mit T'Pina von der Flutwelle überrollt wurde«, sagte Chevron und nannte die Koordinaten.

»Verstanden.«

Das Wasserfahrzeug tanzte über die Wellen hinweg und näherte sich der Kreuzung.

Spock und Sarek nahmen eine Sensorsondierung vor, und die Lebensindikatoren lenkten ihre Aufmerksamkeit auf ein bestimmtes Gebäude. »Überlebende in der Föderationsniederlassung, Mr. Chevron«, berichtete Spock. »Wir treffen uns auf dem Dach.«

Er änderte den Kurs und landete kurze Zeit später auf dem Dach des Föderationsgebäudes. Zusammen mit Sarek stieg er aus und eilte zum Treppenhaus, beobachtete dort, wie zwei Männer in Taucheranzügen im Wasser verschwanden. Sie zogen eine am Dachrand befestigte Sicherheitsleine hinter sich her.

Chevron stand mit zusätzlichen Sauerstoffflaschen und Atemmasken an der Tür, wandte sich Spock und

Sarek zu. »Ich glaube, wir haben hier schon genug Helden. Vulkanier sind nicht gerade Wasserratten, oder? Ziehen Sie uns nach oben, wenn wir in Schwierigkeiten geraten.«

Er führte die Sicherheitsleine durch eine Schlaufe am Gürtel, setzte die Atemmaske auf und folgte seinen Kollegen ins überflutete Treppenhaus.

Sarek runzelte die Stirn. »Insubordination?«

»Exzentrizität«, sagte Spock. »Captain Kirk räumt seinen Besatzungsmitgliedern viel Spielraum ein, solange sie gute Arbeit leisten. Mr. Chevron nutzt das aus.«

»Ist er so gut in seinem Job?« fragte Sarek.

»Er gehört zu den Besten«, bestätigte sein Sohn.

Jetzt konnten sie nur noch warten. Michaels, ein anderer Mann aus der Landegruppe Sieben, wanderte unruhig übers Dach und überprüfte immer wieder die Sicherheitsleine. Spock schwieg. Menschen waren durchaus imstande, Anzeichen von Streß zu zeigen und trotzdem ihre Pflichten zu erfüllen.

Außerdem verstand er den Mann. Auch ihm gefiel es nicht sehr, inaktiv zu bleiben, während andere Crewmitglieder der *Enterprise* im eisigen Wasser ihr Leben riskierten.

Deaver holte tief Luft und ließ sich vom Schrank ins Wasser sinken. Er keuchte und erblaßte, als neuer Schmerz im verletzten Bein entflammte. Er biß sich auf die Unterlippe, und irgendwie gelang es ihm, die Pein zu ertragen.

»Also gut«, sagte Beau zu T'Pina, die hinter ihm am Rand des Stahlschranks lag. Er streckte einen Arm aus. »Geben Sie mir Ihre Hand und halten Sie sich an mir fest ...«

Sie erstarrte plötzlich. »Haben Sie das gehört?«

»Was?«

Das Geräusch erklang erneut: Jemand klopfte dreimal an Metall.

Deaver kletterte hastig auf den Schrank zurück und klopfte ebenfalls.

Die Antwort bestand aus viermaligem Pochen, und Beau wiederholte sie sofort.

Als alles still blieb, sagte er: »Wahrscheinlich hat man uns lokalisiert. Sicher dauert es nicht lange, bis wir Besuch bekommen.«

Er behielt recht: Drei Männer tauchten auf und traten Wasser. Einer von ihnen nahm die Atemmaske ab und fragte: »Sind Sie verletzt? Können Sie schwimmen?«

»Wir schaffen es schon«, erwiderte Beau für sie beide.

Ein anderer Taucher reichte ihnen Sauerstoffflaschen und Masken.

T'Pina glitt widerstrebend ins kalte Wasser. Einer der Männer schlang die Sicherheitsleine um sie und nahm ihre Hand.

»Es ist fast überall dunkel«, teilte man Deaver und seiner Begleiterin mit. »Folgen Sie einfach der Leine. Dann gibt es keine Probleme.« Die Männer rückten ihre Masken zurecht und tauchten. Deaver und die junge Frau folgten ihrem Beispiel.

Es war eine große Erleichterung, unter Wasser atmen zu können, aber T'Pina spürte, wie ihre Hände und Füße taub wurden. Zwar konnte sie jetzt klarer denken, doch sie hatte weniger Kraft als vorher. Ein Mitglied der Rettungsgruppe half ihr, zog sie mit sich.

Schließlich erreichten sie einen schmalen Schacht mit stillem Wasser. Graues Licht filterte herab. Als sie nach oben schwammen, wurde es allmählich heller, und T'Pina stellte fest, daß sie sich in einem Treppenhaus befanden. Das helle Rechteck über ihnen stammte von einer offenen Tür.

Sie tauchten auf und näherten sich der Treppe, als das Wasser um sie herum plötzlich in Bewegung geriet.

T'Pina prallte gegen jemanden, und eine jähe Strömung preßte sie beide gegen die Wand.

Einige Sekunden später wurde sie in die entgegensetzte Richtung gezerrt. Mehrmals stieß die Sauerstoffflasche an ihren Leib, aber sie achtete nicht auf den Schmerz.

Einer der Männer — vermutlich der Anführer — nahm die Maske ab und rief: »Verlieren Sie nicht den Kontakt zur Leine!«

Alles rutschte zur Seite!

Das Treppenhaus stürzte ein. Die Wände über der Wasseroberfläche platzten auseinander.

Die offene Tür fiel ihnen entgegen. T'Pina verhielt sich ebenso wie die Männer der Rettungsgruppe, hangelte sich hastig am Seil empor.

Dann gab das Dach nach, und sie mußten tauchen, um nicht von den Trümmern erschlagen zu werden.

Das Dach unter Spock und Sarek erzitterte: Eine Seite neigte sich nach oben, die andere nach unten. Die beiden Vulkaner sahen, wie der Luftwagen zum Wasser rutschte. Sie zögerten nicht, liefen los und versuchten, das Aircar zu erreichen, bevor es in den Fluten versank.

»Das Gebäude stürzt ein!« rief Michaels hinter ihnen. Er stürmte zum Boot, sprang hinein und löste die Verankerungsleinen.

Sarek gelangte als erster zum Luftwagen, und vernünftigerweise verlor er keine Zeit damit, auf Spock zu warten. Er aktivierte das Triebwerk und startete.

Spock hielt sich an einer Rettungskapsel auf der anderen Seite fest, und unmittelbar darauf verlor er den Boden unter den Füßen, als das Dach nachgab. Einige Sekunden lang baumelte er hin und her, während sein Vater die Fluglage des Aircars stabilisierte, kletterte dann in die Pilotenkanzel und schnallte sich an.

Weiter unten hockte Michaels im schaukelnden Boot und griff nach dem im Wasser schwimmenden Ende der Sicherheitsleine. Er beugte sich zu weit vor und lief Gefahr, über Bord zu fallen, doch die beiden Frauen packten seine Beine und zogen ihn rechtzeitig zurück.

Anschließend holten sie das Seil ein, Meter um Meter ...

Jemand tauchte auf!

Er gehörte zur Rettungsgruppe, griff ebenfalls nach der Leine und unterstützte die Bemühungen seiner Kollegen. Es dauerte nicht lange, bis ein Mann in Pyjama und Morgenmantel erschien. Mehrere Hände halfen ihm dabei, an Bord zu klettern, reichten ihm eine Decke, schlossen sich dann wieder um das Seil.

Der Kopf des zweiten Tauchers durchbrach die Wasseroberfläche, dann auch der des dritten. Zwischen ihnen schwamm eine Frau, die einen grünen Coverall trug; ihr langes, dunkles Haar bildete einen breiten Schleier.

Von dem eingestürzten Gebäude stiegen Luftblasen auf, warfen das Boot hin und her, als die beiden Männer sich selbst und die Frau aus dem Wasser zogen. Als sie an Bord waren, schaltete Rogers einen Kommunikator ein. »Können Sie die Patienten aufnehmen, Mr. Spock?«

Der Erste Offizier steuerte den Luftwagen tiefer, überließ die Kontrollen Sarek und half der Rettungsgruppe.

T'Pina war blaß, aber bei Bewußtsein. Im Gegensatz zu dem Mann im Pyjama. »Beau!« rief T'Pina, doch er reagierte nicht auf sie.

Angesichts des stark schlingernden Boots waren mehrere Versuche notwendig, um die beiden Patienten in den angeflanschten Rettungskapseln unterzubringen. Sarek betätigte Höhen- und Seitenruder des Luftwagens, übermittelte die Nachricht, daß sie T'Pina gefunden und gerettet hatten. Als Spock in die Pilotenkanzel zurückkehrte, drang Sorels Stimme aus dem Lautsprecher des Kom-Systems: »Bitte bringen Sie T'Pina zum Medo-Camp.« Sie flogen zu den Bergen, wichen dabei zahlreichen Schwebern und Gleitern aus, die weiterhin nach Überlebenden suchten.

Überall waren Boote unterwegs und bargen Personen

aus dem Wasser. Spock beobachtete eine grünhäutige Orionerin, die mit einer Art Dingi zu einem Baum ruderte, in dessen Wipfel eine Caitianerin und ihr Kind auf Rettung warteten. Mehrere Tellariten steuerten eine Barkasse durch schmale Straßen und nahmen Leute aus Fenstern auf. Das Wasser floß jetzt langsam ab — die Flutmarken an den Gebäuden befanden sich etwa zwei Meter über dem gegenwärtigen Niveau.

Das Schlimmste war überstanden. Jetzt begann die Bestandsaufnahme: Wer hatte überlebt? Wer war der Flutkatastrophe zum Opfer gefallen? Leichen mußten geborgen, zerstörte Gebäude wiederaufgebaut werden. An Arbeit mangelte es gewiß nicht.

Spock blickte zur überfluteten Stadt und überlegte, wie lange es dauern mochte, bis sich die Lage auf Nisus normalisierte.

KAPITEL 41

Im Medo-Camp gestattete sich Sorel einen Augenblick der Erleichterung über T'Pinas Rettung. Er ging zu T'Kar, die wieder Kranke pflegte, obwohl sie sich gerade erst erholt hatte.

»Danke, Sorel«, sagte sie, und ihre Augen verrieten Freude. »Ich begleite Sie.«

Als der Luftwagen landete, halfen sie Spock und Sarek, die Patienten aus den Kapseln zu holen. Für Vater und Sohn gab es noch immer viel zu tun: Sie vergeudeten keine Zeit, starteten wieder und flogen zur Stadt zurück, um dort nach anderen Überlebenden Ausschau zu halten.

T'Kar beugte sich über ihre Tochter. »T'Pina ...«

»Es ist alles in Ordnung mit mir, Mutter«, behauptete die jüngere Frau und versuchte aufzustehen. »Beau ... Er hat mir das Leben gerettet. Wie geht es ihm?«

Sorels Medoscanner bestätigte, daß T'Pina keine nennenswerten Verletzungen erlitten hatte. Er untersuchte ihren Begleiter und erinnerte sich an den terranisch-orionischen Hybriden. Wie T'Kar war er mit dem Serum aus T'Pinas Blut behandelt worden und noch immer geschwächt.

»Er ist nur bewußtlos«, sagte Sorel. »Aufgrund von Erschöpfung. Die Wunde spielt dabei kaum eine Rolle. Lassen wir ihn schlafen. In ein oder zwei Tagen wird er sich erholen. Was Sie betrifft, T'Pina ... Wir brauchen mehr Blut von Ihnen, und das bedeutet, wir müssen Ihnen wieder das rigelianische Stimulans verabreichen.«

Ihre einzige emotionale Reaktion bestand aus einem

kurzen Blinzeln. Dann sah sie sich um und nickte. »Natürlich, Heiler.«

Die Überflutung hatte alle Quarantänebemühungen zunichte gemacht. Ertrinkende zögerten nicht, ihre Retter zu berühren — und kein Retter dachte an die Ansteckungsgefahr, während er Überlebende in Sicherheit brachte.

Schon bald kam es zu neuen Infektionen, und das Hospital von Nisus setzte den Kampf gegen die Epidemie fort. Besatzungsmitglieder der *Enterprise* halfen dabei, die Zimmer des Krankenhauses zu reinigen, Möbel und Geräte zu reparieren.

Die erste Aufgabe bestand darin, alle Toten zu identifizieren. Das Virus hatte zu der Flutkatastrophe beigetragen, indem es die Nisus-Bürger veranlaßte, keine Gedanken an die Sicherheit des Damms zu verschwenden. Gleichzeitig sorgte es dafür, daß sich in den zentralen Bereichen der Stadt nur wenige Personen aufhielten. Dadurch gab es nicht mehr als fünfzig Opfer zu beklagen.

Die wissenschaftliche Gemeinschaft trauerte. Furcht vor der Seuche hatte zuvor Distanz geschaffen, doch durch die Tragödie entstand eine neue Einheit.

Der Impfstoff gab Anlaß zu Hoffnung. Jenen Bewohnern von Nisus, in deren Adern Blut auf Kupferbasis floß, drohte nicht mehr der Tod, wenn man sie sofort behandelte. Zwar konnte T'Pina nicht genug Blut spenden, um alle Infektionsgefährdeten zu impfen, aber wenn sich die ersten Symptome einstellten, reichte eine Dosis des Serums für die Heilung aus. Für Vulkanier, Orioner, Rigelianer und die übrigen Spezies mit Kupferbasis-Blut war die Krise vorbei.

Aber nicht für die andere Hälfte der Nisus-Bevölkerung.

Korsal und sein älterer Sohn erhielten wieder das Stimulierungsmittel, doch der neunjährige Karl war zu erschöpft und kam daher nicht als Blutspender in Frage. Darüber hinaus gab es für Klingonen kein mit dem rigelianischen Stimulans vergleichbares Medikament. Die Folge: Es mangelte an Serum.

Viele Leute fragten sich, warum Korsal darauf verzichtete, das Imperium um Hilfe zu bitten. Die Antwort sprach sich rasch herum: Die Klingonen waren nicht nur immun, sondern trugen in ihrem Blut auch das Heilmittel, mit dem sie die Föderation erpressen konnten. Das Virus war also eine Waffe, die nicht in ihre Hände fallen durfte.

Niemand wußte, daß die Epidemie kein Geheimnis mehr darstellte — andernfalls hätte der Seelenfrieden auf Nisus noch mehr gelitten.

James T. Kirk hatte seinen Seelenfrieden bereits verloren. Er besuchte Korsal und teilte ihm mit: »Der Starfleet-Verbindungsoffizier auf Nisus, Commander Smythe, ordnete an, Borth unter Arrest zu stellen. Er lehnt jede Auskunft darüber ab, ob er dem klingonischen Imperium eine Nachricht geschickt hat, aber unser Computer registrierte codierte Signale, die unmittelbar vor der Flutkatastrophe gesendet wurden.«

»Darf ich mir die Aufzeichnung ansehen, Captain?«

Mit einigen Tastendrucken projizierte Kirk sie auf den Bildschirm. »Borth wollte von mir wissen, wie man sich mit dem Imperium in Verbindung setzt, aber ich habe mich geweigert, ihm die entsprechenden Informationen zu geben«, sagte Korsal. »Dies ist kein klingonischer Code, sondern ein orionischer. Ganz offensichtlich plante er, die Nachricht über Kontaktpersonen in seinem eigenen Volk weiterzuleiten. Und ich fürchte, früher oder später wird sie ihr eigentliches Ziel erreichen.«

»Sind Sie sicher?« fragte Kirk.

»Ich wünschte, ich könnte darauf mit einem Nein antworten, Captain.«

»Ich verständige Starfleet Command — dort muß

man eine Entscheidung treffen. Bestimmt wird Anklage gegen Borth erhoben. Vielleicht bittet man Sie, bei dem Prozeß auszusagen, Korsal.«

»Ja, ich weiß. Captain Kirk, ich möchte einen interstellaren Krieg ebensowenig wie Sie.«

»Im Gegensatz zu den Orionern. Sie haben versucht, die Babel-Konferenz zu sabotieren, die Föderation zu schwächen. Den Krieg halten sie für eine Gelegenheit, beide Seiten auszuplündern. Seltsam ... Nur kooperationswillige Wissenschaftler kamen nach Nisus. Sie sind kein typischer Klingone. Warum mußten die Orioner einen typischen Repräsentanten ihres Volkes schikken?«

Korsal überhörte die indirekte Beleidigung, die den Klingonen im großen und ganzen galt — er wußte, daß sie unbeabsichtigt war. »Ich glaube, es gibt gar keine anderen Orioner.«

»Abgesehen von Ihrer Frau«, meinte Kirk. »Eine sehr tapfere Dame.«

»Orionische Frauen werden in Unwissenheit gehalten, aber dieser Umstand bewahrt sie vor Indoktrination«, erwiderte Korsal. »Seela wuchs in der wissenschaftlichen Kolonie von Nisus auf, und trotz Borths Bemühungen unterlag sie dort dem Einfluß der UMUK-Prinzipien. In kultureller Hinsicht ist sie gar keine Orionerin mehr.«

»Mag sein«, murmelte Kirk. »Nun, eins steht fest: Während der Überflutung hat sie sich nicht auf eine passive Rolle beschränkt: Sie half bei den Rettungsbemühungen.«

»Soll das heißen ... Seela setzte sich dem Wasser aus?«

»Sie brach mit einem seltsam wirkenden Boot auf«, bestätigte Kirk.

»Meinen Sie ein Dingi?« vergewisserte sich Korsal. Als der Captain nickte, fügte er hinzu. »Ich habe es mit meinen Söhnen gebaut. Erstaunlich: Seela haßt es, das

Boot zu benutzen. Sie hat schreckliche Angst vor dem Ertrinken.«

»Nun, offenbar gelang es ihr, jene Angst zu überwinden, um andere Personen zu retten«, sagte Kirk. Er lächelte und blickte zu den beiden leeren Betten im Zimmer. Chefingenieur Scott führte Kevin und Karl durch den Maschinenraum. »Ihre ganze Familie besteht aus Helden, Korsal.«

KAPITEL 42

Das Hospital war überfüllt. Als weniger Vulkanier und andere Leute mit Blut auf Kupferbasis erkrankten, setzte Sorel bei T'Pina das Stimulans ab und schickte sie ins Laboratorium.

Alle Personen gemischter Herkunft hatten den Impfstoff erhalten. Es bestand nun keine Gefahr mehr, daß der Mikroorganismus mutierte, und deshalb konnten die Kinder aus der Isolation entlassen werden. Der Leiter des Laboratoriums fand Zeit genug, T'Pina mit seiner Methodik vertraut zu machen, und es dauerte nicht lange, bis er die gute Arbeit der jungen Frau lobte.

Die Biochemiker suchten nach einer Möglichkeit, den Immunitätsfaktor im klingonischen und romulanischen Blut zu synthetisieren, aber bestimmt dauerte es Monate oder vielleicht Jahre, bis sie einen Erfolg erzielten.

Unterdessen wurden Terraner, Caitianer, Lemnorianer und andere Patienten mit Blut auf Eisenbasis eingeliefert. Das Medo-Personal arbeitete rund um die Uhr, unterstützt von Freiwilligen, die einfache Aufgaben übernahmen.

Zu ihnen gehörte auch Beau Deaver. Irgendwann in seiner bewegten Vergangenheit hatte er eine Ausbildung zum Krankenpfleger absolviert. Zunächst sprang er als Krankenwagenfahrer und Sanitäter ein, doch schließlich wies er darauf hin, daß er selbst bei den exotischsten Patienten Adern finden konnte, um ihnen Blut abzuzapfen. Sorel legte bei Dr. Sertog, dem Leiter des medizinischen Dienstes, ein gutes Wort für ihn ein — obgleich er wußte, daß es Deaver in erster Linie darum ging, T'Pina zu sehen, wenn er die Blutproben ins Laboratorium brachte.

Deaver fühlte sich ganz offensichtlich zu T'Pina hingezogen. Vielleicht verstand Sorel ihn deshalb so gut, weil er in Hinsicht auf T'Kar ähnlich fühlte.

Im Hospital der vulkanischen Akademie hatte er mit vielen, außerordentlich tüchtigen Krankenschwestern zusammengearbeitet. Doch T'Kar gegenüber entstand jene Art von Beziehung, die ihn auch mit seinem Partner Daniel Corrigan verband. Worte waren nicht immer notwendig; ihr Teamwork erreichte ein geradezu choreographisches Niveau.

Abgesehen von den Opfern der Epidemie mußten auch ›normale‹ Patienten behandelt werden. Sorel empfand es fast als erfrischend, zusammen mit Daniel einen Vulkanier zu operieren, der sich während der Flutkatastrophe verletzt hatte.

Er unterstützte die Heiltrance des Mannes und half Daniel bei der physischen Operation, während T'Kar assistierte. War es Einbildung — ein Phänomen, das Sorel bisher nicht aus eigener Erfahrung kannte —, oder handelte es sich tatsächlich um eine besonders gute Teamarbeit?

Sorel und Daniel überließen es T'Kar, den Patienten zum Rekonvaleszenzbereich zu bringen. Mit langsamen Schritten kehrten sie in die Seuchen-Welt außerhalb des Operationssaals zurück. Bevor sie die Tür passierten und sich jener unangenehmen Wirklichkeit stellten, blieb Corrigan stehen und sagte: »Nun?«

»Ist das eine Frage?« entgegnete der Heiler.

»Stell dich nicht dumm, mein Freund. Was willst du in Hinsicht auf T'Kar unternehmen?«

»Unternehmen?«

Der Mensch stemmte die Hände an die Hüften, und in seinen blauen Augen funkelte es amüsiert. »Wenn du sie nicht bittest, deine Frau zu werden, erledige ich das für dich.«

»Daniel!«

»Ich habe das Recht dazu«, sagte Corrigan. »Immerhin bin ich dein Schwiegersohn. T'Mir ist der gleichen Ansicht. Wenn du nicht mit T'Kar sprichst, reden wir mit ihr. Die perfekte Partnerin für dich, Sorel. Und außerdem möchte ich auch weiterhin mit ihr zusammenarbeiten.«

»T'Kar lebt hier auf Nisus«, wandte der Heiler ein.

»Sie wurde auf Vulkan geboren und hat dort viele Jahre ihres Lebens verbracht«, erwiderte Daniel. »Ihre Tochter kann selbst entscheiden, ob sie hierbleibt oder nach Vulkan zurückkehrt. Übrigens: Alles deutete darauf hin, daß T'Pina bald einen Bindungspartner wählt. Du solltest keine Zeit vergeuden, Sorel – sonst verlierst du deine Chance. Sicher gibt es andere Männer, die wissen, daß T'Kar eine gute Partie ist.«

»Eine gute Partie?« wiederholte Sorel verwirrt. »Bezieht sich dieser Ausdruck nicht auf Schach?«

»In diesem Fall bedeutet er eine gute Wahl, eine Herausforderung, die Mühe lohnt.«

»Die unlogische Sprache der Menschen«, kommentierte der Heiler.

»Hältst du dein Verhalten für logisch? Du diskutierst hier mit mir, obwohl du vor T'Kar auf die Knie sinken und sie um ihre Hand bitten solltest.«

»Bei Vulkaniern sind andere Methoden gebräuchlich, um eine Ehe vorzuschlagen.«

»Ach?« Daniel lächelte. »Aber die Tradition läßt auch Ausnahmen zu, nicht wahr? Zum Beispiel bei einem gewissen Dr. Corrigan und T'Mir.«

Es hatte keinen Sinn, das Gespräch fortzusetzen. Sorel kannte seinen Partner zu gut: Wenn er nicht selbst an T'Kar herantrat, so würde Daniel seine Drohung wahrmachen.

So etwas wie Unbehagen regte sich in dem Heiler, als er zu T'Kar ging. Er fand sie im Rekonvaleszenzbereich, wo sie gerade den operierten Patienten untergebracht hatte. Sorel holte zwei Becher Fruchtsaft vom Synthetisierer an der Wand und bot T'Kar einen an. »Während der Operation haben Sie hervorragende Arbeit geleistet«, sagte er.

»Ich finde es sehr angenehm, Ihnen und Daniel zu assistieren«, antwortete T'Pinas Mutter. »Inzwischen ist mir klar, warum Sie in dem Ruf stehen, das beste Medo-Team auf Vulkan zu sein.«

Sorel beschloß, die gute Gelegenheit zu nutzen. »Nach der heutigen Erfahrung haben wir den Eindruck, daß unserem Team ohne Ihre Präsenz ein wichtiges Element fehlt.«

T'Kar musterte ihn. »Sorel ...«

»Bitte begleiten Sie mich in den Garten.«

Bei der Anlage des Hospitals hatte man mehrere kleine Höfe berücksichtigt, um es Patienten zu ermöglichen, sich draußen die Beine zu vertreten und frische Luft zu schnappen. Seit der Überflutung war dort nur der Schlamm von Pfaden und Sitzbänken entfernt worden. An anderen Stellen bildete er noch immer graubraune Haufen.

Aber eine warme Frühlingssonne schien am Himmel, und als Sorel in T'Kars blaue Augen sah, brauchte er keine Blumen, um die ästhetischen Aspekte der Welt zu genießen.

Sie saßen nebeneinander auf einer Bank, ohne sich zu berühren. Sorel trank Fruchtsaft, während er nach den richtigen Worten suchte. Die Leere in seinem Bewußtsein wollte mit einem Partnerschaftsband gefüllt werden, doch er wußte nicht, wie er sein Anliegen vortragen sollte.

T'Kar schirmte ihre Gedanken sorgfältig ab. Sorels ESP-Faktor war zwar höher, aber ohne einen physischen Kontakt konnte er die mentalen Schilde nicht durchdringen. Worte stellten das einzige Kommunikationsmittel dar.

»T'Kar ...«, begann er zögernd. »Wenn Sie es ebenfalls für logisch halten, möchte ich mich mit Ihnen binden.«

Ihre Augen lächelten, während das Gesicht in Ausdruckslosigkeit verharrte. »Es ist nicht logisch, Sorel ... Nein«, fuhr sie rasch fort, als er sie unterbrechen wollte, um die Logik zu erklären. »Bitte hören Sie zu. Sie stellen mich vor ein großes Problem. Ich bin hier zu Hause, und Ihre Heimat ist Vulkan. Ihre Kinder sind erwachsen und verheiratet, doch meine Tochter hat noch keinen Bindungspartner, und ihr Inneres befindet sich in Aufruhr: Sie muß erst noch mit der Erkenntnis fertig werden, Romulanerin zu sein.«

»T'Pina ist sehr jung, zeichnet sich jedoch durch eine bemerkenswerte Selbstbeherrschung aus«, entgegnete Sorel. »Es wäre für jeden Vulkanier eine Ehre, sie zur Familie zu zählen.«

»Trotzdem benötigt sie meinen Rat, um über ihre Zukunft zu entscheiden. Hier auf Nisus wird man sie respektieren. Auf Vulkan ...«

»Vulkan hat alle Personen verbannt, die nicht bereit sind, das UMUK-Konzept zu achten«, sagte Sorel. »T'Pina braucht nicht zu befürchten, daß man ihr dort mit Ablehnung begegnet. Man wird sie akzeptieren, insbesondere in ShiKahr. Selbst T'Pau hat meinen Partner und Schwiegersohn Daniel Corrigan als Vulkanier anerkannt.«

T'Kar schüttelte den Kopf. »Solche Hinweise erübrigen sich, Sorel. Logik spielt in diesem Zusammenhang keine Rolle.«

»Ich ... verstehe nicht«, erwiderte der Heiler verwundert und begriff nur, daß ihn T'Kar zurückzuweisen schien.

»Logik hat damit nichts zu tun«, betonte T'Kar noch einmal. »Meine Aufmerksamkeit sollte in erster Linie T'Pina gelten, bis sie sich mit ihrer Herkunft abgefunden hat. Es ist falsch, an mich selbst zu denken, aber jetzt sind Sie in mein Leben getreten, genau zum richtigen Zeitpunkt. Ich darf nicht zögern — Sie brauchen eine Frau.«

»Es ist kein Notfall«, sagte Sorel rasch.

»Aber wenn ich eine Bindung mit Ihnen verweigere, müssen Sie sich bald mit jemand anders binden. Das entspricht nicht meinem Wunsch. Deshalb habe ich eben darauf hingewiesen, daß Logik in diesem Zusammenhang keine Rolle spielt. Ich … bin bereit, Ihre Bindungspartnerin zu werden.«

Es kam so plötzlich und unerwartet, daß Sorel nicht sofort reagierte. Erst nach einigen Sekunden wurde ihm klar, daß T'Kar seinen Wunsch erfüllte.

Er wagte es nicht, weitere plumpe Worte auszusprechen, hob statt dessen die Hand und spreizte zwei Finger. T'Kar berührte sie, und er spürte ihre Zuwendung wie eine Verheißung.

»Wann?« fragte der Heiler.

»Bald«, antwortete T'Kar. »Wenn die Epidemie besiegt ist. Wenn T'Pina, T'Mir, Daniel, du und ich zusammen sein können, ohne dabei befürchten zu müssen, daß uns jemand oder etwas stört.«

»Ja«, sagte Sorel. »Und noch etwas, T'Kar … Es besteht kein Grund für mich, schnell nach Vulkan zurückzukehren. Wir bleiben auf Nisus, bis du sicher bist, daß T'Pina deinen Rat nicht mehr benötigt.« Er lächelte und beobachtete, wie T'Kar das Lächeln erwiderte, nur für ihn.

Es gab Anlaß genug dafür.

KAPITEL 43

Korsal befaßte sich mit den Werken des Menschen namens Chaucer, als Captain Kirk durch die Tür trat. »Einige Personen möchten zu Ihnen, wenn Sie nichts dagegen haben«, sagte er.

Der Klingone nickte. »Natürlich nicht. Bitte führen Sie die Besucher herein.«

Er erkannte T'Pina, obgleich man sie nie einander vorgestellt hatte, und in ihrer Begleitung kam Beau Deaver — ein mathematisches Genie, das den Techniker ärgerte, weil dieser Mann sich nicht um die praktische Anwendung seiner Entdeckungen scherte. Korsal hob überrascht die Brauen.

T'Pina zögerte unsicher. »Ich möchte Sie um einen Gefallen bitten, Gedankenmeister«, sagte sie schließlich.

»Ich bin gern bereit, Ihnen zu helfen, T'Pina«, erwiderte er. »Ich weiß, was Sie hinter sich haben. Und seien Sie bitte nicht so förmlich — nennen Sie mich einfach Korsal. Was kann ich für Sie tun?«

Die junge Frau sah zu Deaver. »Beau — Mr. Deaver — meinte, Sie wissen vielleicht, wie ich mehr über meine romulanische Identität herausfinden kann. Er deutete an, daß Klingonen diplomatische Beziehungen zu den Romulanern unterhalten ...«

Kirk drehte ruckartig den Kopf. »Das sind geheime Informationen, Deaver. Die Klingonen sollen nicht erfahren, daß uns ihr Bündnis mit den Romulanern bekannt ist. Wieso wissen *Sie* darüber Bescheid?«

»Weil ich den Orionern zugehört habe«, erwiderte Beau. »Damals, als ich noch ein Kind war und mich am Rand der Föderation herumtrieb. Jene Leute, mit denen mein Vater Geschäfte abschloß, wußten von den Kontakten zwischen Roms und Klingonen.«

»Seien Sie unbesorgt, Captain«, sagte Korsal. »Ich bin gar nicht in der Lage, irgend etwas zu verraten.« Er wandte sich an T'Pina. »Ich fürchte, alle Kom-Kanäle zum klingonischen Oberkommando sind für mich geschlossen. Aber ich kann Ihnen erklären, welcher romulanische Brauch dazu führt, daß man ein Kleinkind auf einem fremden Planeten zurückläßt.«

»Bitte erzählen Sie mir davon.« Die Pupillen der jungen Frau weiteten sich; abgesehen davon hielt sie an der vulkanischen Selbstbeherrschung fest.

»Familie und Abstammung spielen für Klingonen und Romulaner eine große Rolle«, begann Korsal. »Aber bei den Romulanern gibt es die Tradition, sich durch die Entführung eines kleinen Kindes zu rächen. Es muß sich um ein wichtiges Kind handeln, den Erben einer großen Dynastie oder jemanden, dessen Heirat das Fundament einer Allianz zwischen mächtigen Familien werden könnte. Manchmal tötet man das Kind und schickt die Leiche den Eltern. Oder man überläßt es Kriminellen. Wenn es als Verbrecher aufwächst, gibt man seine Identität irgendwann der Familie preis, um sie zu entehren.

Die schlimmste Form dieser Vergeltungssitte besteht darin, das entführte Kind beim Feind unterzubringen — damit die Verwandten es nicht retten können und beobachten müssen, wie es in einem verhaßten Volk aufwächst.

Ich glaube, Sie sind ein Opfer dieses Brauchs, T'Pina«, fuhr Korsal fort. »Während der vergangenen Tage haben wir gehört, daß man Sie nach der Zerstörung der vulkanischen Kolonie Fünf fand. Jene Welt ist weit von der Neutralen Zone entfernt. Der Angriff war also keine

Warnung, mit der die Föderation aufgefordert werden sollte, umstrittenes Territorium zu verlassen.

Es sind natürlich nur Spekulationen, aber ... Nun, der Angriff betraf eine kleine Kolonie, und vermutlich ging er auf eine romulanische Dynastie zurück, die Sie entführte, um sich an ihren Feinden zu rächen. Die Romulaner töteten alle Erwachsenen — um zu gewährleisten, daß man die überlebenden Kinder zur Föderation bringt, nach Vulkan. Der Plan: Sie sollten von einer vulkanischen Familie adoptiert werden, ohne daß Ihre Eltern eine Chance bekamen, Sie zurückzuholen. Vielleicht wissen sie nicht einmal, was mit Ihnen geschehen ist.«

T'Pina schwieg eine Zeitlang und dachte nach. »Ich kann also nie herausfinden, wer meine leiblichen Eltern sind.«

»Nein«, entgegnete Korsal. »In diesem Fall ist das klingonische Imperium überhaupt nicht imstande, Ermittlungen anzustellen — selbst wenn es dazu bereit wäre. Und meines Wissens gibt es zwischen Romulanern und der Föderation keine Beziehungen.«

Kirk starrte ihn an. »Wohl aber zwischen Romulanern und Klingonen, oder? Das Bündnis entstand schon vor einer ganzen Weile, nicht wahr?«

»Zu den ersten Kontakten kam es, als die Romulaner den Sprung ins interstellare All wagten.«

»Captain!« Korsal erkannte die Stimme des Kommunikationsoffiziers Uhura.

»Hier Kirk.« Er drückte eine Taste, und Uhuras Gesicht erschien auf dem Bildschirm von Korsals Computerterminal. Sie wirkte sehr ernst.

»Wir empfangen Signale vom imperialen Kreuzer *Sternenfresser.*«

»Stellen Sie eine Verbindung her«, sagte Kirk, und dünne Falten entstanden in seiner Stirn.

Das Bild auf dem Schirm wechselte, zeigte nun Kopf und Schultern eines klingonischen Captains. »Ich bin

Kef, Kommandant der *Sternenfresser.* Wir sind gekommen, um ...« Plötzlich blickten die dunklen Augen an Kirk vorbei. »Ah, Korsal. Ich wollte mit Ihnen sprechen. Sind Sie krank? Warum haben wir schon seit einer ganzen Weile keine Berichte mehr von Ihnen erhalten?« Kef beugte sich vor. »Warum müssen wir von den Orionern hören, was auf Nisus geschieht?«

KAPITEL 44

James T. Kirk musterte aufmerksam den klingonischen Captain.

»Nein, ich ... bin nicht krank«, erwiderte Korsal.

»Weshalb befinden Sie sich dann in der Krankenstation eines Föderationsschiffes?« fragte Kef.

Korsal schwieg.

»Warum weigern Sie sich, mir zu antworten?«

»Ich ... kann nicht«, brummte der klingonische Techniker leise.

Kef schnitt eine finstere Miene, sah zu Kirk und dann wieder zu Korsal. »Sprechen Sie. Ich befehle es Ihnen.«

»Ich kann nicht«, wiederholte Korsal. Er straffte die Schultern. »Wenn ich Ihnen Auskunft gäbe ... Dann bräche zwischen Föderation und Imperium vielleicht ein ebenso verheerender wie unehrenhafter Krieg aus. Und falls wir später unseren Kindern in der Schwarzen Flotte begegnen, kämpfen sie nicht gegen den Feind, sondern wenden sich gegen *uns*, um Rache zu nehmen.«

Kef beobachtete Korsal aufmerksam und gelangte zu dem Schluß, daß der Techniker tatsächlich keine Einzelheiten nennen wollte. »Sie Narr!« entfuhr es ihm. »Sie und der *khesting* Orioner halten die Krankheit auf Nisus für völlig neu. Aber wir kennen sie. Und wir wissen, daß wir immun sind.«

Korsal holte tief Luft. »Ist Ihnen auch klar, daß man aus klingonischem Blut einen Impfstoff gewinnen kann, um die Angehörigen von anderen Völkern vor dem Tod zu bewahren?«

In Kefs Augen blitzte es. »Sie wollten ... uns schützen? Stimmt das?«

»Ja. Inzwischen haben wir die Epidemie auf Nisus unter Kontrolle gebracht. Niemand wird die wissenschaftliche Kolonie verlassen, ohne vorher geimpft worden zu sein. Die Seuche kann sich nicht mehr auf den übrigen Föderationswelten ausbreiten. Es besteht also kein ... Bedarf an klingonischem Blut.«

»Woher wissen Sie soviel über die Krankheit, Kef?« warf Kirk ein. »Borth wollte den Mikroorganismus verkaufen. Er hätte Ihnen bestimmt nicht genug Informationen gegeben, um seine Quelle zu lokalisieren.«

Der klingonische Kommandant lächelte und zeigte dabei die Spitzen seiner Zähne. »*Deshalb* bin ich hier, um mit Korsal zu sprechen, um ihm einige Fragen zu stellen. Sie wissen jetzt, daß wir den neuesten Starfleet-Code entschlüsselt haben, und bestimmt weisen Sie Starfleet Command darauf hin. Was bedeutet, daß unsere Entschlüsselungsspezialisten bald wieder Arbeit bekommen.«

Kirk schmunzelte unwillkürlich. »Ich verstehe«, sagte er. »Nun, da Sie von der Epidemie wissen ... Dürfen wir Sie um Hilfe bitten? Wir haben die Seuche zwar unter Kontrolle gebracht, aber sie ist noch nicht endgültig besiegt. Das Serum genügt nur für die Behandlung kritischer Fälle. Wir brauchen mehr für eine allgemeine Immunisierung.«

Kefs Antwort stellte eine große Überraschung für Kirk dar. »Die Besatzung meines Schiffes wird das von Ihnen benötigte Blut spenden.«

»Warum?« Mißtrauen erwachte in Kirk.

»Vielleicht geben wir unser Blut lieber freiwillig — anstatt dazu gezwungen zu werden.«

»Wir würden nie ...«

»Nicht einmal dann, wenn das Leben von Föderationsbürgern auf dem Spiel steht, Captain?« fragte Kef. »Wenn wir an Ihrer Stelle wären und Sie Hilfe ablehnten — würden Sie dann nicht von mir erwarten, daß ich Ihr Blut *nehme,* um das Leben von Klingonen zu retten? Sie hielten es sicher für besser, uns zu helfen.«

»Aber aus weniger zynischen Gründen«, entgegnete Kirk. »Ich kann nicht glauben, daß Ihre Entscheidung allein auf Zynismus beruht.«

»Meine Crew hat bereits Blut gespendet«, sagte Kef und ignorierte Kirks behutsames Freundschaftsangebot. »Wir haben auch die Formel, um den Immunitätsfaktor zu synthetisieren, aber dazu sind zwanzig Tage erforderlich. In der Zwischenzeit können Sie Infizierte mit dem Serum behandeln. Das erste Blut wartet auf den Transfer.«

Kirk wies Uhura an, einen Kom-Kanal zu McCoy zu öffnen. Während Kefs Medo-Offizier mit dem Föderationsarzt sprach, wandte sich Jim an Korsal.

»Was halten Sie davon?«

Der Techniker lächelte, ohne die Zähne zu zeigen. »Vielleicht unterscheiden sich Klingonen und Menschen nicht so sehr voneinander.«

»Warum hatten Sie dann solche Bedenken, über die Krankheit zu berichten?«

»*Weil* wir uns so wenig voneinander unterscheiden. In beiden Völkern gibt es Leute, die selbst ein gefährliches Virus als Waffe verwenden würden. Wenn mir bekannt gewesen wäre, daß es im Imperium ein wirkungsvolles Mittel dagegen gibt, hätte ich sofort um Hilfe gebeten.«

Kirk war noch nicht zufrieden. Als Kef wieder auf dem Bildschirm erschien, erkundigte er sich: »Sind Sie nach Nisus gekommen, weil Sie eine Nachricht von Borth erhielten?«

»Nein. Wenn wir von der Epidemie gewußt hätten, wären wir früher aufgebrochen — mit einem ausreichenden Vorrat des synthetischen Serums. Ich bin hier, weil Korsal seit dreißig Tagen keine Berichte mehr übermittelt hat. Die auf Nisus erzielten technologischen Fortschritte sind zwar nicht militärischer Natur, haben jedoch einen großen Nutzen für das Imperium. Wir möchten, daß die wissenschaftliche Kooperation zwischen der Föderation und uns fortgesetzt wird.

Als sich kein Kontakt mit Korsal herstellen ließ, beauftragte man uns, nach dem Rechten zu sehen. Unterwegs empfingen wir Borths Mitteilung. Als wir uns bis auf Subraum-Kommunikationsreichweite näherten, entschlüsselten wir Ihre Sendungen und stellten fest, daß unsere Vermutungen in Hinsicht auf die Seuche stimmten.«

»Und es war reiner Zufall, daß in Ihrem Bordcomputer die Formel für ein synthetisches Serum gespeichert war?« fragte Kirk.

»Unser Medo-Offizier kannte sie natürlich.«

»Natürlich?« wiederholte Jim. »Warum *natürlich?* Sie sind *immun,* Kef! Weshalb sollte Ihr Bordarzt über ein Heilmittel Bescheid wissen?«

»Captain …«, wandte Korsal ein.

Kef grinste nun. »Sie verdienen Ihren Ruf, Kirk. Ja, Sie haben recht: Das Virus ist im Imperium gut bekannt, obwohl die meisten Klingonen dagegen immun sind. Fragen Sie Korsal. Die genetische Struktur sagt ihm sicher nicht viel, aber er hat bestimmt schon von der Imperialen Krankheit gehört.« Der Kommandant des Kreuzers *Sternenfresser* unterbrach die Verbindung.

Kirk sah Korsal an. »Na schön — ich höre. Was hat es mit der Imperialen Krankheit auf sich?«

Der Techniker lachte laut, doch es klang humorlos und bitter. »Wenn das die Erklärung für unsere Epidemie ist, so kann das Imperium den Mikroorganismus sicher nicht als Waffe verwenden.«

»Warum nicht?« hakte Kirk nach.

»Weil den imperialen Klingonen Immunität fehlt. Und weil die Behandlung mit Antikörpern aus fremdem Blut bei ihnen nichts nützt. Alle Besucher des Imperiums müssen gegen diese Krankheit geimpft werden — um zu vermeiden, die Angehörigen der Regierungskaste anzustecken. Bei ihnen führt die Infektion zum Tod.

Sie haben gesehen, wie schnell die letzte Virusart tötet. Es dauert zwanzig Tage, um das Heilmittel zu synthetisieren, und bis dahin wären die meisten infizierten imperialen Klingonen gestorben.«

Die imperialen Klingonen ... Die politischen Führer des Imperiums zeigten sich nie in den neutralen Territorien am Rand der Föderation. Man hatte sie nur damals gesehen, beim Ersten Kontakt. Kirk erinnerte sich an die entsprechenden Aufzeichnungen: Männer mit knotiger Stirn, die ihr Haar besonders lang trugen.

»Warum haben Sie die Krankheit nicht sofort erkannt?« fragte der Captain.

»Wie ich schon sagte: Alle nichtklingonischen Besucher des Imperiums werden immunisiert. Seit Generationen hat sich in meiner Heimat niemand mehr angesteckt. Und wie Kef bereits andeutete: Ich bin kein Mediziner. Einer Ihrer Ärzte könnte sicher einen Fall von Pocken diagnostizieren — aber wären auch Sie dazu in der Lage?«

»Nein, wahrscheinlich nicht«, gestand Kirk ein. Er entspannte sich langsam. »Wenigstens brauchen wir uns über Borth keine Sorgen mehr zu machen — er hat nichts zu verkaufen. Korsal, ich vertraue Ihnen. Und ich glaube, ich kann auch Kefs Motiven vertrauen.«

Bei den letzten Worten traf Scott mit Kevin und Karl ein. Die beiden Jungen sprachen aufgeregt miteinander und nahmen auf Kevins Bett Platz, als der Chefingenieur fragte: »Wer ist Kef?«

»Der Kommandant eines klingonischen Schiffes, dessen Besatzung Blut für uns spendet«, erwiderte Kirk und lächelte, als er Scotts Verblüffung bemerkte.

Der Schotte blickte zu Korsal und seinen beiden Söhnen, musterte dann T'Pina und Beau Deaver, die neben der Tür standen. »Von Klingonen und Romulanern gerettet. Klingonen als Kadetten an der Starfleet-Akademie. Haben wir vielleicht irgendeine sonderbare Raum-Zeit-Anomalie durchquert, Captain?«

»Nein«, versicherte Kirk dem Chefingenieur und erläuterte die Situation. Anschließend wandte er sich an Kevin, der interessiert zuhörte. »Junger Mann ... Ich glaube, du hast jetzt wieder eine Wahl.«

»Ich bin nach wie vor entschlossen, an der Starfleet-Akademie zu studieren«, sagte der Junge und sah seinen Vater an. »Ich möchte es wenigstens versuchen.«

»Und wenn du das Studium beendest ...« Kirk zögerte kurz. »Vielleicht hat sich der Waffenstillstand zwischen der Föderation und dem Volk deines Vaters bis dahin in ein Bündnis verwandelt. Die Vorgänge auf Nisus tragen sicher dazu bei.«

»Das hoffe ich, Sir«, antwortete Kevin.

Kirk drehte sich zu T'Pina und Deaver um. »Vielleicht finden Sie mehr über Ihre Herkunft heraus, wenn bessere Beziehungen zu den Klingonen entstehen.«

»Ja, vielleicht.« Das Gesicht der jungen Frau blieb steinern und leer, doch Kirk hörte eine gewisse Schärfe in ihrer Stimme. Beau Deaver legte ihr die Hand auf die Schulter. T'Pina schüttelte sie nicht ab, maß ihn jedoch mit einem kühlen Blick. »Bitte unterlassen Sie das, Beau.«

»Sie *haben* eine Familie, T'Pina«, sagte der Mann. »Wer schert sich um Ihre Abstammung? Sie sind *Sie selbst* — eine Frau, die ich gern besser kennenlernen würde.«

Sanft griff sie nach der Hand und löste sie von ihrer Schulter. »Es ehrt mich, Sie zu meinen Freunden zu zählen, Beau, aber ... Meine Mutter heiratet bald, und ich muß damit beginnen, eigene Entscheidungen zu treffen.«

»Wollen Sie nach Vulkan zurückkehren?« fragte Deaver.

»Nein. Ich bleibe auf Nisus.«

Beau lächelte entwaffnend. »Nun, dann habe ich genug Zeit und Gelegenheit.«

Dr. McCoy trat ein, als T'Pina und Deaver gingen.

»Sie können das Schiff jederzeit verlassen, Korsal. Das gilt auch für Ihre Söhne.«

»Danke, Doktor.« Der Techniker stand auf. »Endlich kann ich meine Arbeit fortsetzen. Kevin, was unsere Pläne in Hinblick auf bessere Schutzmaßnahmen für den Damm betrifft ...«

»Wenn sie realisierbar sind, kommt es nie wieder zu einer Flutkatastrophe«, sagte der Junge und nahm das Speichermodul aus dem Computer.

Kirk verabschiedete die beiden Klingonen, und anschließend schritt er zu McCoys Büro — er hatte Neuigkeiten für Leonard. Spock saß dort am Medo-Computer und betrachtete ein Diagramm auf dem Schirm. »Das Heilmittel?«

Der Vulkanier nickte. »Ja, das Heilmittel. Es ist hämoglobinneutral, kann sowohl für Eisenbasis- als auch für Kupferbasis-Blut synthetisiert werden.« Er sah auf. »Und es stammt von den Klingonen.«

»Die UMUK-Epidemie breitet sich also weiter aus«, sagte Kirk.

Spock wölbte eine Braue, und dann verstand er, was der Captain meinte. »Die unendliche Mannigfaltigkeit gibt der Krankheit einen Nährboden, aber gleichzeitig stellt sie uns Behandlungsmethoden zur Verfügung. Denken Sie nur an T'Pina, Korsal und alle anderen, die geholfen haben.«

McCoy gesellte sich ihnen hinzu und hörte Spocks Bemerkung. »Schade, daß wir nicht länger auf Nisus bleiben. Das gespendete Blut genügt für alle kritischen Patienten. In zwanzig Tagen haben wir das synthetisierte Serum. Wenn damit alle Besatzungsmitglieder und Passagiere immunisiert sind, können wir unsere Mission fortsetzen.«

»Dem Himmel sei Dank dafür.« Kirk seufzte. »Ich möchte Sendet und seine Leute so schnell wie möglich loswerden; anschließend nehmen wir wieder unsere normalen Aufgaben wahr. Da fällt mir ein: Ich habe meine Beziehungen bei Starfleet Command spielen lassen, Pille — Geoff M'Benga wurde offiziell zur *Enterprise* versetzt. Er begleitet uns, wenn wir den Warptransfer einleiten.«

Diesmal wölbte Spock beide Brauen. »In unserer Krankenstation arbeitet bald ein Arzt, der vulkanische Physiologie studiert hat?«

»Die *vulkanische* Physiologie«, betonte McCoy. »Was *Ihre* anbelangt, bin ich der einzige Experte weit und breit.«

»Ich werde mich bemühen, Ihren Sachverstand nicht sehr häufig in Anspruch zu nehmen«, verkündete der Erste Offizier würdevoll.

»In dieser Hinsicht sind Sie bisher recht erfolgreich gewesen«, erwiderte McCoy. »Nun, vielleicht lasse ich Sie von Geoff untersuchen. Er hält Sie für einen klassischen Fall.«

»Tatsächlich?« Spock hob einmal mehr die Brauen.

»Wir haben es mit einem klassischen Fall von Zeitverschwendung zu tun«, sagte Kirk und schmunzelte. Es freute ihn, daß Spock und McCoy die Bürde der Anspannung abstreiften und ihre verbalen Gefechte fortsetzten. »Ich habe es satt, ständig auf Nisus hinabzuschauen.«

Er ging zum Interkom. »Maschinenraum.«

Der Chefingenieur meldete sich sofort. »Hier Scott.«

»Bereiten Sie das Triebwerk vor, Scotty. Wir verlassen die Umlaufbahn in zwanzig Tagen. Kirk Ende.« Der Captain drehte sich zu seinen beiden Freunden um. »Nun, worauf wartet ihr noch? Ihr müßt ein Serum synthetisieren, und ich muß mich um ein Raumschiff kümmern. Zwanzig Tage, meine Herren. Zwanzig Tage und keine Minute länger!«

STAR TREK™

in der Reihe
HEYNE SCIENCE FICTION & FANTASY

Vonda N. McIntyre, Star Trek II: Der Zorn des Khan · 06/3971
Vonda N. McIntyre, Der Entropie-Effekt · 06/3988
Robert E. Vardeman, Das Klingonen-Gambit · 06/4035
Lee Correy, Hort des Lebens · 06/4083
Vonda N. McIntyre, Star Trek III: Auf der Suche nach Mr. Spock · 06/4181
S. M. Murdock, Das Netz der Romulaner · 06/4209
Sonni Cooper, Schwarzes Feuer · 06/4270
Robert E. Vardeman, Meuterei auf der Enterprise · 06/4285
Howard Weinstein, Die Macht der Krone · 06/4342
Sondra Marshak & Myrna Culbreath, Das Prometheus-Projekt · 06/4379
Sondra Marshak & Myrna Culbreath, Tödliches Dreieck · 06/4411
A. C. Crispin, Sohn der Vergangenheit · 06/4431
Diane Duane, Der verwundete Himmel · 06/4458
David Dvorkin, Die Trellisane-Konfrontation · 06/4474
Vonda N. McIntyre, Star Trek IV: Zurück in die Gegenwart · 06/4486
Greg Bear, Corona · 06/4499
John M. Ford, Der letzte Schachzug · 06/4528
Diane Duane, Der Feind — mein Verbündeter · 06/4535
Melinda Snodgrass, Die Tränen der Sänger · 06/4551
Jean Lorrah, Mord an der Vulkan Akademie · 06/4568
Janet Kagan, Uhuras Lied · 06/4605
Laurence Yep, Herr der Schatten · 06/4627
Barbara Hambly, Ishmael · 06/4662
J. M. Dillard, Star Trek V: Am Rande des Universums · 06/4682
Della van Hise, Zeit zu töten · 06/4698
Margaret Wander Bonanno, Geiseln für den Frieden · 06/4724
Majliss Larson, Das Faustpfand der Klingonen · 06/4741
J. M. Dillard, Bewußtseinsschatten · 06/4762
Brad Ferguson, Krise auf Centaurus · 06/4776
Diane Carey, Das Schlachtschiff · 06/4804
J. M. Dillard, Dämonen · 06/4819
Diane Duane, Spocks Welt · 06/4830
Diane Carey, Der Verräter · 06/4848
Gene DeWeese, Zwischen den Fronten · 06/4862
J. M. Dillard, Die verlorenen Jahre · 06/4869
Howard Weinstein, Akkalla · 06/4879
Carmen Carter, McCoys Träume · 06/4898
Diane Duane & Peter Norwood, Die Romulaner · 06/4907
John M. Ford, Was kostet dieser Planet? · 06/4922
J. M. Dillard, Blutdurst · 06/4929